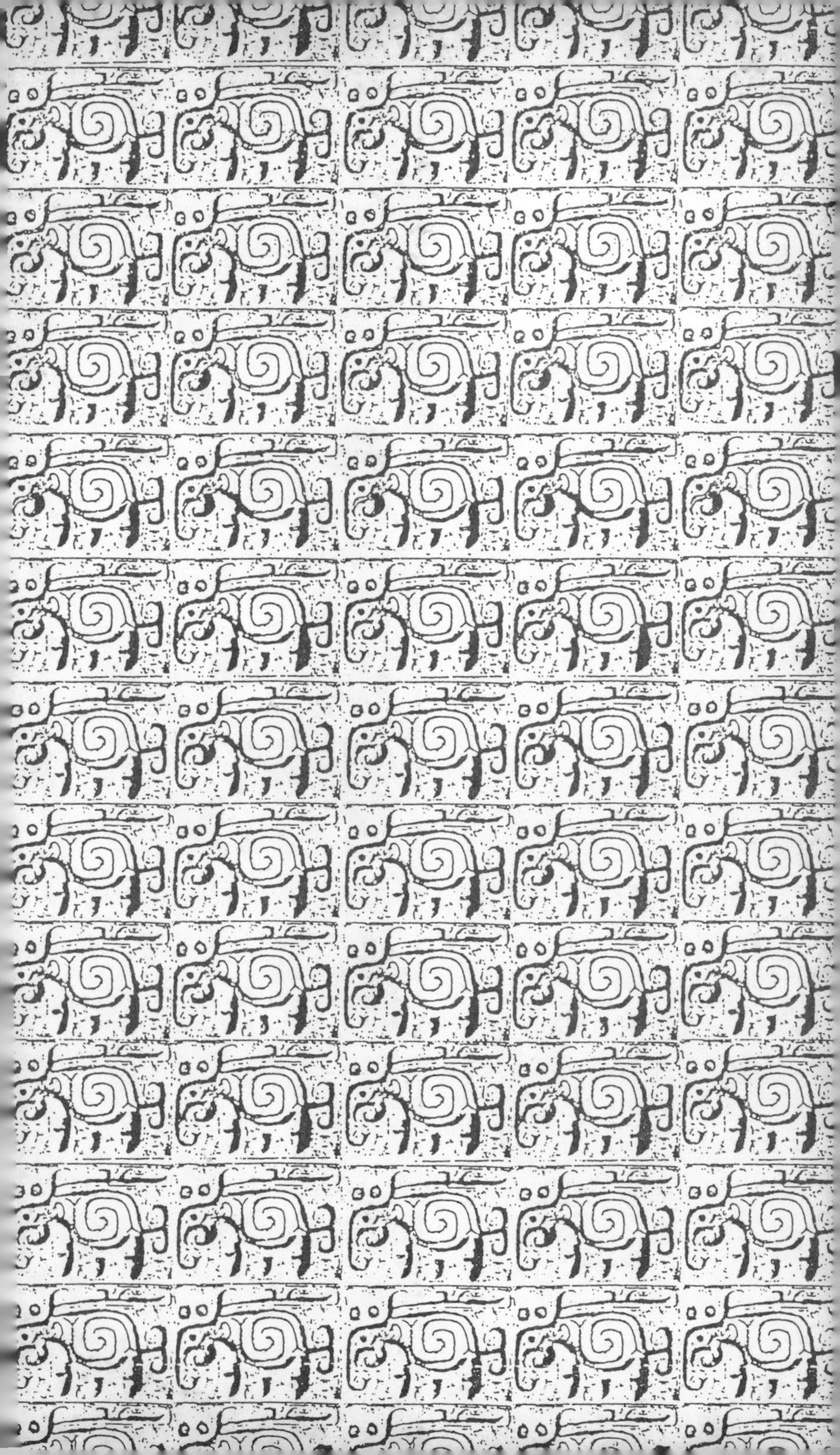

行人

夏目漱石 著

羅鳳書 譯

日本文學 052

日本文學 052

行人

作　　者／夏目漱石
譯　　者／羅鳳書
執行編輯／龍傑娣
發 行 人／林維青
出　　版／萬象圖書股份有限公司
行政院新聞局局版台業字第 4914 號
台北市南京東路三段 269 巷 6 號 B1
(02)5451438
總 經 銷／萬象圖書股份有限公司
台北市南京東路三段 269 巷 6 號 B1
(02)5451438
郵政劃撥／1580676～5
訂書專線／(02)7192088
傳 眞 機／(02)7192087
排　　版／浩瀚電腦排版股份有限公司
印　　刷／海王印刷事業股份有限公司
初　　版／1993 年 9 月
定　　價／280元
ISBN 957-669-434-5

目次

導讀 一
譯序 七
朋友 1
兄 81
歸後 195
塵勞 289
解說 409
夏目漱石年譜 425

導讀

李永熾

現代知識人的內在困境

《行人》是夏目漱石較富思想性的一部文學作品；處理現代知識人因自我懷疑而產生的孤獨情境。

長野一郎在大學教書，一向以學術爲生命之所寄，但家庭生活卻不順暢，想愛妻子阿直，總是無法遂意。他懷疑妻子愛上了弟弟二郎。於是，長野一郎瘋狂地强迫弟弟帶妻子阿直一起到和歌山去旅行，住一晚以試探阿直的的貞潔。弟弟雖然拒絕，一郎一再强迫，弟弟只得答應，決定走一趟，白天就回來。

次日，二郎和阿直二人一起到和歌山去。起初，坐人力車參觀，無法說出要緊的事情，便要車夫載他們到可談話的地方，竟然到了茶屋。二郎頗感困惑，阿直卻彷彿早已預料會到這種地方，顯得鎮靜無比。二郎好不容易才一點一滴地探問嫂嫂對哥哥的感覺。可是，女服務生告訴他們說，和歌浦正處於暴風雨中，電話和電車都已不通。二郎只好依照哥哥的意思與嫂嫂一起住下來。當晚，因暴風雨，旅館的電燈也熄了。二郎顯得非常緊張，阿直卻很鎮靜。這時候，嫂嫂突然說出激烈的話語：「要死，我希望採取被大水沖走這類猛烈的猝死法。」接著，又說出頗具深意的話：「大部分的男人都很沒有骨氣，我不曉得比你鎮靜幾倍呢，因爲我隨時都有心理準備。」這些可以多面解釋的話，讓二郎不知如何回答是好。

二郎和阿直無事度過一晚，弟弟也向哥哥指出嫂嫂的人格無可置疑，可是兄嫂的感情並沒有因此而改善，反而更形惡化；哥哥愈發沈入孤獨與苦惱的深淵。因爲他認爲，妻子沒有犯錯，夫妻間的距離也沒有塡埋，顯然自己並沒有獲得她的心。所謂「心」在某層面上是指人的內在深層面；沒有觸及對方的心，也就是沒有和對方的存有相契，因而形成自己的內在的空虛與不安。讓一郎苦惱的內在不安和對他人的不信，是近代自我最深沈的痛苦。克服之道並不是藉對他人的信任，來超脫自我內在的不安，反而讓他更無限地擴展自我，使自我絕對化；這是近代市民社會極其有趣的現象。於是，一郎不停喃喃自語：「神是自己。」「我是絕對的。」而走上自我絕對化之路，可是這反而導致自我孤獨化之境。換言之，自我絕對化也是自我相對化，而成爲孤立的存在。一郎說：「純粹獲得內心平靜的人，即使不刻意追求，理應進入此境。一旦進入這種境界，天地萬有，所有對象全都消失，唯獨自己存在。這時的自己似有若無，既像偉大又如細微，很難命名。那就是絕對，經驗過這種絕對的人猛然聽到警鐘響起，便知鐘聲即是自己。換言之，絕對即相對。」

絕對在某一意義上就是孤絕，自己孤絕，他人也相對孤絕，所以絕對即是相對。在這意義的運作下，發現自己孤獨，也會發現別人也是孤獨的。人存在的孤絕是契入內心的。可是，人存在的孤絕也同樣會喚起人存在的辯論關係，人存在的孤獨相對面是與人相契合的幸福。一郎認爲他自己沒有資格獲得幸福，他說：「無論嫁給什麼樣的人，出嫁後，女人就會因爲丈夫的緣故變了樣。我嘴裡這麼說，心理卻不知道自己已讓妻子變得多壞。要從自己讓她變壞的妻子那裡求取幸福，不是太過分嗎？」這種認識使他更孤獨，並在這可怕孤寂的世界中不斷煩惱。這種煩惱讓他說出：「死或瘋，不然就信教，我的前途也許只有這三樣。」

一郎被逼到這種情境，但他知道自己不可能信教，而且有許多留戀的事，也不可能去死，剩下的唯一道路大概只有發瘋一途，甚至現在自己是否沒瘋，都頗爲可疑。一念及此，他不能不畏懼萬分。這時，他覺得最高貴的是「什麼也不想的人的容貌。」但這樣純眞的境地，他達不到，因爲長野一郎不是向幸福趨進的人，他是想要幸福就研究幸福的人。

夏目漱石在《行人》中所探求的是現代知識人的懷疑與苦惱，而思想幾乎就是這種內在煩惱的起源，因爲知識人不可能「什麼也不想」！

譯序

《行人》一書由四個短篇構成，分別爲〈朋友〉、〈兄〉、〈歸後〉及〈塵勞〉，其中一度因作者夏目漱石胃疾復發而中斷，最後於大正二年（一九一三年）十一月完成全書。

文中以二郎揭開序幕，並且擔任介紹人物的任務。閱讀本書之初，讀者並不知道書中眞正的主角是稍後才出現的二郎之兄——一郎。然而，二郎的角色相當重要，不僅引出整個故事，更貫穿全局，緩和場面。他是好朋友、好兄弟、好兒子，也是嫂嫂的知心人。二郎之所以如此受歡迎，是因爲他具有難得的溫情——能夠傾聽對方談話，而且較能爲他人著想。而一郎這位理智的思想家暨學者，就不一樣了。

一郎極重理智，潛心研究學問。在他的生命中，自我掌握一切，研究性高於實行性。過度的理智使他孤獨而痛苦，感情豐富卻控制失當，致使家人無法瞭解而敬畏三分。漱石藉著一郎影射自己，更以H先生與一郎的談話討論「神」，教導自己也教導讀者。前三篇描寫一郎的痛苦層次漸高，末篇〈塵勞〉尤其精采，緊緊扣住讀者心弦。

文末H先生的報告信更是精華所在，使讀者跟隨他們旅行的腳步，爲一郎焦急，爲一郎嘆息，情緒由不解、同情、無奈轉爲惋惜、噓唏。漱石以二郎爲鏡，凸顯一郎強烈的個性，至爲成功。

關於女性角色的塑造也十分豐富，母親的慈愛、直的哀怨、貞的單純、重的直爽、兼的溫婉，以及文中始終不知其名的「那位姑娘」的不幸，甚至小女孩芳江、匆匆一現的「另一位小姐」等等，都有深刻的描寫。而岡田一角雖只出現於首篇，卻是不可忽略的人物。全書中，漱石非但探討人類的寂寞孤獨，對朋友之愛、夫妻之情、手足之愛等均有所描述。透過二郎，每一個有關聯的人物都得到發揮，諸如：父子、母子、兄弟、叔嫂、兄妹、朋友，以及其他難以一語交代的人際關係，皆能引起共鳴。

研讀本書，瞭解人類精神層面之餘，更可藉以分析自己、檢討自己。藉著一郎，漱石不僅闡述自己的思想，也對讀者有所警惕。

1 朋友

一出梅田車站，我立刻遵照母親的吩咐，雇車前往岡田家。岡田是母親娘家方面的遠親，我不知道他究竟是母親的什麼人，只記得他是位遠房親戚。

我到大阪一下車就去找他是有原因的。大約到此處一週前，我已和朋友約好十天內在大阪會合，然後一起去爬高野❶，如果時間允許的話，準備從伊勢繞到名古屋。決定時因爲兩人都沒有可以指定的地點，所以我終於把岡田的姓名和地址告訴朋友。

「那麼，我一到大阪打電話過去，就馬上能夠知道你在不在吧？」道別時，朋友問個清楚。其實我不敢確定岡田家到底有沒有電話，便告訴朋友，要是沒有電話，寫信或打電報都可以。朋友計畫搭甲州線❷到諏訪，然後折回木曾到大阪。至於我，打算從東海道直接到京都，逗留四、五天後再到大阪。

在京都錯過預定日期的我，爲了儘早得到朋友的消息，一出車站就得趕到岡田家。不過這件事只是爲了自己的方便，也就是只爲我個人的利益而已，跟剛才所說遵照母親的吩咐是兩回事。母親要我一到那兒就放下一切事情，先去找岡田，爲此特地把攜帶不便的罐裝糖果塞入旅行箱，說是送給對方的禮物。這雖是她所秉持的舊日禮節，然而行爲內部卻包含某一現實事件的干係。

我連母親和岡田在他們的族譜上是何分支，彼此有何關係都不知道，對母親所委託的事也沒有什麼太大的期待和興趣。但對岡田這位久未謀面的人物——態度鎮定，臉型方正，再渴望鬍子也不容易長出鬍子，而且可能會禿頭——跟這位岡田見面，我多少有點好奇。直到現在，岡田偶爾會到上京辦事。不過我經常錯過見面機會，所以老是看不到他那被强烈酒精染成紅暈的方型臉。我屈指算算，岡田雖然離開我家不久，卻也已是五、六年前的事了。他當時相當擔心的頭髮，最近八成逼近危險地步了吧。我想了想，又想像透視他頭皮的模樣。

岡田的頭髮正如想像中那般稀少，住屋倒是比想像中更清爽的嶄新建築。

「這裡總是以京都方式在多餘的地方築高牆，陰暗得令人傷腦筋。不過有二樓，上去看看吧！」他說。我因為很關心那位朋友的事，所以問岡田有沒有那位朋友的任何消息。岡田以莫名其妙的表情，答說沒有。

2

我被岡田帶上二樓，難怪他引以為傲，這裡的風景很好，只不過陽光從沒有陽台的房間窗戶直接射入，房裡熱得不得了。連懸在牀柱間的掛軸，也被曬得反捲起來。

「那不是陽光照射的關係，而是終年懸掛，因為漿糊的作用才會那樣。」岡田認眞地辯解。

「梅花和鶯，眞是個好搭配。」我也很想這麼說。當初他準備成家時，向我父親要來這幅畫，曾得意洋洋地拿到我房間給我看。記得當時，我半似揶揄地說：「岡田，這幅吳春❸是贋品，所以爸爸才會給你。」惹得岡田很不高興。

我們兩個看著掛軸想起當年情景，像小孩似地笑了起來。看樣子，岡田打算一直坐在窗口聊天。於是我脫掉外套，只穿襯衣和長褲躺著陪他聊。並且聽他說天下茶屋❹的形勢、將來的發展，以及電車的便利等等。對於自己興趣不大的問題，我連連稱是，乖乖聽著，只不過對他提到特地坐人力車到可搭電車的地方那件事，覺得無聊之至。談了一陣子，兩人又走下二樓。

不久，他的太太回來了。岡田太太名叫兼，雖然不是頂漂亮，卻是個細皮嫩肉，遠看蠻不錯的女人。兼是父親所屬政府機關的部屬的女兒，當時常拿家人委託她做的衣物出入廚房。岡田那時是我家食客，在廚房口附近的小廝房間讀書和午睡，有時也吃烤地瓜。他們就是這樣認識的，不過從認識到結婚的經過情形，我並不清楚。岡田雖是母親的遠親，在我家卻像書僮或小廝之類，因此家裡女傭不敢向我和哥哥開口提到兼，卻會毫不客氣地對岡田說：「岡田，阿兼向你問好。」這些話，經常傳入我的耳中。但是岡田好像一點都不在意，所以我以爲只是普通的玩笑而已。後來岡田高商❺畢業，隻身前往大阪一家保險公司上班。聽說，那個職位是我父親介紹的。往後過了一年，他又飄然上京。這次，他牽著兼的手回大阪。這也是我父母做的媒。當時我想去爬富士山，到甲州去了，不在家。後來聽到這個消息，猛然吃了一驚。回頭算算，當我在車站下車時，正好跟岡田迎新娘入京的火車擦肩而過。

格子門前，粂把收攏的洋傘和小包一起夾在腋下，從玄關走到廚房那邊時，露出有點不好意思的表情。由於在大太陽下行走的關係，她的臉蛋紅紅的，而且滲著汗水。

「喂，有客人！」岡田不客氣地大聲嚷嚷，粂在屋裡溫柔地應了聲：「來了。」這當兒，我突然想起一個令人懷念的記憶，當年我也曾有說過這句話的人兒，爲我縫久留米所產的藏青底碎白花衣服和法蘭絨內衣。

3

粂的態度淸楚而鎭定，沒有一點低賤家庭出身的樣子。「兩、三天前我就想你也該到了，一直在期待。」說著，她的眼眶流露著和藹的氣息，不僅比我妹妹高尚，模樣也顯得較爲優雅。我和粂談了一會兒，心想這樣的女人的確値得岡田專程到東京迎娶。

五、六年前，這位少婦還是少女時，我已知道她的聲音和相貌，但沒有機會進一步交談。所以當她成爲岡田夫人再度見面的今天，我們自然不能親熱地應對。在這種情況下，我好像對待同階級的女性一般，說些中規中矩的話。不知岡田是高興或覺得可笑，不時衝著我笑。這還不打緊，有時他也望著兼的臉發笑。不過，兼裝著若無其事。當兼有事到裡面去時，岡田故意壓低聲音，推推我的大腿調侃道：「幹嘛對她正經八百的，你們不是本來就認識嗎？」

「她已經成爲一位好太太，早知道我就娶她。」

「別開玩笑。」岡田迸出更大的笑聲。不久，稍微露出認眞的表情問道：「不過，聽說你曾經向你母親說她的壞話，不是嗎？」

「此話怎講？」

「你說，岡田也眞可憐，居然帶那樣的女人到大阪。再多等一陣子，我會替他找個不錯的對象。」

「那是從前的事。」

我雖然這麼回答，卻覺得有點狼狽。接著，我終於了解岡田剛才一直以奇怪的眼神注視妻子的意思。

「那時，我被媽媽罵得一場糊塗。她說，『你這學生懂什麼，岡田的事是我和你爸爸安排的，你別多嘴，默默看著吧！』」

我以挨母親責罵這件事實爲自己辯解，不過語氣多少有點誇張。岡田聽了，笑得更厲害。

雖然如此，當兼再度在房中露面時，我難免有些尷尬的感覺。偏偏差勁的岡田故意對太太說：「剛才二郎誇了妳半天，妳該好好向他道謝。」兼回答丈夫：「八成是你說了太多我的壞話吧！」說著，眼睛望著我微笑。

晚飯前，我穿著單衣和岡田在山丘上散步。看到蓋得疏疏落落的房子和四周的籬笆，讓我想起穿越東京山頭的郊外。我突然關心起約好在大阪會合的朋友消息，劈頭就問岡田：「你家沒有電話吧？」

「那樣的建築，看起來像有電話嗎？」岡田答話的表情浮現情緒極佳的模樣。

4

那是個黃昏較長的夏日，兩人所走的丘陵顯得格外明亮。但是當遠樹色調被天空籠罩而逐漸黑暗時，天色立刻有了變化。我在夕陽餘暉中，看著岡田的臉。

「你看起來比在東京時快活多了，氣色也很好，這眞不錯。」

「是呀，託你的福。」岡田含糊其詞地應答，話中卻有股喜悅之情。

說著說著晚飯大概準備好了，兩人正要步上歸途時，我突然向岡田說：「看樣子，你和兼相處得很好。」我自以爲認眞地這樣問，但聽在岡田耳中，卻認爲我在調侃他。他笑而不答，不過並沒有否認。

片刻之後，他頓失方才的快活，像是要告訴我什麼祕密似地壓低聲音，卻自言自語般注視腳邊說道：

「我和她結婚五、六年了，一直沒有孩子，不曉得什麼緣故？我很擔心……」

我什麼話也沒說。以我的觀念，世上應當沒有人爲生孩子而娶妻。至於有了太太後，是否會想要孩子，我就無從判斷了。

「結婚以後就會想要孩子嗎？」我問問看。

「那倒不見得，我也不知道孩子是不是可愛，可是太太一直不生孩子，總覺得不大對勁……」

原來岡田只是爲了使太太合於傳統，所以才想要孩子。我恨不得告訴他，現在正是想結婚又怕生孩子，因此一再拖延婚期的艱苦時代。這時，岡田又說：

「而且，兩個人太寂寞了。」

「正因爲只有小倆口，感情才甜蜜嘛！」

「有了孩子，夫妻之愛會減少嗎？」

岡田和我一副很懂的樣子，談著兩人實際經驗以外的事。

在家裡，餐桌上堂堂擺好生魚片、湯等美味等著我們。兼化了淡妝爲我們斟酌，偶爾拿著團扇搧風。每當搧來的風拂上我的臉，都令人感受到兼香粉的淡淡香氣。我覺得，這種味道比啤酒或山葵醬香更像人氣。

「岡田常在吃晚飯時喝酒嗎？」我問兼。兼一面微笑，一面故意望著丈夫答道：

「他一開始喝酒就喝個沒完，眞傷腦筋。」當丈夫的說：「那裡，她才不會給我那麼多酒喝呢！」說著拿起一旁的團扇，猛往胸前搧風。我又想起約在此地會合的朋友，便問：

「太太，有沒有一個叫三澤的人寄信或打電報給我?我是說，在我出去散步後。」

「沒有。放心吧，我老婆知道該怎麼處理這種事。對吧，兼。——沒問題，就算來一、兩個三澤也算不了什麼。二郎，你那麼不喜歡我家嗎？第一，你不是有義務非解決『那件事』❻不可嗎？」

說著，岡田咕嘟咕嘟地往我的杯子倒啤酒。這時，他已經醉得差不多了。

5

那天晚上，我終於在岡田家住下。我獨自睡在二樓一個六張榻榻米大的房間，由於受不了蚊帳中的悶熱，我瞞著岡田夫婦，偷偷打開板窗。枕頭擺在窗邊躺著，可以透過蚊帳看到天空。我試著從帳下紅邊探出頭，眺望滿天閃亮的星星。當我這麼做時，並沒有忘記樓下岡田夫婦的過去與現在。婚後還能那麼親密，實在幸福得令人羨慕。我很關心毫無音訊的三澤，但是想想，爲了等他的消息在這幸福家庭作客，逗留個四、五天也不錯。最麻煩的是岡田所謂的「那件事」。

翌日睡醒時，窗下狹窄的院子裡傳來岡田的聲音。

「兼，有斑點的牽牛花終於開了，快來看。」

我看看錶，趴在原處擦火柴點根香煙，靜候兼的回答。可是等了一會兒，始終沒聽到兼的聲音。岡田又「喂」、「喂，兼」地叫了兩、三次，不久清楚地聽到「你這個人怎麼這麼性急，我現在根本顧不得什麼牽牛花，廚房忙死了」這些話。兼好像從廚房走出來，站在屋外的陽台上。

「花開得很漂亮呢！——金魚怎麼了？」

「金魚在游泳，不過可能熬不過。」

我邊抽煙邊想，兼會對命在旦夕的金魚說些什麼感傷的話？可是聽了半天，沒聽到兼說什麼，也沒聽到岡田的聲音。我丟掉香煙站起來，然後吱嘎作響地走下陡斜的樓梯。

三人吃過飯後，岡田因爲得去上班，很遺憾沒有時間好好帶我遊覽。我告訴他，在我到此處前根本沒想過那些事。說話時，我仍坐著看身穿白色立領服裝的他。

「兼，有空的話不妨當二郎的嚮導。」岡田忽然想到似的，說道。兼一反常態，沒有回答丈夫或我。我立刻說：「沒關係，我和你一起出去，往你公司那個方向逛逛。」說著，站了起來。兼從玄關拿來我的傘，交給我時只說了一句：「早點回來。」

我搭上電車，換了兩趟車。然後，在岡田上班的石造公司周圍閒逛。不曉得是不是同一條河的水面，三番兩次地映入我的眼中。後來我受不了暑氣，隨便逛逛便回岡田家。

上了二樓——自從昨晚，我就把二樓這個六張榻榻米大的房間，當做我的房間·——休息時，樓下傳來上樓的腳步聲，兼上來了。我嚇了一跳，趕緊穿好衣服，裹著裸露的上身。不知何時，兼已把昨天梳的庇❼髮改梳成大圓髻，而且髻上露出桃紅髮帶。

6

兼把擺有平野水❽和玻璃杯的黑盤子放在我面前，問道：「喝這個怎麼樣？」我答了聲「謝謝」，伸手拉過盤子，這時兼說：「不，我來。」，忙著拿起瓶子。我默默注視兼白皙的手，昨晚沒注意到的戒指在手上閃閃發亮。

我拿起杯子潤喉時，兼從腰帶間拿出一張明信片。

「剛才你出去後接到的。」說著，兼莞薾淺笑。我看到明信片正面有「三澤」二字。

「你等了很久的東西，終於來了……」

我微笑著，立刻翻看背面。

「可能會晚一、兩天。」

明信片上只寫了這幾個大字。

「簡直像封電報。」

「妳就是笑這個？」

「那倒不是，只不過太……」

兼說到這兒，沈默不語。我很想多看看兼的笑容。

「太怎麼樣？」

「好像太浪費了。」

兼覺得有趣似地說。她的父親是位行事細密的人，大半以明信片取代書信，而且信上以蠅頭小字寫上十五行之多。我完全忘掉三澤的事，只以眼前的兼爲對象，問起各種事，也聽她不同的回答。

「太太，妳不想要孩子嗎？一個人看家太無聊了吧？」

「不會呀！可能是我生長在兄弟衆多的家庭，過得很辛苦的關係，一直覺得再沒有像孩子那麼欺負父母的人了。」

「可是，一、兩個孩子應該沒關係吧，岡田說沒有孩子寂寞得很。」

兼不吭聲，抬頭眺望窗外。當她把頭轉回來時並沒有看我，而將視線投注在平野水瓶上。我什麼都沒注意，又問：「妳爲什麼沒生孩子？」這時，兼突然漲紅了臉。我後悔只爲輕鬆閒聊，卻引起極不愉快的後果。可是，已經於事無補。當時我只覺得對不起兼，但做夢也沒想到去了解兼臉紅的含意。

爲了拯救這位看來留也不是，走也不是的少婦，我非轉變話題不可。於是，我終於提起原本不重要的岡田所謂的「那件事」。兼隨即恢復本來態度，但不知是否想把一半責任推讓給丈夫，她絕不多談。至於我，也沒打破沙鍋問到底。

7

當天晚上，岡田正式提起「那件事」。我喜歡靠近露水的陽台，索性坐在那兒。岡田本來和兼面對面坐在客廳裡，一開始談話便起身走到陽台。

「距離太遠說話不方便。」說著，他把圖案座墊放在我面前。兼依然坐著，沒有離開原位。

「二郎，你看過照片了吧？就是前些日子我送去的那張。」

照片的主人是位年輕人，也是岡田公司的同事。岡田並不知道照片送到時，已被家人輪流看過，並且下了各種評語。

「嗯，看了一下。」

「評語如何？」

「有人說他有點突額。」

兼笑了起來，我也覺得可笑。老實說，當初看那照片，首先批評此人突額的正是我。

「那種刻薄話是重說的吧？那丫頭伶牙俐齒，誰也奈何不了她。」

岡田認定我的妹妹——重，是個沒有口德的女人。自從重取笑他的臉活像日本象棋的棋子後，他就有這種想法。

「重怎麼說都沒關係，最重要的是當事人本身怎麼說？」

我離開東京時，已向母親確定過她曾答覆岡田——貞當然沒有異議。所以我回答，貞本人的意思正如母親給你的答覆。岡田夫婦又將佐野這名新郎人選的性情、品行、將來的展望，以及其他各種條件逐一說給我聽。最後，列舉當事人殷切希望這門親事成功的例子。

無論從容貌或教育程度各方面來說，貞都不是個有特色的女人。她唯一的頭銜是——我家的累贅。

「對方娶她的意願太强，反而使事情顯得不對勁，所以你到那兒替我仔細觀察觀察。」

母親委託我辦這件事。雖然我對貞的命運沒有多大興趣，不過我也覺得表面上看來，對方一心想娶貞似乎是件很好的事，但也可能蘊含著相當程度的危險。因此當我一直默默聽岡田夫婦的說明時，不經意地脫口而出——

「那個人又沒看過貞，爲什麼那麼喜歡她？」

「佐野是個穩重的人，認爲娶艱苦人家出身的人比較好。」

兼朝著岡田解釋佐野的態度，岡田立刻答稱「對呀」。除此之外，他的腦袋裡一片空白。我和岡田約好明天與佐野會面，又走上二樓的六張榻榻米房間。我靠在枕上，想起自己結婚時[9]事情是否也這麼簡單地進行，不禁感到一絲畏懼。

8

翌日，岡田上了半天班就提早回來。他丟下西裝，馬上到廚房沖涼水然後說：

「走吧！」

兼不知何時已拉開衣櫥，拿出岡田的衣服。我不怎麼留意岡田穿些什麼，卻在不知不覺中注意兼如何服侍丈夫更衣、紮腰帶的樣子。

「二郎，你不必準備嗎？」被這麼問時，我才回過神來站起身子。

「今天妳也得去喲！」岡田向兼說道。

「可是……」兼雙手拿著和服外套，抬頭看丈夫。我站在樓梯中間，說道：「去吧，太太。」

穿好西裝下樓一看，兼不知何時已換好衣服。

「妳很快嘛！」

「是呀，搖身一變。」

「搖身變來的服裝也不怎麼樣嘛！」岡田說。

「到那種地方，這身衣服就行了。」兼答道。

三人冒著暑熱下丘陵，一到車站便搭上電車。我偶爾看著並肩坐在對面的岡田和兼，這當兒，想到三澤那張離譜的明信片，想到明信片究竟寄自何處，也想到現在正要會面的佐野那個男人。每當思潮洶湧，腦中同時出現「好奇」這兩個字。

岡田突然向前探探身子，問道：「怎麼樣？」我只答：「很好哇！」岡田上身恢復原來的筆直，向兼說了些什麼，臉上流露得意的神色。這次是兼把臉向前挪，說道：「如果喜歡的話，歡迎你到大阪來。」我不由得答了聲：「謝謝。」這時，我才了解剛才岡田突然問我怎麼樣的話中含意。

三人在濱寺下車。對這地方相當陌生的我走在大松樹和沙地間，覺得這裡眞是個好地方，不過在這兒，岡田並未再問「怎麼樣」。兼撐開洋傘，快步行走。

「不曉得來了沒有？」

「是呀，也許已經在等我們了。」

我跟在兩人後面，聽他們這樣談話。過了一會兒來到大餐廳玄關前，一時頗爲驚訝空間的浩大。被帶著往前走時，那段路之長更令我吃驚。三人走下樓梯，穿過狹長的走廊。

「是隧道。」

兼這樣告訴我時，我還以爲她在開玩笑，而非眞的置身地面下。所以，我只是笑著從微暗處走過去。

房中只有佐野一個人坐在門邊，正架起穿著西服的一隻腳抽煙看海。他聽到腳步聲，立刻轉向我們這邊。這時，金邊眼鏡在他的額下發亮。走進房間第一個與他碰面的，其實是我。

9

佐野的額頭比照片所見更爲突出，不過或許是因爲他額頭寬，而且夏天頭髮剪得短，所以加深了突額的感覺。初見面寒暄時，他說著「請多指教，幫幫忙」，一面客氣地點頭作揖。在我聽來，這句普通的寒暄語說得有點奇怪。我心中本來沒有身負重任的感覺，此時突然有股格外沈重的束縛感。

四人對著餐几，談起話來。兼顯然跟佐野相當熟悉，不時調侃他。

「佐野先生，聽說你的照片在東京引起騷動。」

「什麼樣的騷動？——應該是好的方面吧？」

「那當然，要是不相信，問你隔座的人就知道了。」

佐野馬上笑著看我這邊。如果我不說點什麼好像不大好意思，便以認眞的表情說：「由照片看起來，大阪似乎比東京更發達。」這時，岡田揶揄說：「又不是淨琉璃⑩。」

岡田雖是我母親的遠房親戚，但不知是否長期在我家當過食客的緣故，從以前就有低姿勢向我和我哥哥說話的習慣。尤其久未見面的這兩天，更是如此。然而如今有佐野這新加入的人在座，或許是在朋友面前不好意思的關係，對我說話的態度突然顯得平等許多，有時甚至接近蠻橫的程度。

四人所處房間對面，可以看見餐廳另一棟較高的二樓。抬頭看拿掉紙門的大廳中，有許多紮角帶的年輕人，其中一人肩上搭著毛巾，跳著不知名的舞。「大概是夥計們開同樂會吧！」我們這麼說時，一名十六、七歲的小伙子到欄干邊，毫不客氣地把髒東西吐在屋簷上。這時又有個同齡的小伙子邊抽煙邊出來，以純正的大阪口音說起「喂，振作點，有我在怕什麼」這種意思的話。一直以厭惡表情看欄干那邊的我們四人，終於忍俊不住。

「兩個小伙子都喝醉了。」岡田說。

「就像你喲！」兼批評道。

「那個像？」佐野問。

「兩個都像，又是吐又是醉話說個不停。」兼答道。

岡田臉上露出愉快的表情。我沒吭聲，佐野獨自揚聲高笑。

四人在驕陽依然高照的四點左右，離開那兒踏上歸途。半途分手時，佐野脫帽致意說：「改天見。」於是，三人從月台走出去。

「怎麼樣，二郎？」岡田隨即看著我這邊。

「好像不錯。」

除了這麼回答外，我不知道該怎麼說。雖然如此，答後總覺很不負責任。同時也想到，這種不得不形成的不負責任就是和結婚有關的多數人的經驗吧？

10

我仍在岡田家叨擾了兩、三天，等待三澤的消息。說實在的，他們不許我到別處住。那段期間，我儘量一個人逛大阪。不曉得是不是市區較窄的關係，我覺得在自己眼中，此地人活動似乎比東京來得活潑，成列的房子也比不緊湊的東京整齊雅觀，幾條河裡淌著平靜而豐沛的水。諸如此類，每天都會發現一、兩件新奇有趣的事。

與佐野在濱寺共餐的次日晚上，我們又碰面了。這次，他穿著單衣來找岡田。當時我也和他聊了兩個多鐘頭，不過那只是在岡田家，小規模地重複前一天的事而已。腦子裡並未留下什麼特別的新印象。所以老實說，我只知他是一般社會人士，此外一無所知。但對母親所託與對岡田的義務而言，我不能推說不知道就了事。這兩、三天內，我終於寫信報告東京的母親，表示已和佐野見過面

我逼不得已，只好寫「佐野和照片上很像」，寫「他喝酒不會臉紅」，寫「他會像爸爸那樣唱謠曲，聽說也研習義太夫[11]」。最後我說他好像和岡田夫婦很要好，而寫「既然他是相處融洽的岡田夫婦所介紹，應該不會有問題吧」，末了，我寫「總之，佐野看起來跟多數有家眷的沒什麼不同，貞也有成爲一般主婦的資格，所以答應這件婚事就成了」。

封妥這封信，我終於有完成義務的感覺。然而思及這封信將決定貞永遠的命運，對於自己的草率微感羞赧。我把信拿到岡田那兒，岡田只瞥了一眼，說聲「很好」，根本沒碰到信紙。我坐在兩人面前，輪流看著他們。

「這樣就可以了嗎？只要寄出這封信，家裡便會決定。說定佐野後，就不會再改變。」

「很好嘛，正是我們最希望的。」岡田鄭重地說，兼也以女性說法重複同一意

思。聆聽他倆若無其事地說著，與其因此而放心，倒不如說反而感到忐忑不安。

「你幹嘛那麼擔心？」岡田微笑著抽煙，說道：「對這件事最冷淡的不是你嗎？」

「冷淡是沒錯，但是總覺太過草率，對不起雙方。」

「寫了這麼長的信還說草率？你母親滿意，我們這邊也早就決定，再沒有比這個更圓滿的喜事了，對不對？」

兼說著注視岡田，岡田也露出同意的表情。我不想說長篇大論，便當著他們的面貼上三分錢郵票。

11

我巴不得寄出此信就離開大阪。岡田也說，我大概不必留在那兒等母親的回信。

「不過，你別急著走。」

這是他一再說起的話。我非常了解岡田夫婦的好意，同時也很能想像他們的困惑。像我這種蠻橫人物在如此夫妻家中作客，也難免有點拘束感。我開始覺得寄來一張電報般的簡單明信片後，一直杳無音訊的三澤可惡之至。於是我下定決心，如果明天還沒有任何消息，就獨自攀登高野山。

「那麼，明天約佐野一起到寶塚吧！」岡田提議。我著實以岡田爲我安排他的時間爲苦，諷刺點說，我覺得到那樣的溫泉飲食很對不起兼。乍見之下，兼會給人適合奢華生活的印象，可說完全基於她那身細皮嫩肉與容貌之故，以性情而言，她比一般東京人士樸素得多。我認爲，她可能對外出丈夫的荷包，加了某些程度的約束。

「不喝酒的人，一輩子佔便宜。」

兼知道我不喝酒，有時會如此抒發心中所想，甚至露出羨慕的神情。雖然如此，當岡田紅著臉以野蠻的聲音說：「二郎，好久不見，咱們來相撲如何？」之時，兼總是蹙起眉頭，眼中卻一片喜悅。所以我推測，兼並非討厭丈夫喝醉，而是討厭酒錢的支出。

我辜負岡田的好意，婉拒寶塚之行。不過暗自決定明早岡田不在時，自個兒搭電車去見識一下。岡田可憐兮兮地說：「是嗎？如果是文樂⑫就好了，可惜不巧因爲天氣太熱，所以沒有表演。」

翌日早上，我和岡田一起離家。在電車上，他突然提起我早已忘懷的貞的婚事。

「我並沒有自以爲是你的親戚，而認爲自己是你父母親當做書僮養大的食客。連我現在的地位和兼，都是拜你父母所賜。所以我平日就常想，必須感恩圖報。貞這件事也是在此動機下產生，絕對沒有別的意思。」

他認爲貞是我家的累贅，便想儘早找個人把她嫁出去。我以家中一分子的身分，處在理當感謝岡田好意的地位。

「家裡很想早點把她嫁出去吧？」

事實上，我的父母正有此意。然而此時在我眼中，貞和佐野這兩個沒有任何關連的人，似乎太無認識了解的機會。

「不曉得他們能不能相處得很好？」

「應該可以，看我和兼就知道了。結婚以來，我們從來沒有發生大爭執。」

「你們與衆不同……」

「那兒的話，天底下的夫妻都大同小異。」

就這樣，岡田和我結束了這個話題。

12

到了次日下午，果然也沒有三澤的信。性急的我氣不過等候這麼懶散的人，便決心再勉强也要一個人走。

「多待一、兩天有什麼關係？」兼親切地對我說。當我上二樓，打算把單衣和腰帶裝入旅行箱時，她追過來似地挽留我說：「請務必留下來。」說完好像覺得意猶未盡，當我收拾好皮箱，她到樓梯口說：「行李整理好了？那麼我去沏茶，別急著走。」隨即下樓去了。

我盤腿坐下，打開旅行指南。然後，暗自盤算各種時間方面的事。由於時間不好安排，所以我躺下來試著小睡片刻。這時，種種與三澤同行的愉快想像泉湧而出，眼前浮現由富士下行須走的路口時不愼滑跌，吊掛腰際裝著金明水⑬的大玻璃瓶隨之摔碎，他卻仍掛著破瓶子走路的當時模樣。不久，兼上樓的腳步聲傳來，我連忙坐了起來。

兼站著，鬆了一口氣似地說：「幸好信到了。」然後，立刻坐在我的面前。把剛收到的三澤來信遞給我。我馬上拆信閱讀。

「他是不是終於到了？」

一時之間，我幾乎失去回答兼的勇氣。三澤在三天前抵達大阪，躺了兩天後終於住進醫院。我告訴兼醫院的名稱，並且請教她地理位置。兼很熟悉環境，卻沒聽過醫院名稱。總之，我決定提行李離開岡田家。

「這件事眞糟糕。」兼同情地說了又說。儘管我說不必，她仍堅持讓女傭提皮箱跟我到車站。一路上我再三請女傭回去，但女傭嘴裡嘟囔著不肯折回。我聽得懂她的話，但對我這陌生的外地客而言，這些話很難記在腦中。爲了答謝這幾天來的照顧，道別時我給了她一塊錢。她收下錢，說了聲「再見，請保重」。

下電車後我改搭人力車，車子越過鐵軌，在狹窄的路上向前奔馳。跑得太猛的結果，好幾次險些撞上迎面而來的腳踏車或人力車。我提心吊膽，終於在醫院前下車。

我帶著旅行箱上三樓，爲了找三澤，一面走一面向每個病房探視。三澤躺在走廊盡頭的八張榻榻米房間，胸前放著冰袋。

「怎麼了？」我一進房間就問。他苦笑著，什麼都沒有回答。「八成又是吃太多了。」我責罵似地說，盤坐在他枕邊，然後脫掉上衣。

「那兒有棉被。」三澤朝上翻眼，指示房中一角。我審視他眼睛和面頰的模樣，猜想他的病到底多嚴重？

「有沒有請私人看護？」

「有，剛剛不知上那兒去了。」

13

三澤一向胃腸不好，動不動就嘔吐或腹瀉。朋友都說，那是他不注意保養身體的結果。但是他本人辯白，這種體質來自母親的遺傳，沒有辦法。而且他還翻閱消化器官疾病方面的書籍，引用胃弱、緊張和下垂性這些名詞。每當我向他提出忠告，他總是露出外行人懂什麼之類的表情。

「你知道酒精被胃吸收，或被腸吸收嗎？」他大模大樣地這麼說，但一生病必定叫我去。儘管我心想「瞧，出毛病了吧」，卻一定去探病。短則兩、三天，長則一、兩個禮拜，他的病多半會痊癒。因此，他根本瞧不起自己的病。至於身爲別人的我，更不用說了。

但是這次，我先爲他的住院吃了一驚，又被他胃上的冰袋嚇了一跳。我一直相信冰袋只能放在頭上或心臟上，當我注視如脈搏跳動般顫動的冰袋，突然湧起一股厭惡感。越是坐在枕邊，越是說不出爲他打氣的話。

三澤吩咐護士拿來冰淇淋。我手上拿著一杯，他開口要另一杯。我想除了藥品和規定食品外，可能不該吃那種東西，便加以攔阻。這時，三澤生氣了。

「你認爲消化一杯冰淇淋，需要多強壯的胃？」他以認眞的表情，打算和我爭論。事實上，我什麼也不懂。護士說或許可以吃，但爲了愼重起見，特地到醫務室問問。她帶回允許的話說：「食用少量並不礙事。」

上洗手間時，我瞞著三澤叫來護士，問他到底是什麼病。護士答：「大概是胃不好。」我進一步追問，護士滿臉不在乎地說她今早才由護士會派來，什麼都不知道。我無可奈何，便到樓下問醫務人員，但那人也不知道三澤的名字。不過他查閱患者病歷，單單告訴我病人胃部有一點糜爛現象。

我又回到三澤身邊。他仍把冰袋放在胃上，說道：「你看窗外。」房中正面有兩扇窗戶，側面則有一扇，都是西洋式構造，而且比一般窗戶高。由於病人舖著日式被褥睡覺，他的眼中只能斜斜看到亮麗的天空，以及電線桿的部分電線。

我手撐在窗邊，俯瞰外面。由高聳煙囪冒出的遠方煙氣，首先映入眼簾。煙氣籠罩全市似的，在龐大建築物上四處迴繞。

「看得見河吧？」三澤問。

左邊能看到大河的一部分。

「也能看得見山吧？」三澤又問。

山從剛才就顯現在正面。

那是暗嶺[14]，昔日可能高大林木叢生，但如今已變成明亮的山了。不久以後，便會有電車穿過山下通往奈良。三澤不曉得從誰聽來這些事，精神奕奕地告訴我。看他那副模樣應該不必太過擔心，我想想便離開醫院。

14

我無處可去，只好搭人力車前往三澤住過的旅館，旅館名稱還是向三澤問來的。護士說那旅館就在附近，但對初到此地的我可就是遙遠路程了。

那家旅館沒有玄關或其他什麼的，一進去女服務生便過來招呼。我被帶到二樓一間聽說是三澤住過的房間，欄干前是條大河，從房中眺望，可見清涼的水流，但不知是否方向的緣故，一點風都吹不進來。入夜後對面點點燈火閃爍，卻只是徒增些許眼前情趣，根本未能帶來絲毫涼意。

吃飯時，我問女侍有關三澤的事。女侍記得他在這裡躺了兩天後，第三天便住院。其實他是在更早一天的下午抵達，丟下皮箱立刻外出，當天晚上十點過後才回來。女侍告訴我，抵達那天有五、六個人陪著他，回來時只有一個人。我猜不透那五、六名同伴是什麼人，怎麼想也沒有印象。

「他有沒有喝醉？」我試著問女侍。女侍並不清楚，但她答：「過了一會兒客人就吐了，所以可能喝醉了。」

當天晚上我請女服務生掛上蚊帳，很早就上牀就寢。結果發現蚊帳有破洞，兩、三隻蚊子在裡頭飛來飛去。我搧著團扇趕蚊子，正想睡時聽到隔房傳來說話聲。隔壁客人好像由女侍陪著喝酒，聽說是位警官。我對警官二字有點興趣，想聽聽那人說些什麼。這時，負責我房間的女服務生上來通知醫院打來電話。我大吃一驚，連忙起身。

打電話來的是三澤的護士，我擔心病人情況有變，趕緊問有什麼事，對方說只不過爲病人傳話，表示病人覺得很無聊，明天請儘量早點來。聽了這些話，我斷定他的病果然不嚴重。

「原來如此，以後最好儘量不要爲他傳達這種任性的要求。」我責怪似地開口，說完又覺護士可憐，便說：「不過如果妳要我去，我就去。」然後，我返回房間。

女服務生不知何時發現破洞，已經用針線縫好蚊帳。但是飛進去的蚊子還在帳中，我一躺下便覺額頭及鼻尖不時有細微的嗡嗡聲。雖然如此，我還是睡了。不多時，又被右邊房間的談話聲吵醒。豎耳一聽，仍是男人和女人的聲音。我原以爲這邊沒人住，所以有點驚訝。由於那女人三番兩次地說：「那麼，我要回去了。」我推測鄰房客人大概是女人從茶藝館送回來的，不久我又睡著了。

隨後一度被女服務生拉板窗的聲音吵醒，最後起牀時，已是河面顯現淡淡白霧時分，眞正睡著的時間不過幾小時。

15

那天，三澤的冰袋依然放在胃上。

「還在用冰冷敷？」

我露出微感意外的表情問道。聽在三澤耳中，我這句話似乎沒有朋友的體貼之情。

「又不是感冒流鼻涕。」他說。

我向護士簡單地謝了聲：「昨晚有勞妳了。」這位護士是個臉色蒼白浮腫的女人，可能是臉龐酷似畫中盲眼按摩女的關係，使人覺得與一般護理人員所穿白衣極不搭配。我並未發問，她卻主動說自己是岡山人士，幼時罹患膿毒症而瞎掉右眼。果然不錯，這個女人的一隻眼睛像朵白雲。

「護士小姐，對這種病人太好的話，誰知道他會提出什麼要求，所以適可而止就好了。」

我半開玩笑地故意說得輕浮而露骨，護士苦笑不已。這時，三澤突然拿起冰袋說：

「喂，給我冰。」

走廊那邊響起敲冰聲時，三澤又「喂」地叫我。

「你也許不知道，這種病一旦惡化，必定形成潰瘍，到時就危險了。所以，我才一直把冰袋放在這兒。我之所以住院，不是醫生的勸告，也不是旅館介紹我來，而是我自認有此必要，並非一時心血來潮。」

其實，我並不信任三澤在醫學上的知識。但聽他說得那麼認眞，也就沒有勇氣消遣他。況且，我對他所謂潰瘍一無所知。

我起身到窗口，眺望著反映强烈陽光而呈現乾土色澤的暗嶺。突然間，我渴望到奈良一遊。

「看你這個樣子，一時可能無法履行約定吧？」

「我就是想依約而行，才這麼保重身子。」

三澤是個相當倔强的人，依照他這種個性，在他的健康足以負擔旅行疲累之前，我勢必要在這炎熱都市中接受蒸烤。

「可是，你的冰袋似乎很難拿掉。」

「如此才能早日康復嘛！」

在我和他的談話中，顯然可見他不僅倔强，也十分任性。同時，我也看到自己巴不得早日捨棄病人而去的潛意識。

「聽說你到大阪時，有很多同伴？」

「嗯，都是跟那夥人喝酒害的。」

他列舉的姓名中，我只認識兩、三個。三澤從名古屋就和這些到馬關⑮、門司及福岡等地的人搭同一班火車，因爲大夥兒久未相聚，便在大阪下車跟三澤一起吃飯。

總而言之，我打算多觀察病人的情況兩、三天，然後再做決定。

16

那段期間，我活像三澤的侍從，幾乎成天待在醫院。事實上，孤獨的他每天都等著我去。儘管如此，見面時他從不向我道謝。當我特地買花帶去，有時他甚至滿臉不高興。我在他的枕邊看書，和護士聊天，服藥時間一到，服侍病人吃藥。因爲早上陽光强烈地射入病房，我便協助護士把他的臥榻移到陰暗處。

在這樣的日子中，我認識了每天午前巡視病房的院長。院長通常穿黑色服裝，有醫務和護士各一人隨行。他是位膚色微黑、鼻樑高挺的體面男人，說話腔調與態度均一如容貌般極具品味。三澤一見院長，就跟毫無醫學常識的我們一樣，儘問些「現在還不方便旅行嗎？」、「變成潰瘍是不是很危險？」、「現在想想，當初索性早點住院是不是比較好？」之類的問題。每當他發問，院長都簡單地回答：「是的，可以這麼說。」平常他老是用些難懂的術語刁難別人，在院長面前卻顯得渺小可笑。

他的病似是輕微，又像嚴重。而且，怎麼也不肯通知家人。我問過院長，得到的答覆是如果沒有噁心現象就不必擔心，不過理當食慾較佳才對。看著院長感到奇怪而沈思的模樣，我一時不知所措。

初見他的餐几時，上面放著豆腐、海苔和柴魚湯。此外，他不准吃別的食物。我心想，這麼一來前途茫茫了。同時，他面對餐几啜著薄粥的身影，顯得非常可憐。我暫時離開，到附近西餐廳解決民生問題回來後，他一定會問：「好吃嗎？」看著他的臉，我更加同情了。

「那家餐廳就是上次送來使我們吵架的冰淇淋的餐廳。」

說著，三澤笑了起來。我想，在他再稍微恢復健康前，我最好還是留在他身邊。

但是回旅館後，在悶熱的蚊帳中，我總想早日前往涼爽的鄉下。前幾天晚上和女人談話而擾人清夢的鄰房住客還沒走，每當我就寢時，他必帶著一身酒氣回來。有一次在旅館喝酒，直嚷叫藝妓來。女服務生多方哄勸，最後甚至忠告他，那種女人在你面前裝腔作勢，背地裡拚命說你的壞話，所以不要叫她們來。這時客人回答說，沒關係，當面奉承我，討我歡心就可以了，背後說些什麼我又聽不見，管它的。有一次，藝妓要跟他談正經事，客人卻又哄又騙，氣得藝妓說道：「人家跟你說眞的，你卻老是岔開話題。」

這種事一再妨礙我的安眠，實在很傷腦筋。

17

受此影響而沒睡好覺的一天早上，我決定不再照顧病人。當我過橋到醫院時，病人還在睡覺。

從三樓窗口往下看，由於路窄，門前的路顯得細長美觀。對面是一長排堂皇的高牆，一扇小門中走出一位主人模樣的人，小心翼翼地用灑水器澆濕地面。牆內有夏桔般深綠的葉子，濃密得掩蔽了瓦片。

院內有名小廝用丁字棍綁著抹布，在走廊上推著走。由於抹步沒有洗乾淨，擦過的地方反而留下一道髒污的白痕。病情較輕的患者都到盥洗室洗臉，護士揮灰塵的聲音此起彼落。我借個枕頭到三澤隔壁的空病房，補充昨夜的睡眠。

那個房間也在早上陽光曝曬的方向，睡不了多久便熱醒了，額頭、鼻尖全滲出汗油，令人很不舒服。這時，有人叫我去接岡田的電話。這是岡田第三次打電話到醫院，他總是問「病人情況如何」，再不然就說「這兩、三天一定過去」，或者「無論什麼事但說無妨，不必客氣」，最後，必定附加一、兩句兼的事，例如「兼要我代爲問候。」或「內人說，請你再到家裡玩」，「家事很忙，所以一直沒去看你」等等。

那天，岡田的話也和平常一樣。不過最後他說：「從現在起一個禮拜內……雖然還不敢斷定，但再過幾天，可能會有令你吃一驚的事。」這個暗示倒是相當奇妙。我完全無法想像究竟是何事，再三問他到底是什麼事。岡田只是笑著說：「過幾天你就知道了。」直到我回三澤病房，始終沒問出他話中之意。

「又是那個人？」三澤說道。

我惦著岡田剛才電話裡說的話，沒有心情提起馬上要離開大阪這件事。不料三澤主動說：「你已經厭倦大阪了吧？不必爲我留在這兒，想去什麼地方就去，別客氣。」他向我說明，現在已經確定即使能夠出院，一時也不該逞强地登山。

「那麼，我可以隨心所欲嘍！」

答後，我暫時沈默下來。護士無言地退出室外，我直到聽不見她的腳步聲，才小聲問三澤：「有錢嗎？」他沒有通知家人生病的事，唯一熟識的我一旦離開他身邊，我擔心他物質上可能比精神上來得更不踏實。

「你能想辦法嗎？」三澤問。

「沒有什麼對象。」我答道。

「那個人怎麼樣？」三澤說。

「岡田？」我略微沈思。

三澤突然笑了起來。

「沒關係，到時候總會有辦法。你不必替我想辦法，錢我還夠用。」他說。

18

於是，錢的事沒再談起。一想到向岡田借錢，我就覺得渾身不舒服。即使爲了生病的朋友，我也全無此意。而且我猶豫著是否該離開此地，始終無法下定決心。岡田那通電話，撼動了我的好奇心，打算專程找他問明眞相。但是經過一晚又覺得麻煩，事情就這麼擱置下來。

我依然進出醫院大門。早上九點左右到玄關，有時走廊和候診室都擠滿門診病人。每次遇到那種情形，我通常會以世上病人如此衆多的驚訝表情環視他們，然後才走向樓梯。就在這一瞬間，我偶然發現了那個女人。我之所以稱那個女人爲「那個女人」，完全是三澤先叫起。

當時，那個女人畏縮在走廊微暗的椅子一角，只露出側臉。旁邊站著一個高個子的中年女人，用梳子盤起剛洗過的頭髮。我的一瞥首先落在那個女人的背影上，然後一直沒有移開目光。這時中年女人走了過去，大半身影擋住那個女人。那個女人縮著不動的模樣恰似忍者雕像，然而她的表情神色簡直看不到一絲苦悶痕跡。初次看到那張側臉時，我不禁懷疑這是病人的臉嗎？只是她弓著背幾乎使胸口碰到腹部的樣子，令人產生一股其中彷彿潛伏某種恐怖物體的不愉快。我一面上樓，一面想像「那個女人」的忍耐與美麗容貌下所包藏的痛苦。

三澤從護士那兒，聽來有關醫院中一個名叫A的助手之事。這位A先生是個年輕男人，晚上一有空就吹起他熱愛的尺八簫。他是單身漢，住在醫院裡，房間和三澤一樣也在三樓，位於轉角的一個角落。幾天前還聽到他拖鞋啪噠作響的腳步聲，這兩、三天卻未曾露面。我和三澤都說，不知他到底怎麼回事。

護士笑稱A先生老是拖著跛腿走到廁所的模樣很可笑，然後又說她看到醫院護士

時常拿紗布和臉盆到A先生房間。三澤以似感興趣又覺無味的漠然表情，「嗯唔」地答著

他又問我，打算在大阪待到什麼時候。自從放棄旅行的念頭後，他一見我就這麼問。在我聽來，他這種表現似是客氣，又像催促，反而令人反感。

「只要我方便，隨時可以走。」

「悉聽尊便。」

我站起來，從窗戶俯瞰正下方。無論我如何望眼欲穿，「那個女人」也沒走出門外。

「你幹嘛特地到那兒曬太陽？」三澤問道。

「我在看。」我回答。

「看什麼？」三澤又問。

19

我耐著性子，不輕易移開窗口。就在對面晾衣處，擺著五、六盆松和石榴盆栽，旁邊有個梳島田[16]髮型的年輕女郎，連連把洗好的衣物晾在竹竿上。我瞥了那邊一下，再度望向下方。但我引頸長望的人，始終沒有出來的樣子，我終於受不了炎熱，回到三澤臥榻邊坐下。他看著我的臉，提醒說：「你這個人眞不領情，別人對你越是親切，你越是故意到陽光下曬。瞧你，臉曬得紅通通。」平常我總覺得三澤才是個不領情的人，這時便稍微作態地說明：「我之所以從窗戶探頭看，並不是故意不領你的情，而是另有目的。」這句話一說出口，反而使我不好意思說出關鍵所在的「那個女人」。

不一會兒，三澤又笑著問：「剛才你眞的在看什麼嗎？」這時我已改變主意，覺得現在說出「那個女人」是件愉快的事。明知倔强如三澤，一旦聽我說出此事，必會冷嘲熱諷地罵我無聊，但是我並不介意。果眞如今，我甚至想答，事實上由於某種原因，使我對「那個女人」特別感興趣。只要這些話一出口，三澤應該會有點焦急吧。

然而三澤的態度與我所預期的完全相反，居然頗爲欣賞我的每一句話。我也談得起勁，原本只說一、兩分鐘的話扯到三倍之多。最後當我說完時，三澤問道：「她當然不是一般家庭婦女吧？」我詳細地爲他說明「那個女人」，不過始終沒用「藝妓」這個名詞。

「如果是藝妓，說不定我認識呢！」

我嚇了一跳。原以爲是玩笑話，但他唇角帶笑，眼中所示儘是相反的意思。他再三問我「那個女人」的眼睛、鼻型等等，由於我只是上樓時瞥見對方側面，無法答得非常精確。在我眼中，只留存那個女人彎腰弓背的可憐姿勢而已。

「一定是她，待會兒我請護士去問她的名字。」

三澤說著，淡淡一笑。看那模樣，顯然並未欺騙我。我有點被吸引，便問他和「那個女人」的關係。

「等我確定是她以後，再告訴你。」

這時，醫院護士過來通知「迴診了」，「那個女人」的話題就此中斷。我爲了避開巡視病房時的混雜，通常時間一到立刻離席到走廊或擺貯水桶的高處去，但是那天我拿起身邊的帽子，直接下樓了。我覺得「那個女人」可能還在某處，便佇立玄關入口環視四方。可是，走廊和候診室都沒有患者的影子。

20

那天黃昏，在靜謐無風的燈火時分，我又登上了曲折的樓梯，快步走進三澤病房。看樣子他已經吃過飯，大模大樣地盤坐在被褥上。

「我現在可以自己上廁所，也能吃魚了。」

這是他當時所自傲的事。

三面窗戶同時敞開著。因爲房間在三樓，前面沒有妨礙視線的東西，天空看來如在眼前，燦爛的星星也毫不客氣地增加亮度。三澤搧著團扇，說道：「有沒有蝙蝠在飛？」護士的白色身影在窗口移動，上身微微探出窗框。我對「那個女人」的關心程度遠勝蝙蝠，便問：「喂，那件事知道了嗎？」

「果然是她。」

說著，三澤以含有某種意味的眼神注視我。我答了聲「是嗎」。可能是嫌我的音調過高，三澤突然用團扇搧我的臉，然後反過扇子以扇柄指著斜對面的房間。

「你走後，她住進那個病房了。」

三澤的病房在走廊盡頭，面向馬路。女人的病房則在同一走廊角落，中庭採光。由於天氣炎熱，雙方都打開房門，並且拿掉紙門，因此從我所處位置，斜斜地可以看見扇柄指示房間入口約四分之一處。然而，那兒只露出女人臥榻末端畫般三角而已。

我凝視對方被褥末端，暫時沈默不語。

「她的潰瘍很嚴重，有吐血現象。」三澤又小聲告訴我。這時我想起曾聽他說明，再拖下去有成爲潰瘍的危險，因此才住院。初聞此言，潰瘍一詞並未在我腦中留下任何印象，而這次卻給了我很奇妙的恐怖感，彷彿在潰瘍背後潛藏可怕的死亡似的。

不久，女人病房微微傳來嘔吐聲。

「喏，吐了。」三澤皺起眉頭。片刻後，護士出現門口。手拿小臉盆，腳穿拖鞋，看了我們這邊一眼便走了出去。

「不曉得會不會康復？」

我的眼前清楚地看到今早把下巴壓在胸前，凝坐著的美貌女郎臉龐。

「吐成那個樣子，很難說。」三澤答道。看他的表情，與其說同情對方，毋寧說滿臉擔憂的神色。

「你眞的認識那個女人？」我問三澤。

「眞的認識。」三澤認眞地回答。

「可是，這不是你第一次到大阪嗎？」我責問三澤。

「我是這次來才認識的。」三澤辯解道：「老實說，這家醫院的名字也是那個女人告訴我的。我住進這兒時，就擔心她可能也會來。不過在今早聽你說起前，我還以爲不會是眞的。因爲我對她的病有責任……」

21

在甫抵大阪就夥同朋友喝酒的某茶屋中，三澤邂逅了「那個女人」。

當時，三澤已因天熱而感胃部不適。但强拉他喝酒的五、六位朋友以久未見面爲藉口，拼命灌他喝。三澤不得已，只好以順從的態度一喝再喝，概不推辭。這當兒，他自覺有股不安頻頻自胸下湧起，有時會變了臉色痛苦地吞口水。正好坐在他前面的「那個女人」，以大阪話問他要不要吃藥。他把五、六顆「珍寶」[17]或什麼的放在手掌裡，然後投入口中。這時，女人也同樣將白皙掌中的小顆粒放入口裡。

三澤先前便留意女人倦怠的舉止，忙問妳是否也什麼地方不舒服。女人落寞地笑答，不知是否天熱的緣故，沒有一點食慾，尤其這一週來根本不想吃飯，只想喝冰水，而且剛嚥下便又想吃，眞沒辦法。

三澤聽她這麼說，認眞地忠告道，那八成是胃不好，應該找專門醫生檢查。女人表示，別人也說我一定害了胃病，我很想找好醫生看病，可是我做的是這種工作，所以……後面便支支吾吾地沒說出來。那時，他首次從女人那兒聽到本院院長的大名。

「我也想到那兒看看病，最近老覺身體不對勁。」

三澤以分不清玩笑或認眞的語氣說道。女人蹙起眉頭，似乎認爲對方不該說這種不吉利的話。

「那麼，喝個痛快再說吧！」說著，三澤舉杯一飲而盡，然後遞到女人面前。女人溫順地斟酒。

「妳也得喝。就算吃不下飯，酒總能喝吧？」

他把女人拉到前面，胡亂地勸酒。女人順從地喝了一陣子，最後忍不住求饒。不過，依然端坐著沒離座。

「喝酒殺光鬧胃病的害蟲，馬上就能吃飯了。來，非喝不可。」

三澤自作賤地喝醉後，甚至迸出粗暴的話勉强女人喝酒。雖然如此，自己胃中早已有團即將爆發的壘塊不停翻攪。

我聽三澤談到這裡，不禁感到一陣戰慄。心想，何苦如此殘酷地糟蹋自己的身體？縱然你是自作自受，又何必毫無益處地使「那個女人」羸弱的身子受苦？

「我當時並不知道。她不了解我的身體情形，我也不明白她的健康狀況，周遭的人更不知道。不但這樣，我和那個女人也都不清楚自己。而且我十分痛恨自己沒出息的胃，企圖以酒力壓倒痛苦，說不定那個女人也這麼想。」

三澤神情黯然地說。

22

「那個女人」所躺的位置，即使從走廊經過病房前也看不見她的臉。護士告訴我，靠近門柱旁探視就看得見，但我沒有勇氣那麼做。

或許是天氣炎熱的關係，「那個女人」的護士大半時間都倚柱看外面。以一名護士來說，此人稱得上美女，三澤常不滿地說她狗眼看人低。他的護士卻別具用心，從沒說過美貌護士的好話。所說不外是那美貌護士沒好好照顧病人，態度不親切，在京都有男人，沈迷於那個男人寄來的信等等。三澤的護士不知從那兒探來各種消息，一五一十地報告三澤和我。她說，美貌護士有時會忘記清理病人用過的便器就睡了。

事實上，這位美貌護士雖然長得漂亮，卻不重視自己應盡的義務，這一點我們也看得很清楚。

「要是不換護士，那個女人就太可憐了。」三澤時常滿面愁容地這麼說。然而每當美貌護士倚柱打盹，他偶爾會從自己的房間凝視對方的側臉。

「那個女人」的病情也常從我們這邊的護士口中洩漏出來。——無論牛乳、湯汁或任何輕淡液體，她那不正常的胃絕不接受，連最重要的藥也相當排斥，勉强服下隨即嘔出。

「會吐血嗎？」

三澤經常這樣問護士。每次聽到這句話，我就會受到不愉快的刺激。

「那個女人」訪客不斷，但是不像別的病房那樣傳出熱鬧的談話聲。我躺在三澤房中，看到許多梳著島田式銀杏返髮型的人影，穿梭「那個女人」的病房。當中有人穿著鮮艷奪目，花樣華麗的和服，不過大半都穿近於一般婦女打扮的服裝，悄悄地來又悄悄地去。雖然有人在門口以感嘆詞說了一句「啊，小姐」，也只是絕無僅有的一次。而且那人把傘放在走廊邊端，走進病房後立刻悄然無聲，活像消失了似的。

「你有沒有去看那個女人？」我問三澤。

「沒有。」他答道：「但是我比去探病更關心。」

「那麼，她還不知道你在這裡？」

「應該不知道，除非護士告訴她。那個女人入院時我只匆匆瞥了她一眼，她沒看我這邊，多半不知道吧？」

三澤告訴我醫院二樓有「那個女人」的熟客，那人在紙條上寫下「妳爲胃，我爲腸，雙雙爲酒苦」這首打油詩，送到那個女人房中，出院時特地盛裝前來探病。說這些話時，三澤露出對方眞是傻氣的表情。

「應該安靜，不要給她任何刺激。進出病房應該放輕腳步。」他說道。

「不是很安靜嗎？」我說。

「那是因爲病人不喜歡說話，也就是病情加重的證據。」他又說。

23

三澤對「那個女人」的事，知道得比我預料中詳細。每當我到醫院，他首先提起的就是這個問題。他把我不在時所得關於「那個女人」的內情，猶如坦白與他有關的女人內幕般地告訴我，儼然以向我誇示那些情報爲傲。

據他表示，「那個女人」是以某藝妓館女兒身分而備受禮遇的紅牌藝妓。身體嬌弱的她又以此爲唯一滿足，賣力營生。縱使身體微恙，也從不偷懶休息。偶爾撐不住躺下時，總是惦著早點去工作。……

「現在在她病房的是那家藝妓館的元老級女傭，名義上雖是女傭，但做久了自然有某種權力，言行舉止已不像女傭，倒像姨媽之類的人物。那個女人只聽這位女傭的話，所以會乖乖服用不想吃的藥，也只有這位重要人物有辦法讓她不使性子。」

三澤將一切內幕來源歸功於他的護士，說明時一副完全由她口中聽來的模樣。然而對於這一點，我並非全無疑點。我趁三澤離房上洗手間時，問他的護士說：「三澤嘴裡這麼說，但是他有沒有趁我不在時到那個女人病房聊天呢？」護士以認眞的表情說道：「沒那回事。」這句話一口就否定我的懷疑。接著她解釋說，「就算有那樣的訪客去探病，也不可能談到病人的身世。」然後我聽到幾個令人不安的例子，得悉「那個女人」病情逐漸惡化。

由於「那個女人」嘔吐不止，目前已無法經由口頭攝取營養，昨天終於試行營養灌腸，可是效果並不理想。甚至連少量牛乳和雞蛋混合的單純液體，似乎也使那個女人的胃腸負荷過重，未能如預期般吸收。

護士說著，露出誰能走進重病患者病房悠哉談身世的表情。我也覺得她言之有理，暫將三澤的事拋在腦後，暗自比照衣著鮮麗的紅牌藝妓，以及罹患恐怖疾病的可憐女郎，默默思忖著。

「那個女人」得出售美貌與技藝的過人，才晉身成爲某藝妓館掌珠的身分，受人萬般重視。在已然無法販賣那一切的今天，藝妓館中人是否仍會看重她一如往日？倘若對她的待遇隨著病情逐漸淡薄，與病魔纏鬥的她心中不知會多麼不踏實？她既會被當做藝妓館女兒看待，想必親生父母沒有什麼身分地位。經濟上既然不寬裕，再擔心也沒有用。

我想著這些事，向剛如廁回來的三澤問道：「你可知那個女人的親生父母是否健在？」

24

三澤說，他只見過一次，據說是「那個女人」生母的女人。

「而且只看到背影而已。」他特地聲明。

正如我所想像，那位所謂生母不是富裕的人。看樣子，勉強才擁有一套整潔的外出服。聽說偶爾來看女兒，也像受到無限拘束一般，偷偷摸摸地來，不知何時又悄悄下樓，唯恐有人注意似地溜回去。

「在那種情況下，就算親生父母也會變得疏遠。」三澤說道。

「那個女人」的訪客全是女性，而且年輕女郎占多數。尤其這些人跟一般太太小姐大不相同，都是憑姿色維生的美女，混在其中的這位生母即便不在那個場合，就已被生活煎熬得樸素而憔悴，更何況置身鶯燕之中。我憑想像描繪那位貧窮老母親的背影，暗自覺得可憐。

「以母女之情來說，女兒身染重病，做母親的八成巴望著能夠日夜陪伴身邊。眼見身爲外人的女傭發威，反倒被當成外人看待的生母心中一定很不好受。」

「在這種情況下，親生母親又能有什麼辦法？第一點，沒有成天陪伴的時間。再者，就算有時間也沒錢。」

我有股窩囊的感覺。從事那種輕浮工作的女人，即使平日過著多采多姿而令人羨慕的生活，一旦生病，辛酸的程度想必比一般人來得嚴重。

「她應該有固定戶頭吧？」

看來三澤腦中所想也僅遺漏這一點，當我提出這個疑問時，他默不作答。在這方面，提供一切相關新知識的護士沒有一點用處。

在當時酷熱的氣候中，「那個女人」虛弱的身體還勉强支撐得住。三澤和我把這件事當成奇蹟似地談論著，但兩人都唯恐過於露骨，未曾從柱子後面窺探。所以對「那個女人」現在到底多麼憔悴，只不過是空幻的想像而已。縱使營養灌腸效果不佳的消息傳到我們兩人耳中，三澤眼前除了華服藝妓身影外，沒有其他印象。而我的腦海裡，也單單描繪「那個女人」入院前氣色不佳的臉龐而已。因此儘管兩人嘴裡都說那個女人大概不行了，事實上雙方壓根兒沒想到她會死。

同一時間，不同的病患進出醫院。某晚，二樓有位和「那個女人」年紀相仿的婦人，被人用擔架抬下樓去。聽說，病人的母親打算把這兩天就可能病危的女兒帶回鄉下。那位母親曾告囑訴護士，光是冰塊就花掉二十幾日圓，眼前除了出院外別無他途，話中暗示其困境。

我從三樓窗戶俯視回鄉下去的擔架。昏暗中看不清楚擔架，只見用來照明的提籠往前移動。由於窗高路窄，燈火彷彿在谷底遊移。當燈火消失在對面黑暗的十字路轉角處時，三澤回頭向我說：「能撐到家裡就算萬幸了。」

25

有如此愴然出院的病人，也有每天背著孩子在走廊、瞭望台或別人病房前來回踱步的悠閒之人。

「他簡直把醫院當做娛樂場所。」

「到底誰是病人？」

我們覺得既可笑又奇怪。聽護士說，背孩子的是叔叔，被背的是侄兒。這位侄兒入院之初瘦得皮包骨，經過叔叔不眠不休地照料，才有今天的成績。據說那位叔叔做針織品生意，金錢方面應該不成問題。

此外，三澤鄰房的隔壁病房住著一名怪病人。他總是提著手提包，跟常人一樣到處走動，有時甚至溜出醫院，回來後脫光衣服，津津有味地吃起醫院的飯來了。而且他還若無其事地說，昨天到神戶去了一下。

又有對專程從岐阜到京都本願寺膜拜的夫妻，順便一起住進這家醫院後居然住了下來。這對夫妻病房中掛著背後有光暈的阿彌陀佛畫軸，有時兩人會輕鬆地下圍棋。問起那位太太，對方便裝模作樣地說今春吃年糕時，丈夫吐了一小杯半的血，所以趕緊陪他來。

「那個女人」的護士依然靠著門柱，老是雙手抱膝。我們這邊的護士將之批評爲：仗著漂亮故意招蜂引蝶。有時我會說「不會吧」替對方辯護，但「那個女人」和美貌護士的關係在冷淡程度方面，顯然與當初沒有多大變化。我加以說明，可能是兩名美女同處一室，無形中彼此嫉妒吧。三澤卻表示反對，認爲大阪的護士勢利眼，瞧不起藝妓，自始就愛理不理的。這才是他們關係冷淡的原因。他雖這麼主張，卻沒有顯露憎惡那位護士的樣子。至於我，對這個女人也沒有特別厭惡的感覺。三澤的醜護士說：「漂亮的人眞佔便宜。」這句聽來相當奇怪的話，惹得我們忍俊不住。

在這種環境圍繞下，三澤對「那個女人」的興趣隨著身體的康復與日俱增。我之所以必須使用「興趣」這個通俗而奇妙的名詞，是因爲他的態度既非戀愛，又非全然親切，除了以「興趣」二字表示外，找不到適當的用字。

第一次在候診室看到「那個女人」時，我興趣高昂的程度並不亞於三澤。然而聽他說起「那個女人」的事，主客立現。從那時起，每次談起「那個女人」，他總是以前輩的角色自居。有段時期，由於他的影響，當初的興趣一度熾熱起來。但居於客位的我，無法使興趣長久保持巔峯狀態。

26

我的興趣增强時，他的興趣有過之而無不及。我的興趣漸漸衰退時，他的興趣益發濃烈。他本是個面冷心熱的人，心中深藏倍於常人的柔情。而且一旦有事，他心底的火山便會爆發。

我百思不解，康復到能在院內四處走動的他，爲何不走進「那個女人」的病房？他絕對不像我這麼害臊，以他的個性來說，到曾有一面之緣的「那個女人」病房探病，說些同情的話，這種程度的表現並非難事。於是我說：「既然那麼關心那個女人，直接進去當面安慰她不就好了？」他表示：「嗯，我是想去，只不過……」說實在的，這種行爲不像平日的他。我不明白他爲何如此，但是我卻眞心希望他不要去。

有一次，我向「那個女人」的護士借書——不知何時，我和這位美貌護士自然而然地聊了起來。不過，只限於她靠柱時偶然抬頭看到經過前面的我，彼此寒暄天氣的程度——總之，我向美貌護士借來趣味性的運勢占卜書，在三澤房中玩起占卜遊戲。

這玩意兒附有若干紅黑兩色圍棋子般的扁平圓石，閉上眼睛把圓石擺在榻榻米上，算算紅的幾個黑的幾個。然後找出橫向數字與縱向數字的交會點，查閱書上所記載的占卜文字。

當我閉上眼睛，把圓石逐一擺在榻榻米上時，護士說出紅色幾個，黑色幾個，爲我翻閱占卜書上的字句。上面寫著：「假如戀愛成功，便會發生丟臉的事。」她邊唸邊笑。三澤也笑了起來，說道：

「喂，你得小心了。」先前三澤就說我向「那個女人」的護士打招呼的樣子很怪，揶揄了我老半天。

「你才該小心一點呢！」我反過來調侃他。這時，三澤滿臉認眞地反問：「爲什麼？」在這種情況下向這老頑固多費唇舌無異自找麻煩，所以我不搭腔。

事實上，我雖然覺得三澤沒有出入「那個女人」病房是件奇怪的事，但另方面，我也想到他那容易火熱的個性；過去暫且不提，我很擔心往後他也許會隨時改變主意。他的體力已大致恢復，能夠每天早上自己下樓盥洗。

「怎麼樣，可以出院了吧？」

我試著勸他，甚至打算：萬一必須因金錢上的關係而顧慮到出院，爲了節省他家裡寄錢來的時間，乾脆由我出面找岡田商量。可是三澤對我的建議不但沒有任何答覆，反而問我：「你到底打算什麼時候離開大阪？」

27

兩天前，天下茶屋的兼突然來找我。她這趟來，使我終於了解岡田上次電話中那番話的意思。因此，這時我已被他的預言——也就是一週前令我吃驚的預言束縛了。三澤的病、美貌護士的臉、未聞其聲也未見其影的年輕藝妓，以及她暫時所處被褥上的狹窄生活圈——我並非單爲這些事而滯留大阪。若藉詩人所好的言辭來說，我正以期待某預言實現的心情住在悶熱的旅館中。

「因爲那些事情，所以我必須再待一陣子。」我乖乖地回答三澤。這時，三澤露出微覺遺憾的表情。

「那麼，你也不能陪我到海邊休養嘍？」

三澤是個怪人，我表示關心時，他拚命抗拒，當我想要離開，他又緊抓著袖子不放。話雖如此，他這種自我本位的情緒起伏相當吸引人。我和他的交往不知歷經多少此類變遷，一直到今天。

「你原本打算和我一起去海邊？」我問個清楚。

「是有這個念頭。」他答道，眼前彷彿浮現遙遠的海邊光景。這時，他的眼裡似乎眞的看不見「那個女人」，也看不見「那個女人」的護士，而只有我這個朋友存在。

那天，我愉快地話別三澤回旅館。不過在歸途上，我也想起愉快話別前的不愉快。我勸他出院，他卻問我要在大阪待到何時。表面上雖只說了這些話，然而當時三澤和我都嚐到其中的苦味。

儘管我對「那個女人」的興趣已經消褪，仍執意不願三澤和「那個女人」熟稔起來。同樣地，三澤雖對美貌護士沒有意思，但是眼見我和她日漸接近，心裡也有點不是滋味。當中有我們未曾察覺的暗鬥，有人類與生俱來的任性和嫉妒，也有無法發展爲調和或衝突並且缺乏中心的興趣。總之，裡面蘊含了對異性的爭執，但是雙方都不能露骨地說出口。

我邊走邊爲自己的卑鄙感到羞恥，同時也憎惡三澤的卑鄙。不過我心裡有個自覺，既然身爲卑鄙的人類，那麼無論今後交往幾年，根本不可能拔除這種卑鄙的劣根性。當時我的心裡很不踏實，而且悲哀。

第二天我又到醫院，一見三澤就說：「我不再勸你出院了。」我懷著匍匐在他面前爲我的罪過道歉的心情，鄭重地說出這句話。這時，三澤答道：「不，我也不能再待在這裡，決定聽從你的忠告出院。」他告訴我，今天早上院長已經准他出院，並且說：「院方表示過度活動對身體不利，所以我決定搭臥車到東京。」這突如其來的消息，嚇了我一跳。

28

「爲什麼突然又想出院了？」

我不能不這麼問。在答覆我的問題前，三澤凝視我的臉。我覺得他活像要透過我的臉，看穿我的心事。

「沒有什麼特別原因，只是覺得出院比較好……」

話止於此，三澤不再多說。除了沈默外，我別無他法。兩人對坐著，氣氛比平常更爲沈悶。護士已經回去，房中特別寂寞。一直盤坐在被褥上的他突然仰面躺下，眼球朝上盯著窗外。外面仍是一片亮麗藍天，充滿豔陽的熱氣。

「喂！」不久，他開口說：「你常提起的那個人，他沒錢嗎？」

我當然不清楚岡田的經濟狀況，想起生性節儉的兼，我就不願開口提錢的事。但是如果爲了三澤的出院，我自然赴湯蹈火在所不辭，何況只是這種程度的麻煩。昨天，我便已有心理準備。

「他們家平常很節儉，應該有一點錢吧？」

「我需要的不多，幫我借吧！」

我以爲他沒錢付住院費，便問清楚大概缺多少錢。沒想到事情出乎意料之外。

「我身邊的錢，夠付住院費和回東京的旅費。如果只是這些，我不必麻煩你。」

他雖然不是富裕家庭出身的幸運兒，但以其獨生子的身分，在經濟方面比我們自由得多。加上他離家時母親和親戚託他在京都代爲購物，因爲在路上遇見新旅伴而越過預定地直接取道大阪，所以手頭還有沒用完的錢。

「那麼，你是爲了以防萬一？」

「不是。」他連忙說道。

「那到底爲了什麼？」我追問。

「怎麼用是我的自由，你只管替我借就好了。」

我又生氣了。他完全拿我當外人看待，我氣得默不作聲。

「你不能生氣。」他說：「不是我有意隱瞞，我只是怕你以爲我故意吹噓和你無關的事，所以才沒告訴你。」

我還是不吭聲。他躺著仰望我的臉，又說：

「好吧，我告訴你。」

「我還沒有去看過那個女人，她可能也未曾期待這種事。我和她之間，沒有非去探病不可的情誼。但是，我總覺得自己是使她病情惡化的罪魁禍首。不管我怎麼努力，這種感覺始終揮之不去。所以我一直在想，無論誰先出院，總要在出院前見上一面。不是爲探病，而是爲道歉。我必須向她道歉，說聲眞的很抱歉。可是我不能空著手光說抱歉，所以才拜託你。如果你不方便，不必勉強去借，我應該會有辦法，大不了打電報回家。」

29

由於種種因素，我必須先問問岡田才能決定。我讓說要打電報回家的三澤稍等一下，立刻走出醫院大門。岡田上班的公司正好與三澤病房方向相反，從他的窗口看不到，但就路程而言並不算遠。雖然如此，大熱天走來依舊汗流浹背。

他一看到我，活像幾世紀沒見面似的，直嚷：「好久不見。」然後，拼命說著電話中常提的客套話。

我和岡田現在已用比較客氣的語氣說話，但提起從前，我們之間根本用不著客氣。記得當時，我也曾在金錢方面找他週轉過。爲了鼓舞勇氣，我特地喚起當年的記憶。什麼都不知道的他站著，精神奕奕地說：「二郎，我的預言怎麼樣？」接著又道：「我不是說過，一週內會有令你吃驚的事嗎？」

我開門見山地談起最重要的事。他滿臉意外地聽著，聽完立刻一口答應。

「好，這點事我還辦得到。」

此刻，他的口袋裡當然沒有我所要的錢，便問：「明天可以吧？」我索性勉強他說：「可能的話，今天就要。」他顯然有點困惑，說道：

「那就沒辦法了，這麼做你會比較麻煩，不過只能這樣了。我寫封信，你帶回我家交給兼好嗎？」

關於這件事，我極力避免和兼直接交涉，但在這種情況下也不得不跑這一趟。於是我把岡田的信放入懷中，前往天下茶屋。一聽到我的聲音，兼跑到門口驚訝地說道：「這麼熱的天，你怎麼來了。」接著連說「請進」，我站在原地婉拒道：「我趕時間，不進去了。」說著，把岡田的信遞了過去。兼在門口打開信封。

「勞你專程跑這一趟，我馬上陪你去。」說完，兼轉身進屋，房裡隨即響起衣櫥拉環的聲音。

我和兼一起搭電車到終點站，在那兒分手。「那麼，待會兒見。」說著，兼撐起洋傘。我又坐人力車趕回醫院，洗把臉、擦擦身子，然後和三澤聊了一陣子，不久正如我所預期，兼到醫院後把我叫出玄關，從腰帶間抽出存摺，將夾在裡頭的鈔票放在我手上。

「你點一下。」

我形式上數了數，向她道謝：「沒錯。——眞是太麻煩妳了，這麼熱的天。」看樣子秉眞的趕得很急，額際滲出細細汗珠，漸漸凝成汗水滴落。

「怎麼樣，進來涼快一下吧！」

「不了，我今天趕時間，這就得走了。請替我問候病人。——無論如何，能早點出院總是值得慶幸。我家老爺一度非常擔心，老是打電話探問病情。」

秉說完這些客套話，又撐開乳白色洋傘回去了。

30

我有點迫不及待，握著鈔票飛也似地奔上三樓。三澤比平常更加坐立不安，倏地把剛點著的香煙丟進煙灰缸，也沒說謝謝，就從我手裡接過錢。我提醒他所收金額，問道：「夠嗎？」他卻只「嗯」地應了一聲。

他一直凝視『那個女人』病房那邊。由於時間的關係，走廊盡頭見不到一雙探病者的鞋子。平常就過於平靜的病房中，顯得格外寂寞。美貌護士仍倚著轉角的柱子，閱讀助產學之類的書。

「不曉得那個女人是不是在睡覺？」

他雖發現走進「那個女人」房中的好機會，卻深恐妨礙病人的睡眠。

「說不定在睡覺。」我也這麼想。

過了一會兒，三澤小聲說：「要不然過去問那位護士方不方便。」他推說自己還沒有跟那位護士說過話，因此我不得不接下這個任務。

護士以似是吃驚又覺可笑的表情看著我，隨即明白我的態度認眞。她進去不到兩分鐘，又笑著走出來。然後告訴我，病人現在正好覺得很舒服，答應見面。三澤會意，默默站起來。

他不看我的臉，也不看護士的臉，默默站了一會兒，然後輕輕走進「那個女人」房中。我坐在原位，茫然目送他的背影。他的身影消失後，我的視線仍停駐在半空中。冷淡的是護士，唇上飄浮些許侮蔑的微笑注視著我，依然背靠柱子，又打開膝上正在閱讀的書。

病房中仍和三澤進去前一樣平靜，根本聽不見說話聲。護士偶爾不經意地抬起頭看看房內，並未向我使任何眼色，隨即又將目光落在扉頁上。

我曾在這三樓的黃昏時刻，感受到蟲聲般的涼爽感，但白晝從未聞喧囂的蟲鳴。這時，明亮的陽光映照我獨坐的病房，比夜半時分更爲寧靜。這種死寂反而使我焦慮不安，等不及三澤從「那個女人」房中出來

不久，三澤走了出來。當他跨出房門時，我只聽到他微笑向護士寒暄道：「打擾了，妳很用功嘛！」

他似乎故意讓拖鞋啪噠作響，回到自己房中便說：「終於結束了。」我問道：「怎麼樣？」

「終於結束，現在可以出院了。」

三澤只是一再重複同樣的話，其他一概不提，我也不便追問。總之，儘早辦妥出院手續比較方便。我想了想，開始收拾散在四處的東西，三澤當然也沒閒著。

31

兩人雇了人力車離開醫院，先走的三澤那輛車車夫精神百倍地飛奔而去，我高聲嚷著想叫住他。三澤回頭看看，頻頻揮手，看樣子似乎在說「沒關係，沒關係」，所以我也就不再留意。抵達旅館時，他雙手擱在河邊欄干上，凝望眼底廣闊的河流。

「怎麼了，不舒服嗎？」我從後面問。他沒回頭，卻答聲「不是」。

「到這兒看到這條河之前，我根本忘了這個房間。」說著，他依然面向河流。我把他留在那兒，回房盤坐在麻布座墊上。等候良久，他卻遲遲不來。於是我從袖袋中取出敷島牌香煙，抽起煙來。當整支香煙的三分之一化爲煙氣時，三澤終於離開欄干到我面前坐下。

「住進醫院彷彿是這兩天的事，想想卻已有相當時日了。」他說著，屈指算起日子來。

「三樓的光景一時不會離開腦海吧？」我注視著他的臉，說道。

「眞是個意外的經驗，這大概是一種因緣。」三澤也注視我的臉。

他拍手叫來女服務生，委託她訂下今晚的快車臥舖。然後掏出錶，看看飯後還有多少時間。不久，不慣受拘束的兩人雙雙躺臥。

「你說那個女人會好起來嗎？」

「這個嘛，也許會好，不過……」

女服務生端著我們要的水果走上樓梯，打斷了「那個女人」的話題。我躺著吃水果，這當兒他只是看著我的嘴邊，什麼也沒說。最後，他以病人似的語氣說了一句：

「我也好想吃。」我看他從剛才就一直悶悶不樂，便勸道：「沒關係，可以吃，吃吧！」我突然想起，幸虧三澤忘了那天我不讓他吃冰淇淋的事。他苦笑著掉過頭，說道：

「再想吃也得忍耐，明知對身體不好卻勉強吃，萬一變成那個女人那樣就糟了。」

他好像一直惦著「那個女人」的事，至少我覺得他到現在還想著「那個女人」。

「那個女人記得你嗎？」

「記得。前些日子才被我強迫喝酒，所以印象深刻。」

「大概恨你吧？」

始終看著旁邊悶悶不樂的三澤，這時突然轉過臉來正視我。我注意到這變化，馬上露出認眞的表情。可是關於他進那個女人房間後，兩人交談些什麼，他一直沒透露。

「那個女人說不定會死。一旦死了，再也沒有機會見面，其實就算她會好起來，我們也一樣沒有見面的機會。眞奇怪，若說是悲歡離合未免太誇張，但我的確有這樣的感覺。那個女人知道我今晚要回東京，笑著說請多保重。今天晚上，我可能會在火車上夢見她寂寞的笑容。」

32

三澤只是這麼說，看來他在做夢之前，眼前已經浮現「那個女人」寂寞的笑容。我很瞭解三澤多愁善感的個性，但單單這點關係就被那個女人感動，實在令人不解。我想細問三澤和「那個女人」道別時談了些什麼，但百般勸誘始終沒有任何效果。而且由他的態度看來，好像捨不得把自己所愛分一半給別人，因此惜話如金，我越看越覺得奇怪。

「該走了吧！夜快車會很擠。」結果是我催促三澤。

「還早。」三澤說著讓我看錶。沒錯，距火車發車時間還有兩小時。我已經決心不再問「那個女人」的事，所以儘量不提醫院名稱，躺著開始和他閒聊。這時，他也正常對答。但不知怎地，總覺談得不起勁，而且並不愉快。雖然如此，也沒有離座，最後終於默默看著河流。

「還在想？」我故意大聲嚷。三澤吃驚地看著我。從前每當這個時候，他一定露出宛如表示「你這個人眞沒水準」的眼神，非給我侮辱的一瞥不可。惟獨此時，顯然沒有一點那種跡象。

「嗯，我在想。」他輕聲說道：「我在想是不是該告訴你。」

這句話說得奇怪，而且跟「那個女人」沒有任何直接關係，使我更覺意外。

五、六年前，他的父親作媒，讓一個熟人的女兒嫁入另一個熟人家中。不幸的是，由於某些複雜的因素，不到一年，那位姑娘便離開夫家。然而此時又有一些繁瑣情節，致使娘家不便立刻接她回去。三澤的父親身爲媒人，便暫時收容這位姑娘。

——三澤把這位苦命新娘稱爲姑娘。

「這位姑娘因爲憂慮過度，精神有點不正常。不曉得是到我家前或到我家後才發生這種現象，總之到我家後不久便逐漸發作。不過乍見之下，一點都看不出來，因爲她只是獨自悶悶不樂而已。可是那位姑娘……」

說到這裡，三澤猶豫了一下。

「我這樣說，也許你會覺得奇怪。可是每當我出門時，那位姑娘一定送出玄關。不管我怎麼設法溜出去，她一定送到門口。而且一定說，請早點回來。如果我說，好，我會早點回來，乖乖在家等我，她便順從地點頭。要是我默不吭聲，她會一再說著請早回來，使我在家人面前很不好意思。同時，也覺得這位姑娘很可憐。所以我每次外出都儘早回家，而且回去後一定到她身邊說聲我回來了。」

三澤說到這裡，又看看錶。

「還有時間。」說道。

33

這時我心想，苦命姑娘的故事說到一半多可惜。幸好還有很多時間，在我未開口前，他又接著說：

「我的家人看出那位姑娘顯然精神不正常後，還算可以理解；但在不知情時，正如我剛才所說，連我都爲那位姑娘的露骨表現大傷腦筋。我的父母滿臉不高興，廚房下人也暗自竊笑。我沒有辦法，打算在她送我出玄關時痛罵一頓。可是我回頭看了兩、三次，一看到她的臉，非但無法生氣，憐惜之下，連無情的話都說不出口。那位姑娘是個臉色蒼白的美女，有濃黑的眉毛和烏黑大眼。那深沈的黑眸彷彿始終眺望遙遠夢境一般恍惚而迷濛，飄浮著某種孤伶無依令人愛憐的感覺。當我忽然回頭時，那位姑娘雙膝落地，訴說孤獨似地以烏黑眼眸注視我。每當此時，我都覺得姑娘好像對我說，她一個人孤伶伶地活著，寂寞難堪，求我伸出援手救救她。——那對眸子，就是那對烏溜溜的大眼睛向我求救。」

「是不是愛上你了?」我問三澤。

「這個嘛,她是個病人,誰也不知道她的行爲到底是戀愛的緣故或疾病使然。」三澤答道。

「那種行爲是不是花癡?」我又問三澤。

三澤露出厭惡的表情。

「對任何人都賣弄風情地依偎過去才是花癡,而那位姑娘只是送我出玄關,叮嚀我早點回家,當然不是所謂花癡。」

「是嗎?」

我這時答得粗澀,不帶一點潤飾。

「不管那位姑娘有沒有病,我眞的希望她愛我。至少,我希望能夠這麼解釋。」三澤盯著我說道。他的臉部肌肉顯得相當緊張,繼續說:「可是,事實好像不是那樣。那位姑娘所嫁夫婿不知是浪蕩子或交際家,似乎新婚時就常夜不歸營或夜夜遲歸,不時折磨姑娘的心。但姑娘總是一忍再忍,從不向丈夫口出怨言。可能就是那時種下病根,離婚後病兆漸發,所以向我說出原本該對丈夫說的話。——不過我不相信那是事實,怎麼也不願相信。」

「你就那麼喜歡那位姑娘？」我又問三澤。

「我愛上她了。她的病越惡化，我越是愛她。」

「然後——那位姑娘呢？」

「死了，住院之後。」

我默然不語。

「你勸我出院那晚，我算算正是那位姑娘第三次忌日。單單爲這一點，我就想出院。」三澤向我說明出院的動機。我仍然默不作聲。

「我忘了最重要的事。」這時，三澤叫道。

「什麼事？」我不禁反問。

「那個女人的相貌酷似那位姑娘。」

三澤唇角帶著一種表示「你現在明白了吧」的微笑。隨後，兩人馬上搭人力車趕到梅田車站。車站裡，滿是等候快車的乘客。我們並肩過橋，到對面等上行列車。不到十分鐘，列車發出轟天巨響駛來。

「再見。」

我爲「那個女人」，又爲「那位姑娘」緊握三澤的手。不久，他的身影立即伴隨列車聲消失在黑暗中。

兄

1

送走三澤的第二天，我又爲迎接母親和兄嫂，再度前往同一車站。

岡田把在我看來幾乎無法想像的這件事情，從開始安排到付諸實現，著實下了一番工夫。他平常就喜歡搞這種把戲，而且以其成效爲傲。前些日子他特地打電話告訴我，這幾天內一定要讓我大吃一驚。之後不久，兼專程到旅館通知我這件事時，我眞的吃了一驚。

「爲什麼要來？」我問。

在我離開東京前，聽說母親所有的一塊郊區土地，正好是新設電車通路預定地，有關方面打算收購前面幾坪用地，所以我便向母親建議：「那麼，今年夏天用那筆錢帶大家去旅行吧！」結果被取笑說：「二郎又動歪腦筋了。」母親曾經表示有機會要到京都、大阪看看，或許拿到那筆錢時，岡田正好提出邀請，因此才會演變成這麼個大計畫。可是，岡田爲何提出這種邀請呢？

「我想應該沒什麼大不了的念頭。可能是爲了報答你母親從前的照顧，所以才自告奮勇地當導遊吧。況且，還有那件事。」

兼所謂「那件事」，就是那件婚事。但是我認爲，母親再疼愛貞，也不可能專程爲她跑到大阪來。

當時我囊中所剩已經不多，加上後來又爲三澤向岡田借了一筆錢。其他意義另當別論，最起碼以塡補金錢的不足來說，母親和兄嫂此來對我相當有利。我想岡田八成也知道這一點，所以我一開口，他立刻欣然允諾。

我和岡田夫婦一起到車站，等候火車進站時，岡田說：「怎麼樣，二郎，嚇了一跳吧？」我已經聽他說過好幾次類似的話，便默不作答。兼向岡田說：「這陣子你老是自鳴得意，這件事二郎早就聽膩了。」然後她看著我，道歉似地說了句：「對吧？」我在兼的親切[18]中，感覺到一股異於一般婦女的嬌媚，無形中，我的回答很不自然。兼佯裝不知，若無其事地向岡田說道：

「很久沒看到太太了，大概變了很多吧？」

「上次見面時，她還是我印象中的表姨媽。」

岡田稱我母親爲表姨媽，兼卻叫她「太太」。在我聽來，這些稱呼都很奇怪。

「天天在她身邊，根本看不出有什麼不一樣。」我笑著答道。說著說著，火車到了。岡田說特地爲他們三人訂好了旅館，於是一行人旋即搭人力車往南走。坐在人力車上，我著實爲他那令人吃驚的高明手段感到訝異。說眞的他突然上京旋風似的地走兼，不僅讓我嚇了一跳，也稱得上驚人傑作之一。

2

母親下榻的旅館雖然不大，卻比我的住處高級得多。房中有電扇、八仙桌，以及特別裝置在桌邊的電燈等。大哥在房中電報紙上寫「已到大阪」幾個字，然後交給女服務生。岡田從袖中掏出三、四張不知何時準備好的圖畫明信片，這張給表姨父、這張給重、這張給貞⑲，說著一一寫上名字。然後他把明信片發給大家，說道：「每個人各寫一句話吧！」

我在給貞的圖畫明信片上寫「恭喜妳」幾個字，母親接著寫的「生病了得多保重身體」使我大吃一驚。

「貞生病了？」

「爲了那件事，我正想帶她一起來，偏偏她在這個節骨眼鬧肚子，眞可惜。」

「不過並不怎麼嚴重，已經可以吃稀飯了。」嫂嫂在旁邊說明。

我的這位嫂嫂拿著給父親的圖畫明信片，不知想些什麼。「表姨父是位風雅人物，寫詩好了。」岡田建議。但她拒絕道：「我怎麼會做詩呢？」岡田以小字恭恭敬敬地在給重的明信片上寫：「很遺憾不能聽妳消遣我。」大哥看了，取笑說：「看樣子，棋子兒還在作祟。」

寫好明信片，聊了一會身兒後，岡田和兼說回頭再來，婉拒母親和大哥留客的好意，起身告辭。

「兼眞的像個太太了。」

「和當初送衣服到家裡來的時候完全不一樣。」

母親向大哥評論兼的話裡，含有自己年事已高的淡淡哀愁。

「媽，貞也快了。」我從旁插嘴。

「是呀！」母親答道。母親心裡好像想起還沒有合適婚姻對象的重似的。大哥回頭問我：「聽說因爲三澤生病，所以你那兒都沒去是嗎？」我回答：「是的，突然發生這種意料外的事，那兒都去不成。」我和大哥的對答，向來有這種隔閡。這是由於兄弟倆年齡層不同，而思想封建的父親又賦與長子無上權力的結果。母親喊我時偶爾也會加上敬稱，我相信這只是她稱呼一郎大哥之餘，順口叫叫我這個二郎罷了。

大家都只顧談話，忘了換上單衣。大哥站起來，把漿過的單衣披在肩上，催促我說：「穿上吧！」嫂嫂把單衣交給我，問道：「你的房間到底在那裡？」踱到欄干邊的母親，望著眼底漆了油漆的高聳圍牆，皺眉說：「這個房間雖然不錯！但有股陰森森的感覺。二郎，你的房間也是這樣嗎？」我走到母親旁邊往下看。下面是晾衣板模樣的狹長庭院，疏疏落落地長著細竹子，石頭上擺有生銹的鐵燈籠。因爲剛灑過水，石頭和竹子濕成一片。

「地方雖窄，卻很考究。不過嘛，這裡不像我那裡有河。」

「哦，你那裡有河。」母親說完，大哥和大嫂也說起希望能換到看得見河的房間。我說明自己住處的地理位置後，約好回去整理行李再過來。

3

那天傍晚我付清旅館住宿費，便到母親和大哥那兒會合。三人好像剛用過晚飯，正用牙籤剔牙。我想帶他們去散步，母親說累不去，大哥嫌麻煩，看來只有嫂嫂想去。

「今晚不要去了。」母親下決定。

大哥躺著打開話匣子，說得活像個大阪通。但是仔細一聽，所說的儘是天王寺、中島、千日前這些名詞，至於地理方面的知識就散漫不清了。不過「大阪城石牆上的石塊實在很大」，或「爬到天王寺塔上往下看時，我的眼睛都花了。」之類的片斷光景，他好像眞的記得。其中，我覺得最有趣的是他從前住過的旅館夜景。

「從小巷道轉角走到欄干那兒，可以看到柳樹。房子雖然蓋得緊湊，卻相當安靜。從窗口眺望，長橋如畫般充滿情趣。聆聽駛過橋上的車聲，令人覺得很愉快。只不過旅館本身既骯髒又不親切，實在傷腦筋……」

「那裡到底在大阪的什麼地方？」嫂嫂問，但是大哥根本不知道。他答說連方向都搞不清楚，這就是我大哥的特色。他對事情的片斷記憶力驚人，卻總是記不得地點和時間。儘管如此，他仍毫不在乎。

「不知道在那裡多沒意思。」嫂嫂又說。大哥和大嫂常在這種情況下發生爭執。大哥情緒好時還沒關係，一旦有點不對勁就會惹出一場風波，這種事情已經是家常便飯。母親打圓場地說：「在什麼地方都沒關係，不過應該不止這樣吧？你繼續往下說。」大哥首先聲明：「對媽和直來說，根本是無聊的事。」然後向我說：「二郎，住在那裡的二樓時，有一件很有趣的事。」這時，我當然得獨自負起聽大哥發言的責任。

「怎麼樣？」

「晚上我一覺醒來，明月當空，月光照著青柳。我躺著欣賞時，下面突然傳來用力吆喝的聲音。四周一片寧靜，使聲音顯得格外響亮。我立刻起身到欄干邊，探頭看下面。只見對面柳樹下有三個光著上身的男人，輪流舉大石頭比力氣，吆喝聲就是由他們口中發出。三人都沈迷在這件事上，可能是過度熱衷之故，誰也沒有開口說話。望著在月影下默默移動的裸體人影，我有股不可思議的感覺。這時，當中一人開始旋轉細長扁擔般的東西……」

「這故事像水滸傳⑳一樣有趣。」

「當時就有縹緲的感覺，現在回想起來更是如夢似幻。」

大哥喜歡回憶這種事，母親和嫂嫂都不是他的知音，只有父親和我了解其中的情趣。

「那時我覺得大阪只有這件事比較有意思，可是我帶著那種連想過來一看，沒有一點身在大阪的感覺。」

我想起從三澤所住醫院三樓往下看時，呈現眼前的那條狹窄漂亮的路。然後想像大哥所見大力士與舞棍者，是否出入市區中的年輕人？

那天晚上，岡田夫婦依約而來。

4

岡田做了非常詳細的遊覽目錄，特地從家裡帶來給母親和大哥看。由於過於詳盡，母親和大哥都驚訝地讚嘆。

「首先估計你們打算在這兒停留幾天，按照所待天數，可以做出多種不同目錄。這裡和東京不一樣，稍離市區就有很多値得遊覽的地方。」

岡田話中多少有點不滿意，卻也顯出難抑的得意之情。

「在旁邊聽你說話，只覺你一副炫耀大阪的模樣。」

兼笑著提醒說得認眞的丈夫。

「不，不是炫耀。不過……」

經太太這麼一提醒，岡田更認眞了。那微顯滑稽的模樣，惹得大夥兒笑了起來。

「這五、六年來，岡田顯然成爲上流人士了。」母親調侃道。

「話雖如此，你不是還牢牢記得東京腔嗎？」大哥也跟著嘲弄他。岡田看著大哥的臉，說道：「好久不見，一見面馬上來這套，眞受不了。東京人全是沒有口德的壞傢伙。」

「誰教他是重的哥哥，岡田。」這次是我開口。

「兼，救救我。」最後，岡田這麼說。然後拿起母親前面那本目錄放入口袋，故作憤怒狀說：「眞無聊，辛苦了半天卻被調侃一番。」

玩笑告一段落，接著正如我所預料，母親開口提起佐野的事。「這次又承蒙你多方照應。」母親以這句一反方才語調的客套話，一本正經地向岡田道謝。岡田也改口，鄭重其事地應道：「那兒的話，做得不夠週全。」在我看來，雙方都太誇張了。然後岡田表示，難得大家都來了，正是和佐野本人見面的好機會，說著又開始安排見面事宜。大哥似乎不好意思一開始就不表示意見，便抽著煙加入兩人的談話陣容。我巴不得病倒在牀的貞能在場，問問她究竟感謝他們的盛情厚意，或覺得他們太愛管閒事了？同時，我聯想和三澤分手時留在我腦海裡的新印象——那位罹患精神病的美麗姑娘不幸的婚姻[21]。

嫂嫂和兼雖然並不十分親密，但由於雙方同爲年輕女性，所以一直在交談。可是不知是否彼此不夠了解的關係，兩人都很客氣，似乎談得並不投機。嫂嫂生性沈默寡言，兼較為平易近人。兼談十句話的時間，嫂嫂只能說上一句。而且每當沒有話題時，總是由兼打破僵局。最後談到小孩，這時嫂嫂突然佔優勢。她津津有味地說著獨生幼女平日種種，兼也佩服似地聆聽嫂嫂冗長的敍述。其實她根本沒有用心聽。不過有一次，她由衷說道：「妳女兒眞乖，會留下看家。」嫂嫂回答：「因為她很喜歡跟重姑姑在一起。」

5

母親和大哥夫妻滯留的天數出奇地少，他們好像預定在市內待兩、三天，市外待兩、三天，不到一個禮拜就要返回東京。

「既然來到這裡，起碼得待上一陣子。以後要再來，也不是那麼容易的事，總會懶得出門。」

儘管岡田這麼說，卻沒有在母親滯留期間向公司請假，當然也沒有時間充當導遊。看樣子，母親似乎非常掛念東京家裡的事。對我而言，母親和大哥大嫂是個奇怪的組合。按理說，應該是父母同行，或是兄嫂相偕避暑。再者，若是以貞的婚事爲目的，應該等她病癒，再由父親或母親帶來儘快進行婚事。諸如此類，自然形成的計畫有兩、三種之多。然而爲何變成如此奇怪的現象？我百思不解。而且，母親顯然一直把這件事擱在心裡。不僅母親，大哥大嫂也好像相當在意。

與佐野的會面在一般情況下結束，母親和大哥都向岡田致謝。岡田回去後，兩人也沒有對佐野做任何批評。看來事情已經說定，沒有評論的餘地。兩方商量好，年底佐野到東京來，等機會舉行婚禮。我向大哥說：

「事情進行得這麼順利，新娘本人卻一點都不知道，眞有趣。」

「她本人當然知道。」大哥答道。

「她很高興。」母親保證。

我不吭聲，過了一會兒才說：「不過，日本女性可能沒有勇氣主動進行這種事。」大哥沈默不語，嫂嫂則以奇怪的表情看著我。

「不單是女人，男人也不能擅自胡搞。」母親提醒我。這時，大哥說：「說不定乾脆那麼做比較好。」不曉得是不是那種口氣太過冷淡的緣故，母親露出厭惡的表情，嫂嫂也變了臉色，但是兩人都沒說話。

沈默片刻，母親終於開口。

「雖然只決定貞的婚事，我就覺得輕鬆很多，現在只剩重了。」

「這也是託爸爸的福。」大哥答道。這時大哥唇角掠過一絲諷刺的影子，不過母親並未察覺。

「的確都是託你爸爸的福，跟岡田今天的成就一樣。」母親顯然非常滿足。

可憐的母親一直相信即使到了今天，父親仍在社會上握有昔日的勢力。大哥就是大哥，早已識破如今等於已從社會退隱的父親連一半的影響力都有困難。

和大哥持相同意見的我，總覺全家欺騙了佐野似的。然而由另一方面來說，在我腦海某處自始就有佐野活該被騙的念頭。

總之，會面圓滿結束。大哥聲稱熱得腦袋受不了，主張早點離開大阪。我當然贊成。

6

當時的大阪眞的很熱，尤其我們下榻的旅館更是酷熱難當。由於院窄牆高，雖然沒有陽光射入的餘地，也因此缺乏涼風吹入的空隙。有時所感受的痛苦，活像坐在濕熱的茶室中被四面八方而來的烈火炙烤。我開了一整晚電扇，爲此被母親責罵做這種傻事，萬一感冒怎麼辦。

我贊成大哥離開大阪的意見，同時認爲涼爽的有馬可能對大哥的腦筋比較有利。況且，我還沒去過那個著名的溫泉呢！接著，我滔滔不絕地說起一個聽來的故事。故事是這樣的：有個車夫在車把上綁繩子，讓狗拖著繩子爬坡，因爲天氣太熱，狗老是想去喝河裡的清水，車夫很生氣，拿起竹鞭狠狠打了狗一頓，狗痛得邊拖車邊嗚嗚地叫。

「我才不要搭那種人的車，狗太可憐了。」母親皺著眉頭說。

「爲什麼不讓狗喝水？是不是怕耽誤時間？」大哥問道。

「聽說半途喝了水容易累，而且會走不動。」我答。

「哦，那又爲什麼？」這次是嫂嫂詫異地問，可是我答不上來。

並不是因爲狗的關係，總之有馬之行無疾而終。很意外地，大哥提議去參觀和歌浦。這地方是我慕名已久的名勝，母親也打從兒時便對那地名耳熟能詳，馬上表示同意。只有嫂嫂，好像去那裡都無所謂。

大哥是位學者，又是個很有見識的人。同時，他更是天生具有詩人般純眞氣質的好男人。不過由於身爲長子的緣故，他也有任性之處。以我的觀點來說，他自小比一般長子受寵。不僅對我，即使對母親或嫂嫂都一樣，他情緒好時，好得不得了，一旦鬧情緒，便會一連幾天繃著臉不說話。但在人前，簡直判若兩人，無論遇到任何事，絕少失去紳士風度，稱得上完美的好伴侶。因此，他的朋友都相信他是個溫和的好好先生。每當聽到這種風評，父母親總是會露出意外的表情。不過畢竟是自己的孩子，他們顯然還是很開心。若是我和大哥發生衝突時聽到這種評語，可就讓我忍不住火冒三丈。甚至想到發言的每一個人家裡，糾正他們的錯誤觀念。

我想母親之所以立即贊成和歌浦之行，其實是因爲她相當了解大哥的個性。長久以來，母親助長了兒子的自我，如今她必須心甘情願地跪在那種自我前面，接受命運帶給她的一切。

我上洗手間時，看到站在水槽旁發呆的嫂嫂，便問：「嫂嫂，最近怎麼樣？大哥的情緒是好是壞？」嫂嫂只答了一句：「還是老樣子。」然而，我在嫂嫂只有一邊酒窩的臉頰上，看出寂寞的影子。甚至連那孤單的酒窩，都充滿了寂寞。

7

我希望在離開前，解決欠岡田的那筆借款。明知只要說聲回東京後再還，他並不會介意，但我總覺得早點還清債務比較舒服。因此趁沒有人在旁邊，請母親為我想辦法。

大哥是母親的命根子，當然備受寵愛。但不知因為大哥是長子的關係，或者由於他是個不好侍候的人，母親對他總是客客氣氣，即使有事規勸，也儘量避免惹他不高興，始終小心翼翼的。相較之下，母親簡直把我當小孩看待，老是毫不客氣地罵我：「二郎，你這麼做對嗎？」不過，她對我的疼愛不亞於大哥。比方說，記得她常瞞著大哥，偷塞零用錢給我。而父親的衣物也常在不知不覺中，被修改成我的財產。大哥很討厭母親這麼做，經常爲芝蔴小事發脾氣，致使明朗的家中充滿陰霾。母親不止一次皺著眉頭，小聲對我說：「一郎又鬧彆扭了。」有段時期，我曾因被母親當做心腹而暗自高興，表面上卻裝著若無其事的樣子說：「那是他的老毛病，別理他。」

大哥的個性非但不好侍候，無論大小事情，他一向痛恨別人在背後偷偷摸摸，而且嫉惡如仇。自從瞭解他這種個性後，我開始以對他加上膚淺批評爲恥。儘管這樣，我知道直接求大哥答應，根本是不可能的事，所以我必須找機會，獨自投在母親懷裡。

母親聽了我爲三澤向岡田借錢的經過，露出滿臉驚訝的表情。

「三澤何必爲那種女人花錢，眞無聊。」她說。

「話是不錯，但是三澤覺得道義上必須這麼做。」我辯解道。

「道義道義，媽不懂。要是覺得她可憐，空手去探病不就得了。如果不好意思空手，頂多帶盒點心給她。」

我暫時不吭聲。

「好，就算三澤道義上必須那麼做，也沒有由你向岡田借錢給他的道理。」

「那就算了。」我答完就想到下面去。大哥在洗澡，嫂嫂借用樓下一個小房間，正請人梳理頭髮。房中除了母親以外，沒有別人。

「等一下。」母親叫住我，說道：「我又沒說不給你。」

母親話中帶著幾許不安，彷彿說著有你大哥一個就夠受了，爲何連你也欺負我這個老人家。我乖乖坐回原位，覺得有點對不起可憐的母親。於是我以這種不像樣的態度，有如小孩伸手要錢一般，從母親手中拿到所需款項。當母親特地壓低聲音，和往常一樣說句「別讓你大哥知道」時，一股莫名的不悅襲上我心頭。

8

按照預定計畫，我們應該在第二天早上向和歌山出發。其實我想過反正還會回到這裡，到時再把錢還給岡田就可以了。但性急的我，連錢袋放在自己口袋裡都嫌煩。我想晚上岡田會照例到旅館聊天，便暗自決定到時悄悄還了這筆錢。

大哥洗好澡，披上單衣，也沒紮腰帶就往欄干那兒走，然後把濕毛巾掛在上頭。

「等很久了吧？」

「媽，洗不洗？」我催促母親。

「你先洗。」說完，她看著大哥的胸、脖一帶，稱讚道：「氣色好多了，也長了點肉。」大哥天生是個瘦子，家人都以爲那是精神方面的緣故，一致希望他長胖一點。其中，以母親最爲焦慮。大哥本人也把「瘦」當成刑罰般又恨又怕，但始終胖不起來。

聽著母親的話，我覺得她這種必須以痛苦的親切爲慰藉而將一切奉獻給孩子的心情十分可憐。我立起遠比大哥强壯的身軀，向母親說聲：「那麼，我先去洗。」然後便下樓去。我探頭看了一下浴室旁邊的小房間，嫂嫂剛梳好頭髮，正一手照著鏡子，一手撫著髮髻。

「梳好了？」

「是的，你要到那兒去？」

「想去洗澡，我可以先洗吧？」

「請便。」

我邊洗邊想，嫂嫂爲什麼今天梳那種既痲煩又費事的髮型？於是，我泡在浴池中大聲叫叫看。

「嫂嫂，嫂嫂？」

「什麼事？」走廊出口傳來她的回答。

「這麼熱的天，妳可眞辛苦。」我說。

「爲什麼？」

「還問爲什麼，是不是大哥喜歡這種複雜的髮型？」

「別胡扯。」

嫂嫂沿著走廊上樓的聲音清晰可聞。

走廊前面是中庭，可以看見八角金盤樹。我望著眼前陰暗的院子，任搓背工替我擦洗背部。這時，從入口沿著陽台，又響起活潑的腳步聲。

不一會兒，穿著立領白西服的岡田經過我面前，我忍不住叫道：「喂，岡田！」

「哦，你在洗澡。太暗了，我沒看到。」說著，岡田倒退一步探看浴室，向我寒暄。

「我有話跟你說。」我突然說。

「有話？什麼事？」

「進來吧？」

岡田一臉「沒開玩笑吧」的表情。

「龢沒來嗎？」

我答了聲「沒有」，他又問：「大家呢？」我答：「大家都在。」他詫異地問：

「那麼，今天那兒都沒去？」

「去過回來了。」

「其實我也剛下班，熱得滿頭大汗。——總之，我先去打個招呼。失陪。」

岡田拋下這句話，沒問我找他何事就上二樓去了。不久，我也走出浴室。

9

那天晚上，岡田喝了不少酒。他本想抽空陪我們到和歌浦，不料有位同事生病請假，以致計畫泡湯。他覺得很遺憾，不斷向母親和大哥道歉。

「今晚就要道別了，你晚點走，多喝些酒。」母親勸他。

可惜我的家人都沒有酒量，不能陪他喝個痛快。因此，大家都比他先吃完離座。只剩岡田一副現在是我的天下了的模樣，自個兒坐在桌前一杯接著一杯地喝。

他本來就是個活力充沛的人，幾杯酒下肚益發顯得精神百倍。不管別人聽不聽，想說什麼就說什麼，不時獨自高聲大笑。

他說過去二十年間大阪增加了多少財富，往後十年可能會成爲現在的幾十倍，並且舉出統計數字。說完，露出非常滿意的神情。

「別管大阪有多少財富，你自己的經濟情況如何？」當大哥這麼挖苦他時，岡田撫著將禿的頭頂笑起來。

「我能有今天——這麼說好像很了不起，不過我現在還算過得去——完全託表姨父和表姨媽的福，我酒喝得再多，再胡言亂語，也不會忘記這一點。」

說著，岡田向身邊的母親及遠在家中的父親表示謝意。他一喝醉就會重複同樣的話，尤其這感謝之意，老是以稍有不同的形式一說再說。最後，他堅持有一天一定要請我父親吃灘萬的鯉魚或什麼的。

想起他從前當書僮的時候，某個新年的晚上，不知在那裡讓人請喝酒，回來時把大約三寸長的紅螃蟹腳擺在父親面前，畢恭畢敬地伏身向父親說：「在此謹獻北海珍味。」父親罵道：「這活像紅漆紙鎮似的東西是什麼，我不要，快拿走！」

岡田喝個沒完，一直不回去。起初爲大家助興的座談，已經漸漸被人聽膩。嫂嫂用團扇遮臉，呵欠連連。我知道終於非帶他出去不可，便藉口散步一起走了五、六百公尺，然後從口袋掏出那筆錢還他。收下錢時他雖已露醉態，卻意外清醒地說：「現在不還也沒關係，不過兼會很開心，謝謝。」說完，把錢放進西裝的裡口袋。

路上一片寧靜，我不禁仰頭望天。夜空中星光濁暗，使我擔心起明天的天氣。這時，岡田突然迸出一句話：「一郎眞的很難相處。」這讓我再度喚起從前的記憶，曾經有一次，我和大哥下棋時說了句話惹他生氣，他抓起棋子便擲向我的額頭

「他從以前就很任性，但是最近看起來不是情緒很好嗎？」岡田又說。我給了他模稜兩可的答覆。

「他也成家不少年了，以他那種個性，當他的太太一定相當辛苦。」

我沒有回答，走到一個十字路口和他道別時，我只說：「代我向兼問好。」然後又從原路折回。

10

翌日上午，我們搭早班火車啓程，中午在狹窄的餐車上用餐，「服務生全是女的，很有趣。其中有的很漂亮，戴著白色圍裙走來走去的。別忘了，一定要在車上吃午飯體驗一下。」因爲岡田曾經這樣交代，所以我仔細觀察端盤子或倒汽水的女服務生，卻沒有發現驚爲天人的美女

母親和嫂嫂少見多怪地望著窗外，頻頻讚賞這具有鄉間風味的景色。對甫離大阪的我們來說，窗外的風景的確是一種變化。火車傍著海岸行駛時，綠松藍海在陽光反射下，賦與我們被煙燻累了的眼睛清爽的湛青。屋頂在樹蔭下乍隱乍現，瓦片的疊法使東京一帶的人覺得很稀奇。

「那個建築很奇怪，我以爲是佛寺，卻又不是。二郎，那也是農舍嗎？」說著，母親特地指一片較大的屋頂讓我看。

火車上，我坐在大哥旁邊。大哥正沈思些什麼，我心想莫非老毛病又犯了？我躊

躇著，不知該談些話使他情緒好轉，或保持沈默佯裝不知。通常，大哥心中有氣，或思索困難的高尚問題時，都是這個模樣，我實在無法分辨。

最後，我決定開口向他說點什麼。我之所以這麼做，是因爲坐在對面的母親在和嫂嫂交談時，一再抬眼審視大哥的臉。

「大哥，有件很好玩的事。」我看著大哥。

「什麼事？」大哥說道。正如我所預料，大哥的態度並不和氣。不過，我早有心理準備。

「不久以前，三澤告訴我的……」

我打算說的是那位得了精神病的姑娘嫁後離婚，被收容在三澤家時，每當三澤出門，她都無限思慕，老是把請早點回來這句話掛在嘴邊。沒想到我話沒說完，大哥突然很感興趣地說：「我也聽過那件事，聽說那位姑娘死時，三澤吻了她冰冷的額頭。」

我大吃一驚。

「有這種事？接吻的事三澤根本沒提。三澤是不是在大家面前吻她？」

「這個我就不知道了。不曉得是在人前或是私底下？」

「可是，我想三澤不可能單獨待在那位姑娘的屍體旁邊。若是沒人在場時私下吻她……」

「所以，我不是說我不知道嗎？」

我默默沈思。

「大哥，你怎麼會知道這件事？」

「H告訴我的。」

H是大哥的同事，曾經教過三澤。這位H是三澤的保證人，雙方可能關係匪淺。至於H如何得知那種幾近猥褻的事，並且告訴大哥，大哥也不明白。

「大哥，你爲什麼一直沒提起這件事？」最後，我問大哥。大哥沈著臉答道：「因爲沒有必要。」我正打算看情形進一步追問，火車已經到站了[22]。

11

一出車站，正好有電車等在那兒。於是，大哥和我趕緊扶助拿著手提包的女輩上車。

電車只上了我們這四名乘客。一直不肯開動。

「好安靜的電車。」我瞧不起似地說。

「既然這樣，應該可以放我們的行李。」說著，母親回頭看車站那邊。

這時，陸續上來兩、三個拿著書的學生和搧扇子的商人模樣的人，分別坐在各處。過了一會兒，司機終於轉動駕駛盤。

我們行經市區外廓的寂寞長土牆，彎過狹窄的市區，經過兩、三個車牌後，看到高石牆下的護城河。河中浮著一片翠綠蓮葉，綠葉中點綴怒放的紅花，閃爍在我們無法鎮定的眼前。

「這就是古時候的城堡。」母親感嘆道。據說母親的姨媽從前曾在紀州藩裡工作，可能因此使母親感觸更深。我也突然想起，兒時耳熟能詳的紀州之類封建時代的古腔。

電車經過和歌山市，走了一點鄉間道路便到和歌浦。辦事精明的岡田早已留意，事先預訂當地一流旅館的房間，不巧的是由於避暑客相當擁擠，風景較好的房間全已客滿。於是我們立刻雇人力車彎過濱手，進入正前方看得見海的三層高樓頂樓一室。

那是個西南兩向敞開的大房間，構造和差强人意的東京出租房間不相上下，以品味而言，根本無法與大阪的旅館相提並論。二樓是沒有隔間的通舖，站在伽藍堂似的中央，觀望如波浪般上下起伏的便宜榻榻米，心中湧起一股殺風景的感覺。

大哥默默注視權充臨時隔間，豎立在大房間中的六褶屏風。對於那類物品，他擁有一種父親薰陶而來的鑑賞力。屏風上畫著古怪的長葉竹，落筆十分巧妙。大哥忽然回頭叫了聲：「二郎。」

這時我和大哥正想到樓下浴室，兩人手裡都拿著毛巾。我站在他後面約四公尺處，注視欣賞屏風畫竹的他。心想，大哥八成又要對這座畫屏加以批評了。

「什麼事？」我答道。

「剛才在火車上所談的三澤那件事，你覺得怎麼樣？」

大哥的問題使我感到十分意外。我在火車上問爲什麼一直沒告訴我那件事時，他還沈著臉答因爲沒有必要，這會兒爲什麼又再度提起？

「你是指接吻的事？」我反問。

「不，不是接吻。我是說那位姑娘在三澤出門後思念他，而且要他早點回來那件事。」

「我覺得兩件事都很有趣，不過接吻這方面似乎比較純眞美麗。」

這時我們正走在二樓樓梯上，大哥中途停了下來。

「那麼，你大概是以詩意而言吧。若以看詩的眼光來說，兩者同樣有趣。但是我不是那個意思，而是當做實際問題來討論。」

12

我不大了解大哥的意思，默默走下樓梯。大哥無可奈何，也隨後跟來。我在浴室門口停下來，回頭問大哥：

「你說的實際問題到底指什麼？我有點摸不著頭緒。」

大哥焦急地說明：

「就是說，那位姑娘是否正如三澤所想眞的思念他？或者她長期壓抑本想對丈夫說的話，精神失常後才糊里糊塗地說出來？你覺得是那一邊？」

乍聽此事時，我也稍微想過這個問題。後來想想，這種事情反正不會有答案，便把這個問題逐出腦外。因此，我對大哥的問題無法發表意見。

「我不知道。」

「是嗎？」

大哥說著仍站在原地，沒有進浴室的樣子。我沒辦法，自然也不便脫衣服。浴室比想像中的小，而且有點舊。我先探頭看看微暗的浴室，然後面向大哥。

「大哥，你是不是有什麼意見？」

「我總覺得那位姑娘對三澤有意。」

「爲什麼？」

「不管爲什麼，我就是這樣解釋。」

兩人並未解決這個問題便洗澡去了。走出浴室換女人們去洗時，夕陽灑滿整個房間，海面如熔鐵般熱得發亮。兩人避開夕陽走進隔壁房間，相對而坐時，大哥又以剛才的問題當話題。

「我總覺得是這樣……」

「是。」我只能乖乖地聽。

「人們在一般場合常受制於世情，想說的事多半無法說出口。」

「的確很多。」

「可是當精神失常時——我這麼說似乎包含所有精神病在內，說不定會惹醫生發笑——不過一旦得了精神病，可能心情會變得十分輕鬆。」

「大概也有那種病人吧？」

「如果那位姑娘果然是那一類的精神病患，那麼一切世俗責任必定從她的腦中完全消失。既然沒有任何負擔，心中所想的事情便會無所顧忌地露骨表明。果眞如此，那位姑娘對三澤所說的話，就不是一般人的寒暄，而是更有誠意的眞心話了。」

我非常佩服大哥的解釋，不禁鼓掌說道：

「那眞有趣。」

沒想到大哥露出不悅的神情。

「這並不是什麼有趣或輕浮的話。二郎，你眞的覺得我剛才的解釋正確嗎？」他逼問似地追根究底。

「這個嘛！」

我不得不躊躇了。

「唉，除非逼女人發瘋，否則不可能明白她的心。」

大哥說著，痛苦地嘆息。

13

旅館下面有相當大的河溝，雖不知如何通到海中，然而每到黃昏就會出現一、兩艘漁船，緩緩划過樓前。

我們沿著河溝向右走了一、兩百公尺後，左轉越過田埂。抬頭一看，對面田地末端成爲平緩的上坡路，路盡頭的堤防邊有松樹向左右緜延而去。我們聽到大浪擊石的轟隆聲，從三樓可見碎浪驟成白煙拋上半空的景觀。

我們終於走上堤防，波浪打到堤防前的厚石牆，浪碎後總是形成沸騰般的顏色，猛然吹向天空，偶爾也有碎浪越過石牆流進牆內。

我們暫時沈迷在那壯觀景象中，不久伴著浪濤聲行走。這時母親告訴我，這八成就是片男波㉓，於是母子倆並肩走著，一面把這隨興的想像當做話題。大哥夫婦走在我們前面不遠的地方，兩人都穿單衣。大哥拿著細手杖，大嫂紮著宮殿圖案之類的窄痲腰帶。他們平行走在大約四十公尺前，兩人相距兩公尺左右。母親不時注視他們，眼神似是關心又像並不在意。由於那種舉動過分神經質，我只能當做母親邊走邊思索著他們的某些事情。我設法使自己看來悠閒，儘量漫不經心地說些逗笑的滑稽事。母親還是那句老話，說道：「二郎，如果能像你這樣過日子，世上就沒有痛苦了。」

最後，她顯然無法忍受，終於說：「二郎，你看。」

「看什麼？」我問。

「他們那個樣子實在很傷腦筋。」母親說道。這時，母親的眼睛一直盯著前面兩人的背影。我想，至少我得在表面上承認她所謂傷腦筋的事。

「是不是又有什麼事惹大哥不高興？」

「因爲是他，所以很難說。不過既然是夫妻，無論丈夫的態度多麼冷淡，身爲女人，必須主動設法使對方情緒好轉，否則就痲煩了。瞧，像他們那個樣子，跟走同一方向的陌生人沒有兩樣。一郎態度再惡劣，總不會叫直別靠近吧？」

對於這位默默保持距離行走的夫妻，母親把罪過全歸在嫂嫂身上。我多少也有同感，而這種同感在平日旁觀大哥夫妻關係的人心中，一定會油然而生。

「可能是大哥又在思索一些事情，嫂嫂不敢打擾他，所以才沒和他說話吧？」

我故意說這種話暫時哄慰母親。

14

「就算一郎正在想事情，但是直一直漠不關心，教他怎麼開口說話？看他們那個樣子，活像故意保持距離走路似的。」

在較爲同情大哥的母親眼中，嫂嫂的背影透著強烈的冷淡。我沒有回答，邊走邊尋常性地思索嫂嫂的性格。我並不認爲母親的批評有錯，但我懷疑母親是愛子情深，以致於過度苛責嫂嫂的缺點。

我眼中的嫂嫂絕對不是位溫柔女子，然而一旦對方給與熱度，她便能加溫。她沒有與生俱來的親切，但看對方如何從她身上擠出多少情熱。在嫁到我家後，我時常在她那兒遭遇令人生氣的冷淡。儘管如此，我相信她不會有難以矯正的寡情與冷酷的心。

不幸的是，大哥也具備大量剛才用來形容嫂嫂的氣質。莫非由於這個緣故，這對同一典型的夫妻一開始就對不能有所要求的對方互相要求，直到現在仍無法完全協調？偶爾只在大哥情緒好時，嫂嫂也會顯露愉快的模樣。這種現象當然僅在大哥以其易熱性，對妻子發揮溫暖的功力時才看得見。除此之外，或許正如母親批評嫂嫂過於冷淡，嫂嫂也可能在暗自批評大哥太過冷淡。

我和母親並肩走著，一面這麼想著前面的兩個人。不過，我無意向母親說這些麻煩理論。

「眞奇怪。」這時，母親開口說：「直生性冷淡，對你爸爸和我一直是同樣的態度。二郎，她對你也一樣吧？」

母親說的沒錯。我原本就是個急性子，經常大吼大叫，奇怪的是，我非但沒和嫂嫂吵過架，有時談起話來反而比面對大哥更能推心置腹。

「對我也是一樣。不過聽媽這麼說，的確有點怪。」

「所以，我總覺得直對二郎特別不一樣，也許是賭氣才故意那麼做。」

「不會吧？」

坦白說，我對這問題沒有母親想得那麼詳細。因此，沒有產生那種疑惑的餘地。就算有，我首先就不知原因何在。

「可是對嫂嫂來說，大哥不是家裡最重要的人嗎？」

「所以我才說令人無法了解嘛！」

我開始覺得母親相當無聊，幹嘛特地到風景這麼好的地方，背地裡漫無止境地批評嫂嫂？

「別擔心，我會找個機會好好探問嫂嫂的心思。」說著，我從向對面石牆突出的茶棚跑上防波堤，然後「喂！喂！」地儘情大叫。大哥夫婦愕然回頭。這時波浪拍碎在石堤上，化成上揚的泡沫和沖腳的水流，把我淋得一身濕。

我渾身濕透，邊挨母親罵邊隨同三人返回旅館。歸途中，浪濤聲在我耳邊轟隆作響。

15

當天晚上，我和母親同臥雪白蚊帳中，由於蚊帳遠比一般痲質製品輕薄，彷彿和風撫弄漂亮蕾絲般，給人一股涼爽的感覺。

「這種蚊帳很不錯，我們家也該買一張吧？」我向母親建議。

「這種蚊帳看起來漂亮，其實並不貴，反而是我們家的白麻蚊帳比較高級。只不過這種蚊帳較輕，而且沒有接縫處，所以顯得比較細緻。」

母親畢竟較爲守舊，依然讚賞家裡那張岩國或某處出產的麻質蚊帳。

「光是避免著涼，也是家裡那張較好。」她說。

女服務生前來關上紙門後，蚊帳更是一動也不動。

「突然悶熱起來了。」我嘆息似地說。

「是呀！」母親答話的語氣平靜，似乎並不以悶熱爲苦。雖然如此，搧扇聲依稀可聞。

之後母親一直沒說話，我也闔上眼睛。隔著一扇紙門的鄰房睡著大哥夫婦，房裡從剛才就很安靜。由於沒有談話對象，我這邊房中靜悄悄地，使我益發覺得大哥房間一片死寂。

我閉眼躺著，但始終無法入睡。最後，忽然感到寂靜作祟似的悶熱與痛苦。爲了避免妨礙母親安眠，我悄悄從被褥坐起，掀開蚊帳下襬打算到陽台透透氣。當我輕輕拉開紙門時，原以爲已經睡著的母親問道：

「二郎，你要上那兒去！」

「我睡不著，想到陽台乘涼。」

「哦。」

母親的聲音清晰而穩重。聽那腔調，我知道她一直沒睡。

「媽，妳也還沒睡著？」

「嗯，可能是因為換了臥牀，總覺得不對勁。」

我在旅館的單衣上紮了圈腰帶，口袋裝著敷島牌香煙和火柴，便走到陽台。陽台上擺了兩張罩著白椅套的椅子，我拉過其中一張攔腰坐下。

「不要太大聲，免得吵到你大哥。」

被母親這麼提醒的我抽著煙，默默眺望眼前夢幻般的景色。夜色中，風景當然是朦朧的。由於是沒有月亮的晚上，黑暗籠罩了大地。後來，白天所見的堤邊松列獨自向左右展成一道特別黑的長帶子。一切是那麼地沈靜，唯獨碎浪織成的白泡沫在夜色中不斷晃動，帶來比較強烈的刺激。

「涼夠了就進來吧，萬一著涼可不好受。」

母親在紙門那邊叮嚀。我靠著椅子，想讓母親欣賞夜景，但她不聽我的建議。我只得乖乖爬入蚊帳中，再度將頭放在枕上。

在我進出蚊帳之時，大哥夫婦房中平靜如昔。我回到牀上後，依然被鎖在同樣的沈默中。只有擊碎在防波堤上的浪濤聲，始終轟然響著。

16

早上起牀吃早飯時，四人都是一副睡眠不足的模樣。而且四人彷彿故意在飯桌上打開睡眠不足的雲層似的，使談話充滿陰霾。我也感受到一股怪異的拘束感。

「大概是昨晚吃烤鯛魚吃壞了肚子。」我露出味道不佳的表情站起來，到欄干那兒眺望旁邊聲稱「東方第一電梯」的招牌。這座電梯非比尋常，並不是一般貫通房子上下層的昇降器，而是把好奇人士從地面載運到岩石山頂的特殊裝置。這種不風雅的裝置的確有辱當地美景。但那遠勝淺草的新鮮感，打從昨天就吸引了我的注意。

果然，兩、三名早起的遊客開始搭那玩意兒了。早就吃過飯的大哥不知何時到我後面，邊剔牙邊和我一樣望著那上上下下的鐵箱。

「二郎，今天早上去坐坐那電梯吧！」大哥突然這麼說。

我覺得大哥說得簡直像個孩子，便回頭看他。

「好像很有趣。」大哥這句話更加顯現他一向少有的稚氣。我是可以去搭電梯玩玩，卻懷疑是否能達到某一目的地。

「電梯會上到那兒呢？」

「到那兒都沒關係，走吧！」

我以爲母親和嫂嫂當然也一起去，便大聲叫著：「走哇！」不料大哥阻止了我。

「我們走，就我們兩個去。」他說。

這時母親和嫂嫂露面說：「上那兒去？」

「只是和二郎一起去坐坐那電梯，對女人危險了點，媽和直最好不要去，我們先去試試看。」

母親望著騰空而上的鐵箱，滿臉害怕的神色。

「直，妳覺得呢？」

母親這樣問時，嫂嫂露出慣常的寂寞酒窩答道：「我無所謂。」她這種表現可解爲溫順，也可說成冷淡或態度不親切。眼見這種情形，我覺得對大哥是可憐，對大嫂則是一種損失。

兩人穿著單衣離開旅館，立刻搭上電梯。箱子大約一‧八公尺見方，可容五、六人，門一關上立即上昇。大哥和我從無法探出頭的鐵條間往外看，驀地有股非常鬱悶的感覺。

「活像牢房。」大哥低聲向我耳語。

「是呀！」我回答。

「人也是這樣。」

大哥以慣常的哲學家口吻說道。我答了聲「是呀」，卻只了解大哥此言約略的輪廓而已。

牢房似的箱子升到頂點，是座小石山巔峯。那兒矮松處處纏繞，憑添綠意地打破單調，顯現出夏日悅色。僅有的平地上有茶棚，養了一隻猴子。大哥和我給猴子地瓜吃，並且耍著猴子玩，大約在茶棚逗留了十分鐘。

「有沒有能讓我們私下談話的地方？」

說著，大哥環顧四周，看他的目光，好像眞的在找能夠交談的安靜場所。

17

由於那兒地勢較高，可以清楚地瞭望四方。蓊鬱的樹林中能遠望著名的紀三井寺㉔，山麓如海灣般發出溫和的水光，以複雜的色彩描繪看來不像海濱的沼澤景色。一個站在我旁邊的人告訴我，那就是淨琉璃中的垂松。沒錯，那棵松樹沿著斷崖逆向伸出樹枝。

大哥問茶棚女人這一帶有沒有方便談話的安靜場所，但不知是否對方聽不懂大哥的話，怎麼問都不得要領，只是頻頻以鄉音說著「有地方」。

最後，大哥說：「那麼，到權現㉕那兒去吧！」

「權現也是名勝之一，應該可以吧？」

兩人隨即下山，沒坐人力車也沒撐傘，只戴著草帽走在炙熱的沙地上。

我總覺得有股不安感，非但在那天陪大哥搭電梯或前往權現，即使平日相處時，面對著大哥多少會感到拘束。不過，那天心裡尤其不踏實。自從大哥說「我們走，就我們兩個」之後，我一直覺得忐忑難安。

兩人額頭不斷滲出汗油，加上我昨晚眞的吃壞了肚子，有點不舒服。逐漸高昇的太陽毫不留情地曬著我難過的頭，我無可奈何，只得默默地走。大哥也不吭聲，無言地搬運他的身軀。此時，耳邊只聽得向旅館借來的簡陋木屐，踩出沙沙作響的聲音。

「二郎，你怎麼了？」

突然由大哥口中迸出的聲音嚇了我一跳。

「有點不舒服。」

兩人又默默走著。

終於走到權現下面時，我抬頭看那狹窄陡急的石階，高得令人倒抽一口氣，實在不易鼓起勇氣往上爬。大哥換穿擺在階梯下的草鞋，獨自走了十級左右，發現我沒跟來，便以陰沈的聲調叫道：「喂，你不來嗎？」我沒辦法，只好向當地老婦借雙草鞋，開始辛苦地登上石階。走到中途，每走一步都得雙手放在腿上，撐起身體的重量。仰望上頭，大哥正焦躁地站在頂端的山門一角。

「瞧你爬得跌跌撞撞，活像喝醉了酒。」

我顧不得大哥怎麼批評，帽子一丟便扯開前襟，露出胸膛。因爲沒帶扇子，我只能用手帕拚命往胸前搧風。我心想，大哥一定會在後面叫「喂，二郎」，可能因此心情不穩定，使我胡亂揮動汗水濡濕了的手帕，連聲說著：「好熱，好熱。」

不久，大哥到我身邊坐在石頭上，石頭後面一片矮竹叢，茂密地衍生到遠處的石牆邊。當中摻雜幾株大山茶，微白的樹幹特別引人注目。

「這兒的確很靜，可以好好談話。」大哥環顧四周。

18

「二郎，我想跟你談談。」大哥說道。

「什麼事？」

大哥猶豫著，暫時沒開口。我並不想聽，所以也沒催促。

「這裡很涼爽。」我說。

「是很涼爽。」大哥答道。

或許是距離日照處較遠的關係，這處高地的確有涼風吹過。我舞動手帕三、四分鐘後，連忙穿好衣服。山門後有個古老的小拜殿，顯然是老式建築，雕在屋簷下的獅頭顏料幾乎已經剝落。

我穿過山門，走向拜殿那邊。

「大哥，這兒比較涼快，過來吧！」

大哥沒回答，我趁機在拜殿前面左右流連，並且欣賞遮擋烈日的高大常綠樹。這時，大哥滿臉抱怨的表情向我走來。

「我不是說想跟你談談嗎？」

我沒法子，只好在拜殿的石階上坐了下來。大哥也傍著我坐下。

「什麼事？」

「其實是關於直的事。」大哥難以啓齒地吐出這句話。一聽到「直」這個字，我不禁心裡發毛。大哥夫婦的關係正如母親而言，我也知道個大概。而且我已經答應母親，找機會探問嫂嫂心中所想，然後以這方面的知識積極和大哥溝通。倘若大哥早我一步行動，可就傷腦筋了。我曾暗自擔心這一點，老實說，今早大哥向我說：「二郎，我們走，就我們兩個」時，我便擔心他可能會提起這個問題，所以本來不想跟他一起來。

「嫂嫂怎麼了嗎？」我不得已，只好反問道。

「直是不是愛上你了？」

大哥的話太突然，而且不合乎他平日的風度。

「怎麼說？」

「你問我這個就傷腦筋了。還有，如果你氣我問得太沒禮貌，我就更傷腦筋。因爲我並沒有撿到什麼情書，或者目擊接吻實況。說眞的，我這個做丈夫的根本不能公然向別人提出這麼愚蠢的問題。只因對方是你，所以我才不顧顏面，耐著性子問這種難以啓齒的事。所以二郎，告訴我吧！」

「可是對方是嫂嫂，是有夫之婦，更是我現在的大嫂。」

除了這麼回答，我說不出任何話語。

「若從表面的形式來說，任何人都必須這麼回答。你也是普通人，當然會這麼答。聽到你這句話，我只能自覺丟臉，此外無計可施。不過二郎，幸而你遺傳了爸爸的誠實，而且你相信最近流行的那種凡事不隱瞞主義至高無上，所以我才問你。在未問之前，我早已知道形式上的答覆。我想問的只是你內心深處眞正的感覺，請把眞心話告訴我吧！」

19

「我那有什麼內心深處的眞正感覺？」

答話時我沒看大哥的臉，抬頭眺望山門屋頂。這當兒，我的耳中暫時聽不到大哥的話。倏地，他的聲音突然轉變爲一種尖高音調，抑制昂奮般地響了起來。

「二郎，你爲什麼說得這麼輕浮？我們不是兄弟嗎？」

我愕然注視大哥的臉龐。不知是否常綠樹影的影響，大哥的臉色帶著些許蒼白。

「當然是兄弟。我是你的親弟弟，所以答覆你眞實的情況。剛才所說的絕不是空泛的托詞，而是事實。」

如同大哥的敏銳神經，我的性子急躁而且容易火熱。平常的我或許不會這麼回答，但此時此刻非比尋常。這時，大哥以一句簡單的話射向我。

「你肯定？」

「是的，肯定。」

「可是，你臉紅了。」

當時說不定我眞的漲紅了臉，與哥蒼白的臉色正好相反，我只覺雙頰火熱，一時不知該如何回答。

大哥不知想起什麼，突然站了起來。然後交叉著雙手，在我面前來回踱步。我以不安的眼神注視他。他自始便將視線投注地面，雖在我面前走過兩、三次，卻始終沒抬眼看我一下。第三次，他忽然在我面前停下腳步。

「二郎。」

「是。」

「我是你哥哥吧？很抱歉我剛才說得活像個小孩。」

大哥眼中噙滿淚水。

「怎麼？」

「我自以爲學問比你高，直到今天，始終自認比一般人見多識廣。但我卻情不自禁地說出那種幼稚的話，太丟臉了！請不要瞧不起大哥。」

「怎麼說？」

我重複一次這個簡單的問題。

「何必問得這麼認眞，唉，我眞傻。」

說著，大哥伸出手，我立刻一把握住。大哥的手是冷的，我的手也是冷的。

「只因你有點臉紅，我竟然懷疑你的話，實在對不起你的人格，請原諒我。」

我非常了解大哥陰柔的氣質，有時會像陰晴不定的天氣般善變。然而在我眼中，他那具有見識的特長猶如天眞爛漫的小孩，又似玉樣玲瓏的詩人。我雖然尊敬他，卻不得不承認他在某些方面極易被人輕視。我緊握他的手，說道：「大哥，你今天可能頭腦不大清楚，別再說那些無聊的事，我們也該回去了。」

20

大哥突然放下我的手，卻沒有離開那兒的意思。他站在原地，一言不發地望著我。

「你能了解別人的心嗎？」他突然問道。

這次是我一言不發地抬頭看大哥。

「大哥不也無法了解我的心嗎?」沈默片刻後，我開口說。我所答話語比大哥的問題，含有更强的執著。

「我很了解你的心。」大哥隨即回答。

「那不就得了。」我說。

「不，我說的不是你的心，而是女人的心。」

大哥的最後一句話，具含火燄般的敏銳，在我耳中產生一種異樣的迴響。

「管它男人心或女人心。」說到這兒，他匆匆打斷我的話。

「你是個幸福的人，恐怕還不必研究那種事。」

「那當然，我又不是大哥這種學者……」

「胡說!」大哥叱罵似地叫道。

「我並不是指書籍方面的研究，或心理學上的說明之類的迂遠性研究；而是問你是否曾經遇到必須研究眼前最親密者的情況?我的意思是說，倘若不研究那人的心，便會產生坐立不安的現象。」

我馬上明白大哥所說最親密者的話中之意。

「大哥，是不是做學問的結果使你想太多了?稍微笨一點也許比較好。」

「是對方故意讓我多想。反過來利用我慣於思考的頭腦，怎麼也不讓我笨一點。」

到這地步，我幾乎想不出安慰的詞句了。想到不知比我聰明幾倍的大哥，居然爲這種怪問題大傷腦筋，我就替他感到難過。大哥和我都很淸楚，他的神經質遠勝於我。但是大哥從未如此歇斯底里，因此我當眞不知所措。

「你知道梅勒狄斯[26]這個人嗎？」大哥問。

「只聽過名字。」

「讀過他的書信集嗎？」

「不但沒讀過，連封面都沒看過。」

「是嗎？」

說著，他又坐在我旁邊。這時，我才發現自己懷中有敷島牌香煙和火柴。我掏出來，先點根煙遞給大哥。大哥接過去，機械性地吸了起來。

「在他的一封書信中，這麼寫著——我看到滿足於女人容貌的人就羨慕，看到滿足於女人肉體的人也羨慕。無論如何，我非抓住該說是女人的靈或魂不可。就是說，我必須抓住所謂精神才能滿足。因此，我總是無法墜入情網。」

「那個叫梅勒狄斯的人是不是一輩子單身？」

「我不知道，那種事跟我們不相干。不過二郎，有一點是確實的，我的確跟我沒有抓住靈也沒有抓住魂，也就是所謂沒有抓住精神的女人結婚了。」

21

大哥臉上顯露苦悶的表情。在各方面始終不忘尊敬大哥的我，此時心底油然昇起一股近似恐怖的不安。

「大哥。」我强作鎮定地叫了一聲。

「什麼事？」

聽他這麼回答的同時，我站了起來。然後在大哥坐處前踱起步來，我的行動雖和大哥方才所做相同，意義卻完全不同。在我看來，大哥似乎漠不關心，低著頭，兩手指頭如髮梳般插入略長的頭髮中。他是個髮色甚佳的人，每當我走過他面前，都會被那漆黑的濃髮及顯現髮間的細緻指節所吸引。我平日所見的那些手指，總是象徵神經質般優雅而纖瘦。

「大哥。」我再次呼喚，他才沈重地抬起頭。

「我這麼說也許對你很沒禮貌，但是我認爲再精於學問或研究，並不表示能夠了解別人的心。大哥是比我了不起的學者，我當然得注意這一點。然而無論多麼親密的親子或兄弟，頂多也只能靈犀相通而已。事實上，每個人都是不同的個體；同樣地，心也彼此分隔，這是無法改變的事實。」

「我也知道別人的心僅能從外研究，卻不能成爲他本人的心。」

大哥不屑一顧似的，懶洋洋地說。我隨即接道：

「唯一能超越這種情形的，不就是宗教嗎？我是個笨人，自然沒辦法，但大哥一向很會思考……」

「誰能光以思考接近宗教的精神呢？宗教憑的不是思考，而是信心。」

大哥百般不願地吐出這句話，然後又說：「唉，我總是不能相信，不能相信。只能想，想，想而已。二郎，讓我能夠相信吧！」

大哥這番話出自受過良好教育的人口中，但他的態度近於十八、九歲的少年。望著眼前的大哥，我覺得很悲哀。這時的他，活像在沙中掙扎的泥鰍。

樣樣比我優秀的大哥，這還是第一次在我面前表露這種態度。在我感到悲哀的同時，不禁擔心他若以這傾向逐漸進行，在不久的將來，他的精神恐怕會呈現異狀。我越想，越覺得可怕。

「大哥，其實我早就在想這件事了……」

「不，我不想聽你的想法。今天之所以把你帶到這裡，是爲了拜託你一件事。你聽我說。」

「什麼事？」

事情似乎漸漸複雜起來了。但是，大哥不肯輕易說出他的請求。這時，三、四名同來遊覽的男女出現在石階下，各自把腳上木屐換成草鞋，爬上很高的石階朝我們而來。大哥一見人影，立刻站起來。

「二郎，回去吧！」說著，他開始走下石階。我也馬上隨後跟去。

22

我和大哥又回到原路。早上來時我的肚子和頭就有點不對勁，回程不知是否因爲陽光過强，覺得更加難受。不巧兩人都忘了戴錶，沒辦法知道時間。

「已經幾點了？」大哥問。

「這個嘛！」我仰頭看亮麗的太陽，說道：「還沒到中午吧？」

兩人都以爲從原路折回，沒想到卻走錯了路，竟然來到有海邊氣息的沙岸。那兒有漁戶和雜貨店混合而成的貧民區，也可看到屋頂上插著舊旗子的輪船公司候船處。

「好像走錯路了。」

大哥仍低頭看地面，邊走邊想。地上到處是貝殼，兩人踩碎貝殼的腳步聲偶爾爲單調的步行，帶來一種含有鄉間情趣的變化。大哥暫時停下腳步，看看左右。

「我們來時有沒有經過這裡？」

「沒有。」

「哦。」

兩人又邁開腳步。大哥依然不時看著地面。我的一顆心七上八下，擔心會因迷路而意外地遲歸。

「反正這裡是個小地方，再怎麼迷路也回得去。」

大哥說著，越走越快，我從後頭看著他走路的模樣，突然想起放任腳步這句老話。並且覺得走在他後頭十公尺左右，實在再好不過了。

我暗地裡早有心理準備，大哥一定會在我們回去的路上提起他想拜託我的事。不料事實正好相反，他採取了保守舌頭快步行走的方針。他的表現使我微覺可怕，卻也相當高興。

旅館裡，母親和嫂嫂把條紋羅紗及縐綢等外出服掛在欄干上。兩人都穿單衣，面對面坐著。母親看到我們，滿臉驚訝地說：「你們上那兒去了？」

「你們什麼地方都沒去嗎？」

我望著晾在欄干上的衣物問時，嫂嫂答：「不，去過了。」

「去那兒？」

「你猜猜看。」

我總覺得當著大哥的面蒙嫂嫂這般熟稔相待，似乎很對不起大哥。非但如此，看在大哥眼裡，可能會覺得她故意只對我表示親密。想到這裡，我感到一股無法告訴任何人的痛苦。

嫂嫂一副不在乎的樣子，使我相當納悶。她究竟是出於冷淡、忽略，或是沒把一般常識放在眼裡？

她們去參觀了紀三井寺，母親向大哥說明從玉津島明神前走到路上，可搭電車直達寺前。

「石階高得很，媽抬頭一看就覺得眼花。正想這該怎麼上去時，直攙著我好不容易才上去膜拜，只不過汗濕了一身衣服……」

「哦，這樣嗎？」大哥偶爾不帶勁地答著。

23

那天什麼事都沒發生，就這樣過去了。傍晚時分，四人玩起紙牌來。每人各拿四張牌，覆著其中一張按順序交給下一個人，拿掉數字配對的牌後，某人手中會剩下一張黑桃，持有這張牌的人就輸了。這種簡易紙牌玩法，在溫泉區相當流行。

母親和我一拿到黑桃都會露出怪臉，讓別人一眼就看出來。大哥也常常苦笑，只有嫂嫂最冷靜。總是有沒有拿到黑桃都與己無關的神情。其實她這種表現，根本是個性使然。不過我暗自感到佩服，在方才與大哥一席談後，如何使昂奮的神經平衡下來？

晚上我睡不著，比昨夜更加難以成眠。我在轟然作響的浪聲之間，豎耳傾聽大哥夫婦臥室動靜，但是他們的房間依然和昨夜一般安靜。我唯恐被母親撞見而挨罵，那天晚上沒敢到陽台。

天明後，我帶母親和嫂嫂到那座「東方第一電梯」那兒，跟昨天一樣給山猴地瓜吃。這次因爲有猴子熟悉的旅館女服務生同行，一會兒抱猴子，一會兒逗猴子叫，比昨天熱鬧許多。母親坐在茶棚長椅上，指著新和歌浦禿或竭色的山問那是什麼。嫂嫂頻頻問著有沒有望遠鏡設備。

「嫂嫂，這裡可不是芝的愛宕神社。」我告訴她。

「不過應該可以裝置望遠鏡嘛！」嫂嫂還不滿意。

到了黃昏，我終於被大哥拖到紀三井寺。這次大哥以女人們昨天已經膜拜過爲藉口，所以只有我們兩人去。其實大哥之所以約我同往，是爲了要我聽他所託之事。

我們筆直走上母親看了就怕的高聳石階。上面是平坦的山腰，視野好的地方擺了張長椅。正殿旁邊有座五層塔，似乎比一般常見的佛閣寂寞。自屋簷中央垂下白繩，一切顯得格外寂靜。

我們在沒有任何東西遮掩視線的長椅上並肩而坐。

「景色眞好。」

遠方海面如沙丁魚肚般，在眼底發亮。殘陽映滿半片天，眩目的光芒染紅了我的面頰。酷似沼澤的不規則水紋，在海洋稍前處展現鏡般平面。

大哥默默以手杖撐著下巴，不久豁出去似地面向我。

「二郎，其實我有事拜託你。」

「嗯，我就是特地來聽這件事的，慢慢說吧！只要我能力所及，我一定辦到。」

「二郎，這件事實在很難開口。」

「再難開口的事，我都不會介意。」

「我相信你，所以才告訴你。不過，你可別吃驚。」

大哥此言一出，我還沒聽他說到正題就先吃了一驚。深怕他提出什麼奇怪的要求。正如我前面所說，大哥情緒善變，但事情一旦出口，便會堅持到底。

24

「二郎，你可別吃驚。」大哥再次叮嚀，然後嘲笑似地看著實際上已經吃驚的我。我把現在的大哥和在權現神社的大哥加以比較，有種判若兩人的感覺。很顯然地，眼前的大哥正以難以改變的堅定決心面對我。

「二郎，我相信你。你所說的話已經證明了你的淸白，這點沒錯吧？」

「沒錯。」

「那麼我告訴你，是這樣的，我希望你試試直的貞節。」

當我聽到「試試直的貞節」這句話，著實大吃一驚。儘管大哥一再提醒我不要吃驚，我還是驚愕無比。一時目瞪口呆，茫然失措。

「幹嘛露出這種表情？」大哥說道。

我不得不覺得大哥眼中的自己實在窩囊。剎時，我只覺與上次交談時兄弟立場交換似的，於是我連忙振作起來說道：

「要我試試嫂嫂的貞節？——最好別做這種事。」

「爲什麼？」

「還問爲什麼，這不是太無聊了嗎？」

「什麼地方無聊？」

「也許並不無聊，可是有這個必要嗎？」

「正因爲有必要，我才拜託你。」

我暫時沈默。偌大神社境內不見香客人影，四周靜悄悄的。我環視那一帶，當我終於在某個角落發現兄弟倆寂寞的身影時，不禁微感惴慄。

「你打算怎麼試？」

「你和直到和歌山過一夜就行了。」

「無聊！」我一口拒絕。這回是大哥沈默不語，我當然也沒說話。映照海面的落日餘暉逐漸褪去，殘熱仍在遙遠的彼方拖著微紅的尾巴。

「你不肯？」大哥問。

「對，別的事還可商量，這件事免談。」我斬釘截鐵地說。

「那就算了，不過我會懷疑你一輩子。」

「那可不行。」

「既然不行，就答應我的要求吧！」

我只是低著頭，以大哥平日的脾氣，這時早已揮拳相向了。我低頭暗忖，大哥的拳頭可能就要飛向頭頂，或者我的臉頰馬上得承受他清脆的一巴掌？我期待著他的怒氣，並且思索如何把他動怒後的可能反應當做機會，然後使他鎮靜下來，對於大哥氣質中這種倍於常人的强烈反應，我再清楚不過了。

我耐著性子等待大哥鐵拳揮來，不料我的期待完全落空，大哥像死人般毫無反應。最後，我非以狐疑的眼光窺視大哥神色不可。大哥蒼白著臉，然而絕無衝動地向我下手的模樣。

25

過了一會兒，大哥以亢奮的語氣說：

「二郎，我相信你，可是我懷疑直。而且很不幸地，她的對象竟然是你。不過我說的不幸是對你不幸，對我來說，也許反而是幸。正如我剛才已經明言。我相信你所說的每一句話，更能坦白告訴你一切事情，所以對我來說是幸。正因爲如此，我才託你這件事。我所說的沒有什麼不合理吧？」

這時，我開始懷疑大哥話中是否含有什麼深意。大哥心裡是否早已認定我和嫂嫂有肉體上的關係，卻故意向我提出這種難題？我叫了聲「大哥」，姑且不論大哥聽在耳中有何感受，至少我自認聲音相當强勁。

「大哥，這件事非比尋常，事關倫理方面的大問題……」

「當然。」

我對大哥冷淡的回答覺得意外。同時，剛才潛藏心中的懷疑越來越深。

「大哥，雖然我們是兄弟，但我不願做那種殘酷的事。」

「不，是她對我殘酷。」

我並不想問大哥爲什麼說嫂嫂對他殘酷。

「雖然我會進一步地聽你說明，但是你剛才所託之事恕難從命。因爲我有我的名譽，就算爲了大哥，也不能犧牲名譽。」

「名譽？」

「當然是名譽。居然受託去考驗別人——即使是別的事，我也不願做。更何況……又不是偵探……」

「二郎，我並不要求你主動向她做出那種下流行爲。只不過要你以小叔的身分，陪嫂嫂到某個地方同住一家旅館罷了。那會有什麼不名譽的事？」

「大哥懷疑我，所以才勉强我做這種無理的事吧？」

「不，我相信你才拜託你。」

「你嘴裡說相信，心裡卻懷疑。」

「胡說。」

大哥和我再三重複這些對話，雙方越說越激動。後來，某句話使兩人突然平靜下來。

在衝動的一刹那，我甚至斷定大哥是個不折不扣的精神病患。但這狂風般的發作過後，我又覺得他一如常人。最後，我說道：

「老實說，這陣子我也稍微想過這件事，打算找機會探問嫂嫂的心思。如果只是這樣，我倒是可以答應。過不了多久，我們就要回東京了。」

「那麼，明天就行動吧！明天下午和她一起到和歌山，天黑前就回來。這總可以吧？」

不曉得爲什麼，我很不願意這麼做。本想回東京後慢慢伺機行動，可是我已經拒絕一件事，自然難以推卻另一件事，因此終於答應陪嫂嫂同遊和歌山。

26

翌晨起牀時，睜眼便見滿天烏雲，並且颳著大風。拍擊防波堤的碎浪聲，比先前激烈得多。倚欄眺望，濛濛白煙籠罩整個海岸。這樣的早上，四人都無意到海邊。

午後，天色稍微緩和，雲層間甚至有一絲陽光透出。雖然如此，仍有四、五艘漁船提早划回樓前河溝。

「有點不對勁，看樣子好像會變成暴風雨。」

母親仰望異於平常的天空，說著又走回房間。大哥馬上站起來，走到欄干那邊。

「不會的，沒關係，一定不會有事。媽，我保證，走吧，人力車已經叫好了。」

母親一言不發地看著我的臉。

「要去大家一起去。」

果眞如此，我樂得輕鬆。如果可能，我寧可陪母親而放棄和歌山之行。

「那麼，我們一起到新開的山路那邊看看。」我說著就要站起來。這時，大哥陰沈的眼光立刻掃來。我隨即又想，只好依約行事了。

「對了，我已經和嫂嫂約好了。」

我不得不裝蒜地向大哥說道。不料母親滿臉不悅地說：「不要去和歌山了。」我輪流看著母親和大哥的臉，躊躇起來。嫂嫂還是那麼冷淡，當我在母親和大哥之間迷惑不已時，她幾乎沒說過一句話。

「直，二郎不是要帶妳去和歌山嗎？」大哥這麼說時，嫂嫂只答了聲「是的」。

當母親勸阻說：「今天別去了。」，嫂嫂又只答「好」。我回頭問：「嫂嫂，怎麼辦？」時，她答道：「隨便，都可以。」

我有點事到下面去，母親隨後跟來，她的神情難掩心中憂慮。

「你眞的想和直一起到和歌山？」

「嗯，大哥已經答應了。」

「他雖然答應，媽卻會傷神，所以不要去了。」

母親臉上流露不安的神色。至於她不安的原因在於大哥，或在於嫂嫂和我，我無從判斷。

「爲什麼？」

「爲什麼？總之，你不能和直一起去。」

「妳的意思是這樣對大哥不好？」

我露骨地問問看。

「不止對你大哥不好……」

「那麼，是不是對嫂嫂和對我都不好？」

我的問題比先前更露骨。母親默默佇立，我在她的表情中看到罕見的猜疑之影。

27

眼見我原以爲完全相信我，疼愛我的母親此刻表情，我忽然膽怯了。

「那麼，我不去了。本來就不是我主動約嫂嫂一起去，而是大哥要我們去。如果媽不答應，我當然可以不去。不過請媽去和大哥談判，讓他放我一馬。因爲，我和大哥有約在先。」

我這麼回答，難爲情地站在母親跟前。老實說，我沒有勇氣離開母親的庇護。母親似乎有點不知所措，最後無奈地說：「那麼，我跟你大哥談談，但是你得在這兒等我，要是陪我上三樓，說不定會使事情更麻煩。」

我目送母親的背景，心想早知事情這麼複雜，我才不想帶嫂嫂去和歌山呢！就算去了，也不能擔當那件重要任務，但願事情的發展如母親所想。於是，我懷著忐忑的心情，漫無目的地在寬敞的房中來回踱步。

不久，大哥從三樓下來了。一見他的臉，我立刻明白這下子非去不可了。

「二郎，現在違約的話我可不依。你這傢伙，還算個男子漢吧？」

大哥時常稱呼我爲「你這傢伙」，每當他口中吐出這幾個字時，我就得小心隨之而來的麻煩了。

「不，我去。我是要去，可是媽不讓我去。」

我說這些話時，母親又擔心地走下三樓。然後，馬上到我身邊說：「二郎，雖然媽剛才那麼說，但我仔細問過一郎，你好像在紀三井寺答應了他什麼事，所以沒辦法，你還是照約定去做吧！」

「是。」

我回答後，決定不再多說。

過了一會兒，母親和大哥搭上等在樓下的人力車，車子響著鐵輪聲從樓前向右而去。

「那麼，我們也出發吧！」說眞的，我回頭看看嫂嫂時，心情糟透了。

「怎麼樣，有沒有勇氣出去？」我問。

「你呢？」對方也問。

「我有。」

「你有我就有。」

我站著動手換衣服。

嫂嫂爲我穿上上衣，半捉弄地向我說：「你今天好像沒有勇氣。」事實上，我完全沒有勇氣。

兩人一起走出去搭電車。因爲走的是捷徑，嫂嫂薄薄的木屐和白腳套老是踩進沙中。

「不好走吧？」

「是呀！」說著，她拿著傘回頭看自己的腳後面。我的紅鞋踩著沙子，心忖該在何處完成今天的使命。不知是否邊走邊想的關係，兩人的談話很不起勁。

「難得你今天話這麼少。」嫂嫂終於提醒我。

28

我和嫂嫂並肩坐在電車上。然而心中一直有要事在身的念頭，所以總是無法儘興交談。

「爲什麼這麼沈默？」她問道。離開旅館後，她已經問了我兩次類似的話。反面觀之，這句話含有「我們可以聊得更有趣」的意思。

「妳向大哥說過這種話嗎？」

我的表情相當認眞。嫂嫂看了我一眼，隨即眺望窗外說道：「風景眞好。」沒錯，當時電車經過的地方景色很好，但她顯然是刻意欣賞風景。我特地叫了聲嫂嫂，重複剛才的問題。

「幹嘛問這種無聊的事？」說著，她露出近乎不屑的表情。

電車繼續奔馳，未到下一站前，我執拗地再度問起同一問題。

「你眞囉嗦！」她終於說：「爲什麼問這種事？既然是夫妻，大概說過那些吧？那又怎麼樣？」

「不怎麼樣，我只是希望妳也常用這種親切的語氣向大哥說話。」

她蒼白的臉頰泛起微暈。不知是否因爲血量不多，總覺臉頰內似乎點了盞燈，遠遠地使她的皮膚發紅。不過，我並未深思其中的意思。

抵達和歌山，兩人下了電車。下車後我才發覺，這是我第一次到和歌山。事實上，我既以遊覽此地的藉口帶嫂嫂同行，形式上當然得去看看某些地方。

「你沒到過和歌山卻帶我來，眞是的！」

嫂嫂忐忑不安地環顧四周，我也有點不好意思。

「要不要搭人力車，讓車夫載著我們四處逛逛，或者信步往城堡那邊走走？」

「都好。」

嫂嫂凝望遠方天空，卻沒注視近處的我。這裡的天空和海邊同樣陰沈，濃淡不勻的亂雲層層相疊，蒙蔽兩人頭上的一片天，反而比陽光直射來得悶熱。而且部分天空已經昏暗，不知何時會來陣驟雨。烏雲四周暈染似地發亮，在我們剛剛走過來的和歌浦那頭，描繪出一方恐怖的天色。嫂嫂皺著眉頭，正在眺望這恐怖之處。

「會不會下雨？」

我覺得一定會下雨，心想還是雇車遊覽比較妥當。於是我立刻叫車，吩咐車夫在可以遊覽的地方隨便逛逛。車夫似懂非懂地拉著車跑，一會兒到小市區，一會兒到蓮花盛開的護城河，一會兒又回到小市區，根本沒載我們到值得參觀的地方。最後我注意到一直搭車亂逛，不可能談正事，便吩咐車夫送我們到能坐著談話的地方。

29

車夫會意後又跑了起來。當我察覺車夫一反常態跑得起勁時，車子拐進狹窄的巷道，突然進入一扇大門。我正忙著叫車夫停車，車子已在玄關前停下。兩人不知所措的時候，一名年輕打扮的女服務生出來招呼，我們只好跟了進去。

「我根本不是要到這種地方。」我辯白似地說。

「為什麼？這不是一家很好的賓館嗎？不錯嘛！」嫂嫂回答。從她答話的口氣推測，她似乎早就料到會到這餐廳模樣的地方來。

正如嫂嫂所言，這是棟牢固美觀的建築。

「反而比東京的便宜餐廳好。」我環視柱子和壁上的掛軸，說道。嫂嫂到欄干邊眺望中庭，老梅樹下可見蘭叢形成的蒼黑陰影。梅樹幹上，處處附著細長硬苔。

女服務生送來浴衣，告訴我們可以洗澡了。我覺得洗澡太浪費時間，擔心天黑前趕不回去。可能的話，希望儘早辦好事情，依約走明亮的路回海邊旅館。

「嫂嫂，要不要洗澡？」我問問看。

由於大哥曾交代嫂嫂天黑前回去，所以嫂嫂應該明白我的掛慮。她從腰際取錶一看，說道：

「還早，二郎，洗個澡應該沒關係。」

她把看來天色已晚，完全當做天氣的影響。尤其濁雲重重封鎖天空，大地顯然比錶上時間所示陰暗得多。天陰沈沈地，恐怕就要下起雨來。我盤算著，反正這場雨勢必會下，乾脆下過雨再回去算了。

「那麼，我去沖個澡。」

於是，兩人決定洗澡。走出浴室，晚飯已經送來。這個時間吃飯嫌早了點，而我不想喝酒，也沒有酒量，不得已只好喝點湯，吃幾塊生魚片。我覺得女服務生在旁使我很不自在，便吩咐她退下。

我思忖著是否要鄭重其事地向嫂嫂開口，或者聊天時順便談起，想想好像兩者都可以，又像都不妥當。我手拿湯碗，望著院子那邊。

「在想什麼？」嫂嫂問。

「沒什麼，只是想會不會下雨。」我隨口答道。

「是嗎?那麼擔心天氣，一點都不像平常的你。」

「不是擔心，只是覺得萬一下大雨就糟了。」

我這麼說時，雨一滴一滴地由天而降。對面二樓大廳穿梭著兩、三個家徽和服打扮的人影，並且傳來藝妓調三絃的聲音，似乎正在舉行宴會。

離開旅館時便已惴慄不安的我，這時幾乎要失去鎮定了。我深恐今天根本無法詳談，暗暗後悔為何偏挑如此天氣答應這種奇怪的要求。

30

嫂嫂不會知道這種事，見我擔心下雨，反覺詫異地責問我。

「爲什麼那麼擔心下雨，下場雨不是涼快得多嗎?」

「不曉得下到什麼時候才停，眞傷腦筋。」

「怎麼會?因爲天氣的關係，不能按時回去也是無可奈何。」

「可是我必須對大哥負責。」

「那麼，馬上回去好了。」

嫂嫂說著立刻站起來，她那模樣顯現出一種決斷。對面房間不知客人是否都已到齊，清朗的三絃琴聲隔雨而來，電燈也已點亮。我半受嫂嫂的決心所催促，差點站起來，猛然又想起答應要問的事隻字未提。正如晚歸會對不起母親和大哥，沒達成任務也會對不起自己的心。

「嫂嫂，看樣子這場雨一時不容易停，而且我這趟來其實是有事想跟嫂嫂談。」

我看看天空，又回頭看嫂嫂。我當然不會走，連已起身的她也還沒有準備回去。她雖然起身，看來似乎打算看我的反應決定往後的態度。我又向屋簷探頭看上面，因爲對面有偌大二層樓房阻擋，無法一覽無遺。在這種角度下，不能充分了解雲的飄動與雨的降落狀況。不過雨下得很大，比剛才更激烈地狂掃院中樹木，這一點倒是沒錯。相較之下，風比什麼都來得可怕。

「你也眞奇怪，說了要回去，當我準備好時，你偏又坐下來。」

「妳那有做什麼準備，只是站起來而已。」

我這麼說時，嫂嫂莞爾一笑，故意以言之有理又似意外的眼神注視我的衣袖及下襬一帶。然後，再度坐在含笑望著她的我面前。

「你說有事跟我談，什麼事？我可不懂那些個艱深的事，還不如聽對面房裡的三絃琴得好。」

雨打在屋簷上，響起隨風任意灑落的聲音。善變的三絃聲伴著雨聲，不時掠過兩人身邊。

「有事快說。」她催促道。

「別催我，這種事很難開口。」

當她催促時，我眞的不知如何啓齒。她看著我，輕輕笑了起來。

「你今年幾歲了？」

「別那樣挖苦我，這是正經事。」

「既然如此，快說吧！」

我越來越不願鄭重其事地說出那種活像忠告的事，而且總覺此刻在她面前的我好像被看扁了似的，但面前這種情形，又不得不感到一股難言的親密。

31

「嫂嫂，妳幾歲了？」我唐突地問。

「別看我這個樣子，我還年輕呢！我想，我的年紀比你小得多。」

我自始便無意比較兩人的年齡。

「妳嫁給大哥幾年了？」我問。

「這個嘛！」嫂嫂泰然自若地說：「我早就忘記了，甚至連自己的年齡都忘了。」

嫂嫂這種裝蒜的模樣，完全符合她的本性。我暗忖，這顯然極爲做作的嬌態，是否會令嚴肅的大哥慍怒？

「嫂嫂，妳連對自己的年齡都很冷淡嘛！」

我隨口說出這句諷刺的話。當我察覺話中所含的輕浮心態，一股對不起大哥的畏懼感猛然襲上心頭。

「妳對自己的年齡再冷淡都沒關係，只則妳對大哥稍微用心一點，親切一點。」

「在你眼中，我對你大哥不夠親切嗎？我自認對你大哥已用盡心思，不但是他，對你也一樣，二郎。」

我本想說不必對我太親切，請她對大哥溫柔一點就好了。但是當我看到嫂嫂的眼神，便知自己把事情看得過於簡單。甚至覺得在這種情況下與嫂嫂相對而坐，根本無法誠實地爲大哥說項。我在言辭方面無所欠缺，足以爲大哥使用任何言語。但我自知使用這些詞句的心態，很容易撇開大哥，而流於爲自己發言的結果。依我的個性，絕對不該答應扮演這種角色。我後悔極了。

「怎麼突然不說話？」嫂嫂這句話說得彷彿攻擊我的要害。

「因爲我一直替大哥求妳，妳卻不認眞聽。」

我壓抑差赧的心，故意這麼說。這時嫂嫂笑了笑，笑中帶著寂寞。

「那是不可能的，二郎。我笨得不會留意，說不定就是這個緣故，大家才會以爲我冷淡。雖然如此，我卻自認已對你大哥盡心盡力。——我眞沒出息，尤其最近，簡直成爲喪失靈魂的空殼子。」

「別那麼悶悶不樂，稍微積極點怎麼樣？」

「怎麼積極？說諂媚的話嗎？我最討厭奉承話㉗，你大哥也是。」

「也許是吧，不過如果妳能有點表現，不但大哥會得到幸福，妳也會很幸福！所以……」

「好了，你不說我也知道。」話沒說完，嫂嫂的淚珠已潸潸滴落。

「你大哥大概不喜歡我這沒有靈魂的空殼子吧？但是我覺得滿足，這就夠了。我從來沒有向任何人抱怨過你大哥，二郎，你應該知道，也應該了解……」

嫂嫂哽咽地說著，一字一句都如同銳利的刀鋒戳進我的心坎。

32

有位老前輩曾告訴我，女人的眼淚幾乎都不是鑽石，大半是玻璃加工品㉘。當時我恍然大悟地洗耳恭聽，但那只不過是言語上的知識而已。眼見嫂嫂的眼淚，年輕的我心裡有股憐惜之感。若在別的場合，我準會抓著她的手陪她掉淚。

「大家都知道大哥不好侍候，妳一定忍耐得相當辛苦。雖然如此，大哥卻是位率直無欺的高尚紳士，值得敬愛的人物……」

「二郎，你不說我也知道你大哥的個性，因爲我是他的妻子。」

說著，嫂嫂再度啜泣，我益發覺得她楚楚可憐。看到她拭淚的小手絹皺而濕，我恨不得遞上自己的乾手帕撫拭她的眼與頰。不知怎地，一股莫名的力量强烈地抑住我的手，使我不能動彈。

「說眞的，妳到底喜歡大哥，還是討厭大哥？」

這句話一說出口，我立刻明白正因爲我無法伸手爲嫂嫂拭淚，所以自然替代性地吐出此言。嫂嫂由手絹與眼淚間窺視我似的，叫了一聲：

「二郎。」

「什麼事？」

這簡短的回答有如被磁鐵吸住的鐵屑，毫無抗拒、毫不自覺地從我口中迸出。

「你必須問這種事嗎？爲什麼問我喜歡你大哥或討厭你大哥？難道你以爲除了你大哥外，我另有意中人？」

「我絕不是這個意思。」

「所以我剛才不是說過嗎？我看起來冷淡，完全是自己沒出息的關係。」

「何必特別强調那句沒出息?家裡根本沒人說過那種刻薄話。」

「就算沒人說過，我還是沒出息，我有自知之明。不過我雖然差勁，偶爾也會有人稱讚我親切，我並非總是那麼窩囊的。」

嫂嫂曾爲我縫製了一個大座墊，墊面用各色絲線繡著蜻蜓及花草圖案。爲了這件禮物，我曾答謝說「妳很親切」。

「那東西還在吧?很漂亮。」她說道。

「嗯，我一直小心保存。」我回答。因爲這是事實，我不得不這麼答。既然這麼答，我勢必暗地裡承認她對我親切這個事實。

突然間，我發現對面二樓的三絃琴聲不知何時已經停止，偶爾有醉客發出的聲響隨風飄來。我不知是否時間已晚，正想掏錶時，女服務生踩著院中石磚在陽台露面。

經由女服務生口中，我得知和歌浦目前正處於暴風雨中，電話不通，松樹倒在路面，交通已經中斷。

33

這時我突然想起母親和大哥，急得如同熱鍋上的螞蟻。我想像著，眼前浮現被狂風猛浪玩弄指掌間的旅館。

「嫂嫂，大事不好了。」說著，我回頭看嫂嫂。嫂嫂並沒有驚慌的表情，或許是心理作用，我卻覺得她原本蒼白的臉色更加蒼白了。而部分蒼白面頰與眼眶，仍殘留方才哭過的痕迹。嫂嫂大概不願女服務生察覺有異，把臉朝向電燈照不到的角落，刻意避開入口方向。

「沒辦法回和歌浦嗎？」她問。

我搞不清這從奇怪角落發出的問題，究竟是向我說或是問女服務生。

「也不能搭人力車囉？」我向女服務生提出類似的問題。

女服務生雖不置可否，卻一再說明外出的危險性，並且勸我們今晚務必在和歌山過夜。她說話的表情認眞，似乎以我們兩人的利害爲目的。我聽了女服務生的話，更加擔心留在旅館的母親。

防波堤距母親下榻的旅館有五、六百公尺之遠，我想即使浪高得越過堤防，總不至於淹到三樓的房間吧？不過萬一海嘯猛然襲來的話……。

「那一帶的旅館有沒有被海嘯捲走的紀錄？」

擔心之餘，我這麼問女服務生。女服務生斷言，沒發生過那種事。但是她告訴我們，曾有兩、三次波浪越過防波堤打落堤內，使得裡面一片汪洋。

「房子被水浸得很慘吧？」我又問。

女服務生答道，頂多房子在水中團團轉，倒是用不著擔心被沖到海裡。這悠哉的回答，使我在擔心中失聲而笑。

「在水裡團團轉就夠慘了，如果又被沖入海，不就成爲世紀大災難了嗎？」

女服務生掩著嘴笑，嫂嫂也在暗處朝這邊看。

「嫂嫂，怎麼辦？」

「怎麼辦，我一個女人家怎麼知道怎麼辦？如果你說回去，再危險我也奉陪。」

「回去是沒關係，不過——眞傷腦筋。沒法子，今晚就在這裡過夜算了。」

「你說要過夜，我也只好過夜了。外頭昏天暗地的，我總不能自個兒回和歌浦。」

女服務生一直以困惑的眼光注視我們兩人。

「電話打不通嗎？」爲了愼重起見，我又問了一次。

「不通。」

事實上，我根本沒有勇氣到電話筒邊直接試試看。

「好吧！就決定在這裡過夜。」這次，我向嫂嫂說。

「嗯。」

她的回答總是這麼簡單而且鎮定。

「市區內可以通行嗎？」我又問女服務生。

34

兩人必須立刻前往餐廳介紹的旅館。準備妥當，走下玄關時，唯獨明亮的電燈和車夫的提燈在風雨聲中閃爍，活像映照暗夜狂吼的器具一般。嫂嫂先把一身醒目的鮮麗隱入黑色車篷中，我也隨之將身子移入拘束感十足的深沈桐油㉙內。

車篷裡的我，幾乎沒有工夫觀看路上的慘狀。我滿腦子都是從未經驗過的海嘯景象，否則就是註定被不懷好意的天氣推向本可堅拒卻不得不做的那件事。儘管心中難過，腦袋裡卻沒有靜下來想像或觀察的餘裕；只覺像沒頭蒼蠅似的，在凌亂的火災現場茫然地團團轉。

終於，人力車的車把停靠在一棟旅館模樣的建築前面。我記不清是否穿過門簾般的東西走進裡面，只知地板的寬度相當長。不見櫃台，也沒有賬房，只有一名女服務生出來招呼。以黃昏時刻來說，是個非常寂寞的光景。

我們默默站著，不曉得爲了什麼，我不想和嫂嫂說話，她也裝模作樣地把絹傘斜頂著地面。

女服務生帶我們到一個面向陽台的房間，簷下垂著富麗堂皇的掛簾，古意盎然。由於年代久遠，柱子泛著幽幽里光，天花板上呈現一片煤灰色。嫂嫂把傘掛在隔壁房間的衣上，說道：

「對面是高樓，這邊又是砌瓦厚土牆，所以不大聽得見風聲。剛才搭人力車時眞不得了，車篷上咻咻作響地可眞嚇人。你坐在車上，感覺到風的重量向車篷壓下來吧?我坐的那輛差點翻車呢!」

當時我心中慌亂,根本沒辦法留意那種事。但是,我沒有勇氣照實回答。

「是呀,好大的風。」我哄哄她。

「連這裡都狂風大作,和歌浦八成更厲害。」嫂嫂這才提起和歌浦。

我心裡又是一陣悸動,說道:「嫂嫂,這裡的電話大概也不通吧?」沒等她回答,我立刻走到浴室附近的電話邊。我查了電話簿,不斷試著打到母親和大哥下榻的和歌浦旅館。很奇怪地,對方居然應了兩、三聲,正慶幸著想問那邊的風雨情況時,通話又告中斷。我一連「喂」了好幾聲,頻頻按鈴,依然回天乏術。最後我終於放棄,慢慢踱回房間。嫂嫂坐在座墊上喝茶,聽到我的腳步聲便回頭問:「電話怎麼樣?通了嗎?」於是,我說明了有關電話的始末。

「我早就猜到會這樣。今天晚上根本不行,電話線已經被風吹斷,當然打不通。聽那風聲不就知道了嗎?」

風呼呼吹著,不知在那兒捻成一股,隨即又分道揚鑣,發出呻吟似的怪聲直衝凌霄。

35

兩人豎耳傾聽風聲時，女服務生通知可以洗澡了，並且問要不要吃晚飯。老實說，我沒有心情吃飯。

「怎麼樣？」我和嫂嫂商量。

「隨便，不過既然要在這裡過夜，總該看看晚餐吃些什麼。」她答道。

女服務生退下後，所有的電燈突然熄滅。由於黝黑柱子與佈滿煙灰的天花板使然，原本陰鬱的房間更加漆黑了。我坐在嫂嫂面前，聞到女人身上特有的淡淡幽香。

「嫂嫂，妳怕不怕？」

「怕。」對面傳來我意料中的回答，然而聲調不含一絲畏懼，也不帶刻意避人耳目的矯揉。

兩人靜坐黑暗中，不吭聲也不移動。不知是否漆黑得目不能視的緣故，外面的暴風雨似乎更強烈了。風雖減弱雨囂張的聲勢，卻不分屋頂、牆壁或電線桿狂妄地吹。

使得這些受害者悲鳴不已。我們的房間恰似地窖，四周都被牢固的建築和厚牆包圍起來，連陽台前的小中庭也顯得較爲安全。但自四面八方而來的恐怖聲響，帶給黑暗中的人一種難以抗拒的威嚇感。

「嫂嫂，忍耐一下，待會兒女服務生可能就會拿燈來。」

我說著，暗自預期嫂嫂的聲音由對面傳入我耳中。但她默不作聲，那股膠漆般的黑暗威力彷彿阻隔了細微的女聲，使我微覺悚慄。最後，甚至連理當坐在我身邊的嫂嫂是否存在，都令我擔心。

「嫂嫂。」

嫂嫂依然沈默，我以適當的距離想像著描繪出停電前坐在對面的嫂嫂身影。然後又叫了聲：「嫂嫂。」

「什麼事？」

她回答的聲音透著厭煩。

「妳在嗎？」

「當然在，我是人不是鬼，不信的話過來摸摸看。」

我的確有摸索著接近嫂嫂的念頭，卻沒那個膽量。隨後在可能是她坐著的地方，響起女人腰帶的摩擦聲。

「嫂嫂，妳在做什麼是嗎？」我問。

「嗯。」

「妳在做什麼？」我又問。

「女服務生剛才已經送來浴衣，我想換衣服，正在解腰帶。」嫂嫂回答。

當我在黑暗中聆聽腰帶聲時，女服務生沿著陽台拿來點燃的古式蠟燭，並且豎立在房中牀之間㉚旁的桌上。由於燭焰搖晃，泛黑柱子和沾著煤灰的天花板當然不用說，火光所及頓時一片喧嘩，使我的心突然寂寞而焦躁。尤其牀之間的掛軸與插在前面的盆花，更因燭光的影響而觸目驚心地顯著。我拿著毛巾到浴室沖洗汗水，愕然發現浴室裡有盞奇怪的油燈。

36

我在微弱的燈光下，用好不容易才辨認出來的小桶沖洗背部。洗完澡，為了愼重起見，我又試著打電話，但毫無接通的跡象。我沒法子，只好放棄。

我一洗完，嫂嫂隨即進浴室，不一會兒便浴罷出來。

「裡面又暗又可怕，而且木桶和浴盆都相當陳舊，我隨便洗洗就出來了。」

這時，女服務生畢恭畢敬地在我面前出現，我必須藉著燭光填寫住宿登記簿。

「嫂嫂，登記簿上怎麼寫？」

「都可以，隨便你。」

說著，嫂嫂從小袋子裡拿出內裝梳子等物的貼布疊紙[31]。她背向我占用了一根蠟燭，面對梳妝台不知做些什麼。我沒辦法，便填上東京的地址和嫂嫂的名字。旁邊特地註明「一郎之妻」；同樣地，在自己的名字旁邊註明「一郎之弟」。

飯未送來前，剛才熄掉的電燈突又亮起。廚房那邊，有人高興地「哇」了一聲。

雖然女服務生說過暴風雨時沒有魚，但是我們的餐几上卻赫然出現了魚。

「燈一亮好像一切都復甦了。」嫂嫂說。

話剛說完，電燈再度熄滅。我連忙停住筷子，暫時不動。

「喂！」

女服務生高嚷同事的名字，要對方拿燈火過來。電燈亮起那瞬間，我瞥見嫂嫂不知何時化好淡妝的明顯事實。燈滅的現在，只覺黑暗中仍留存她的面容殘像。

「嫂嫂，妳什麼時候化的妝？」

「討厭，烏漆抹黑的還講這種事，你幾時看到的？」

女服務生在黑暗中笑出聲來，稱讚我眼尖。

「這種時候居然連香粉都帶了，嫂嫂，你實在很細心。」我又在黑暗中向嫂嫂說。

「我沒帶粉，帶的是面霜。」她在黑暗中解釋。

我覺得在黑暗中，而且是當著女服務生的面開這種玩笑，比平常有趣。這時，另一名女服務生點來兩根蠟燭。

房中跳動著旋渦般的燭影。我和嫂嫂蹙眉凝視燃燒中的火舌，感到一股不鎮定的落寞。

不多時，我們先後睡下。上洗手間時，我從窗口仰望天空。先前稍後平衡下來的暴風雨，此時似乎隨著漸濃的夜色再度轉强。漆黑的天空仍以其漆黑的狀態活動，彷佛瞬間都未曾歇息。我想像恐怖的夜空中有陰沈雷電交錯而過，不透空隙地互放黑針般的光束，在沈悶的巨響中維持懾人黑幕，想著想著，我不禁駭然畏縮。

蚊帳外，女服務生鋪牀時放了方型紙罩座燈取代蠟燭。偏偏這種座燈古拙陰鬱，使人覺得一口吹熄反而比那慘澹陰森的微光來得舒服。我擦根火柴，在微暗中抽起香煙來。

37

我從剛才就一直沒睡，如廁回來抽第一根煙時，腦子裡思潮洶湧卻雜亂無章，自己也把握不住何爲主要問題，差點忘掉點上香煙。當我回過神並且吸了一口煙，卻覺煙味格外不佳。

正如方才所見那片不知盧山眞面目的夜空，我的腦海也有片恐怖黑幕瘋狂地扭動著。隨後出現的是，母親和大哥下榻的旅館屢遭波浪擊打，正團團轉個不停的景象。這些思潮尚未平復，我又關心起睡在這房中的嫂嫂來。心想，雖說是天災，但兩人共宿於此該如何解釋？辯解之後又該如何避免大哥不悅？同時，在偕同嫂嫂共此罕有冒險的今日，不知從何處湧現一股莫名的興奮。這種快感出現時，我完全忘了風、雨、海嘯，甚至母親和大哥的存在。但快感旋即轉變爲一種恐懼，或者可說是恐懼的前兆。這時我有個感覺，這是一種預告，就像正在外面肆虐的暴風雨連根拔起樹木、吹倒牆壁、掀起屋瓦一般，非但如此，還把此刻在微暗座燈下抽無味香煙的我擊得粉碎。

這些事盤桓在我腦中時，死寂地靜臥蚊帳裡的嫂嫂突然翻身，打了個連我都聽得到的呵欠。

「嫂嫂，妳還沒睡？」我從煙霧中問嫂嫂。

「嗯，風雨太大，吵得我睡不著。」

「我也是被吵得受不了。聽說這一帶倒了一、兩根電線桿，所以才會停電。」

「對，剛才女服務生也這麼說過。」

「不曉得媽媽他們怎麼樣了？」

「我也一直在想這件事，不過海浪應該不會打進來吧？就算打了進來，頂多只到堤邊松樹附近，沖走幾間較不牢固的草屋而已。萬一眞的海嘯來襲，捲走那一帶所有的東西，我只能說那是件可惜的事。」

「爲什麼？」

「因爲我想看那可怕的景象。」

「別開玩笑。」我試著打斷嫂嫂的話。這時，嫂嫂認眞地答道：

「是眞的，二郎。我不喜歡上吊或刺喉之類雕蟲小技似的死法，只盼能死於被大水沖走或雷電擊斃這種猛烈的猝死法。」

我首次從一向不愛看小說的嫂嫂口中，聽到如此浪漫的話語。我暗自判斷，這完全是神經亢奮的影響。

「活像書上才會出現的死法。」

「也許書上出現過或者戲裡演過，但我眞的那麼想。如果你不相信，我們這就到和歌浦，管它浪濤或海嘯，一起跳進去試試看。」

「妳今晚太興奮了。」我安慰似地說。

「我不曉得比你鎭靜幾倍呢！大部分的男人到了緊要關頭，都表現得很差勁。」

她躺著回答。

38

我這時才注意到自己根本沒有研究過女人。無論從任何角度，嫂嫂都是個難以對付的女人。對方積極前進，她便如門簾般不作抵抗；當對方無計可施宣告退卻時，她便突然顯現强勁力量，力量中蘊含無法接近的恐怖成分。如此，當對方以其爲對手又思前進時，她便倏地消失無蹤。與她交談時，總會有種被玩弄的感覺。按理說被玩弄的感覺應該很不愉快，然而奇怪的是，反而令人相當愉悅。

最後，她道出極不尋常的決心。不是被海嘯捲走，就是被雷擊斃，全是超脫平凡的壯烈死法。儘管我平常（尤其兩人結件到和歌山以來）在體力和精力方面都占優勢，但面對嫂嫂，總有股沒來由的恐懼感，而且很奇妙地與極易形成的親暱感如影相隨。

嫂嫂鮮少接觸詩與小說，何以如此興奮地希望死於海嘯？我很想打破沙鍋問到底。

「嫂嫂，今晚是妳第一次提起死亡。」

「是的，今晚也許是我第一次說出口，但我心中時時記掛的也只有『死』這件事。連一天都不曾忘懷。如果不相信，大可帶我到和歌浦，我一定躍入浪中，馬上死給你看。」

微暗的座燈下，挾著暴風雨聲乍聞此言，我著實感到陣陣悚慄。她一直是個穩重的女人，幾乎從未發生過歇斯底里的情形。只不過沈默寡言的她，臉頰經常是蒼白的，並且老是從眼中透出意義深長而令人難懂的光芒。

「嫂嫂，妳今晚怎麼跟平常不一樣，是不是有什麼興奮的事？」

我沒看到她的眼淚，也沒聽到她的哭聲。然而我總覺得將會發展到那地步，便藉著黯淡的燈光探視蚊帳裡面。她把兩牀紅色墊被疊在一起，上面的鑲邊白麻棉被恭整地齊胸蓋著。當我在微光中探視黑影時，她挪動枕頭望向我這邊。

「你老是把興奮二字掛在口中，但事實上，我卻比你鎮靜得多。因爲，我隨時都有心理準備。」

我無話可答，默默在昏暗燈影下吸起第二根敷島牌香煙。我凝視自己鼻口間噴出的煙霧，偶爾移轉惴慄的目光窺視蚊帳中。嫂嫂的身影死般沈靜，我想她可能睡著了。這時，仰臥的面容傳來喚著「二郎」的聲音。

「什麼事？」我答道。

「你在那兒幹什麼？」

「抽煙，因爲我睡不著。」

「快睡吧，睡眠不足有礙健康。」

「是。」

我掀起蚊帳下襬，鑽入自己的被褥。

39

翌日一早，睜眼就看到與昨天截然不同的美麗天空。

「變成好天氣了。」我向嫂嫂說。

「沒錯。」她回答。

由於兩人都沒睡好，自然不會有自夢鄉醒來的感覺。倒是一下牀，便覺暴風雨後的蒼穹猶如脫離夢魔般湛藍亮麗。

坐在餐几前，我望著從屋簷上洩入的亮光，突然察覺自己的心情變化，覺得眼前的嫂嫂與昨夜判若兩人。今早看來，她的眼中沒有任何浪漫光輝，唯獨睡眠不足的眼眶在晴朗光線照耀下，油然而生一股慵懶的倦怠。蒼白的臉色，也和平常沒有兩樣。

我們匆匆吃過早飯，便離開旅館。旅館的人說電車可能還沒通行，我們相信對方所言，便叫了人力車。車夫瞥了走出大門的我們一眼，立刻斷定我們是夫妻。等我坐定馬上拉起車把打算走前面，我連忙阻止他說：「我走後面，走後面。」車夫明白後，便向另一輛車打信號表示：「太太走前面。」嫂嫂的車經過我身邊時，她露出常見的單邊酒窩招呼道：「我先走了。」我說了聲「請」，心中卻十分在意車夫口中「太太」這個名詞。嫂嫂似乎不以為忤，一越過我便撐起琥珀色繡花洋傘。她的背景顯得相當清爽，彷彿以是否被稱為太太都無所謂的態度，泰然自若地坐在車上。

我凝視嫂嫂的背影，又想起她的為人。我平常雖自以為掌握幾分嫂嫂的性情，可是一旦要我正式由她口中探問眞相，便如同走進八幡竹叢㉜，完全摸不著頭緒。

是否所有女人在男人觀察她們時，都會像嫂嫂一樣變成神祕人物？缺乏經驗的我，不能不這麼想。同時試想，這神祕之處或許就是在其他女人身上很難發現的嫂嫂的特色。總之，在我全然不知嫂嫂的眞面目時，天空已經放晴成一片澄藍。我懷著消了氣的啤酒般的心情，直盯著先行的她的背影。

突然，我想起自己回旅館後還有義務向大哥報告有關嫂嫂的一切。說眞的，我一點都不知道該怎麼報告。雖然該說的話一籮筐，但我實在沒有勇氣一五一十地在大哥面前說出來。即便能夠開口，最後也只能以不知其廬山眞面目這個簡單的事實做爲總結。或許大哥自己也和我一樣，爲了探索其眞面目一再煩悶的結果，才會發生今天的事。當我想到倘若自己遭遇與大哥相同的命運，是否會比大哥更爲煩惱時，這才有了恐懼感。

人力車抵達旅館時，三樓陽台沒有母親的影子，也看不到大哥出現。

40

大哥在三樓遠離陽光照射的房間，把他那黑亮的頭髮靠在枕上仰臥著，不過並沒有入睡。非但如此，反倒張大充血的眼睛，緊張地瞪著天花板。一聽到我們的腳步聲，他立刻以佈滿血絲的眼睛注視我和嫂嫂。我並不是非得面對那種眼神，才會明白大哥的心意。然而當我與嫂嫂並肩站在房門口，看到他那彷彿已經坦白昨晚沒一夜好睡的發紅銳利雙眼時，我不禁微微一驚。爲了緩和這種場面，我照例向母親求救。但是找遍房間、陽台，到處都沒看到母親的踪影。

我去找母親的時候，嫂嫂坐在大哥枕邊說道：

「我回來了。」

大哥沒有回答，嫂嫂仍然坐著不動。在這種情形下，我不得不開口。

「聽說昨晚這裡的風雨很大。」

「嗯，强烈的暴風雨。」

「波浪是不是越過石堤，從松樹列流下來？」

這句話出自嫂嫂之口。大哥暫時注視她的臉，然後緩緩答道：

「不，沒那麼嚴重，這房子應該沒問題。」

「那麼，昨晚勉强還是能夠回來囉！」

說著，嫂嫂回頭看我。我向她，不，與其說向她，不如說向大哥說：

「不，根本回不來，電車不通嘛！」

「也許是吧，昨天打從黃昏起，浪就高得驚人。」

「夜裡房子有沒有搖動？」

嫂嫂又問大哥。這次，大哥馬上回答。

「搖了。媽說危險不能待在樓上，可是到了樓下，房子還是搖得很厲害。」

我終於確定大哥雖然眼色陰沈，但言行舉止並未帶著殺氣，這才鬆了一口氣。比起我的性急，他的脾氣大概厲害五倍之多。但他有種天賦能力，有時能夠巧妙地壓抑脾氣。

後來，去膜拜明神的母親回來了。看她的眼神，似乎見到我的面才終於放心。

「幸好能夠趕回來。——昨晚眞可怕，簡直不知該怎麼形容，二郎。每當柱子吱嘎作響時，房間便會向左右搖晃。還有浪濤聲——現在聽來還覺得毛骨悚然……」

母親非常害怕昨晚的暴風雨，尤其討厭想像中彷彿就要沖垮防波堤的浪濤聲。

「我再也不到和歌浦了，海邊也免談。現在只有一個念頭，儘早回東京。」

母親皺著眉頭說。大哥沒肉的面頰上，擠出一絲苦笑。

「二郎，你們昨晚在那裡過夜？」他問道。

我說出和歌山的旅館名稱，答覆大哥的問題。

「是不是個好旅館？」

「說不上來，只知道又暗又陰鬱。對不對，嫂嫂？」

「這時，大哥的目光倏地移向嫂嫂。

嫂嫂卻望著我，說道：「房裡陰森森的，話像有鬼會出現。」

傍晚時分，我在樓梯口遇到嫂嫂。當時我問她：「怎麼樣，大哥有沒有生氣？」

嫂嫂說：「我不大清楚他心裡想些什麼。」說著寂寞地笑笑，一面走上樓去。

41

大家都趁母親懼怕暴風雨的機會，勸她趕快離開此地，儘早回去。

「無論什麼名勝，一、兩天還可以，逗留久了就沒意思了。」大哥同意母親的看法。

母親把我叫到後面，問道：「二郎，你打算怎麼做？」我原以爲我不在時，大哥把一切都告訴了母親。但是以大哥平日的行徑推測，應該不是凡事說出口的人。

「大哥是不是因爲我們昨晚沒回來而不高興？」

我這麼問時，母親沈默了一會兒。

「你也知道，昨晚風大浪高，所以沒工夫提那些……」母親只有這句話。

「媽，妳好像懷疑我和嫂嫂的關係……」說到這裡，一直盯著我的眼睛的母親突然擺手阻止我說下去。

「媽不會那麼想。」

母親的話確實說得很清楚，她的表情與眼神炯炯有神，卻看不出她心裡想什麼。我身爲她的親生兒子，自從學會明知父母扯謊卻認真聆聽的本事後，我便認定世上根本沒有完全誠實的人。

「我會告訴大哥一切事情。我們有約在先，媽用不著擔憂，放心吧！」

「那麼，最好儘快解決，二郎。」

我們已經決定搭明天傍晚的快車回東京。其實大阪附近還有許多值得一遊的地方，可是母親沒心情去，大哥也興致索然，所以連在大阪轉車的時間都省了下來，而且，母親和大哥都主張搭乘臥車直達東京。

總之，我們必須先從和歌山搭明天早上的火車到大阪。我奉母親的命令，打電報到岡田家。

「不必打給佐野先生吧？」說著，我看母親和大哥的臉。

「不必了。」大哥回答。

「只要通知岡田，佐野也一定會來送行。」

我拿著電報紙，想起一心想娶貞的佐野突出的額頭和金邊眼鏡。

「那麼，我就不通知那位突額先生了。」

我這句話惹得大家哄堂大笑。正如我一再强調佐野的突額，其他人也早就注意到他的特色。

「他的額頭突得比照片上厲害。」嫂嫂一臉認眞的表情說道。

我邊開玩笑，邊思索利用什麼機會向大哥報告嫂嫂的事。所以我不時窺視大哥，卻又怕他發現。但是大哥的反應大出我所預料，看來似乎漠不關心。

42

談完佐野的事後不久，大哥把我叫到別的房間。當時，大哥以和平常沒有兩樣的態度（據嫂嫂的批評，大哥常佯裝和平常沒有兩樣的態度）溫和地說：「二郎，我有話跟你說，到那邊的房間來一下。」我乖乖地答了聲：「是。」便站起來。但不知什麼緣故，我起身時看了一下嫂嫂的臉。當時我並未留意，後來卻一直覺得這平凡的舉動，其實是種驕傲的表現。嫂嫂與我視線接觸時，照例露出單邊酒窩笑了笑。看在別人眼中，是否會覺得我望向嫂嫂的眼神帶著一絲得意光采？我站起來，回頭向在隔壁房間摺衣服的母親瞥了一眼，不由得當場楞住。母親的眼神令人感覺她從剛才就一直悄悄觀察我們。於是，我帶著被母親疑惑之箭射中心坎的心情，走進大哥所在的房間。

此時正逢中元節，不知是否所謂盆波㉝洶湧的關係，投宿此間的旅客當然不用說，連當天就回去的遊客也比平常多。這寬敞的三層樓房因此空房不少，在業主的通融下，隨時可以自由使用。

可能大哥事先吩咐過女服務生，房中有兩塊座墊相對地放在那兒，當中擺著精緻的煙灰缸，甚至還有扇子。我在大哥面前坐下，一時不知如何開口，便默默暗自斟酌，大哥也不輕易發言，但我估計在這種場合中，以大哥的個性一定會採取積極行動，所以我故意抽起香煙來。

我剖析自己當時的心態，不得不承認雖還不到捉弄的程度，多少的確有意讓他焦急。如今回想，自己也不明白何以敢對大哥如此大膽，八成是無形中受到嫂嫂的態度感染吧？此刻，我巴不得能深深懺悔那已經無法挽回，也無法彌補的態度。

當我默默抽煙時，大哥果然叫了一聲「二郎」。

「你了解直的性情了嗎？」

「不了解。」

因爲大哥質問的口氣過於嚴厲，所以我也沒好氣地簡單回答。話出了口，又覺這種說法過度形式化，不是好現象，可是已經來不及了。

之後大哥沒有再問，也沒有回答。雙方沈默的這段時間，使我痛苦難捱。現在想想，大哥也許更是痛苦。

「二郎，身爲你的大哥，沒想到會從你口中單單聽到『不了解』這句冷淡的回答。」

大哥說道，他的聲音低沈顫抖。由於母親的關係，旅館的關係，同時兼有我和這個問題的關係，他勉强壓抑本當扯高嗓門談論的話語。

「你是不是把事情看得很簡單，以爲單單一句冷淡的話就可以解決？又不是小孩扮家家酒。」

「不，絕不是那個意思。」

只能這樣回答的我，眞是個單純善良的弟弟。

43

「如果你沒那麼想，爲什麼不說詳細一點？」

大哥沈著臉，盯視扇面上的畫。我趁大哥沒看我的時候，暗中窺視他的模樣。我這麼說似乎有輕蔑大哥之意，很對不起他，但他的表情中，不，應該說他的態度中微現不像大人氣度的稚氣。現在的我自認已能對那種單純而一本正經的態度，持有相當於尊敬的觀點。但在尚未有此修養的當時，我只有伺機行事才算聰明的利害之念，並且被那些問題纏裹不放。

我觀察了大哥一會兒，心想這樣才容易應付。他正要發怒，一方面又刻意壓抑心中的焦躁，緊張得完全沒有餘裕，緊張得如氣球般飄浮不定。再等一會兒，他一定會被自己的力量迸裂，或者自動飄向何方。——這就是我的觀察。

這時，我終於直覺到兄嫂不合的原因完全基於這一點。我也想到，嫂嫂若要繼續存在，她目前的表現大概是最巧妙的方式了。直到今天，我始終只見大哥的正面，時而拘謹，時而惶恐。自從有了昨日與嫂嫂相處一天一夜的經驗後，眼前居然出現背地裡蔑視這滿臉不悅的大哥之結果，不過嫂嫂並沒有教我這樣對待大哥。然而記憶中，我從未像現在這麼敢於面對大哥。我若無其事地凝視一直盯著扇子的大哥額頭。

這時，大哥突然抬起頭。

「二郎，你說話呀！」他把這句激烈的話射入我耳中。這聲音使我心中一震，立即恢復平日的我。

「我正想說，可是事情太複雜，不知從何說起，相當傷腦筋。這牛事非比尋常，大哥應該以稍微緩和的態度問我才行。這會兒活像在嚴肅的法庭挨訓，來到喉嚨的話都嚇得嚥回去了。」

大哥不愧爲有見識的人，經我這麼一說，便道：「哦，這就是我不對了。你性子急，我脾氣壞，才會演變成這種奇怪的場面。那麼二郎，什麼時候才能慢慢說呢？如果必須慢慢聽，我現在也做得到。」

「等回東京後再說吧！反正我們搭的是明晚的快車，很快就會到東京了。我打算回去後先平靜下來，然後連我的想法一起告訴你。」

「也好。」

大哥鎭定地回答，他那模樣彷彿我的信用足以拂去他的壞脾氣似的。

「那麼，一言爲定。」我起身時，大哥點頭向我說了聲「嗯」，當我正要跨出房門，他又「喂，二郎」地把我叫了回去。

「詳情我可以回東京再聽，現在只有一句話，我想問你要點。」

「是不是關於嫂嫂……」

「當然。」

「關於嫂嫂的人格，沒有一點値得你懷疑的地方。」

我這麼說時，大哥突然臉色大變，但是他並沒有說些什麼。於是，我便起身離開。

44

當時，我料想大哥可能會給我一拳，或者從後面痛罵，便把變了臉色的他拋在後頭起身離去。我之所以會這麼做，當然是比平常更瞧不起他。而且我氣概十足，一旦有必要，即便訴諸武力也要爲嫂嫂辯護。我這種心態，與其說因爲嫂嫂無辜，倒不如以我對嫂嫂產生新的同情來形容更適切。換句話說，我開始那麼樣地輕蔑大哥。當我離席時，多少對他懷有一點敵視心理。

我回房時，母親已摺好衣服。正動手收拾小件行李。然而，她的心似乎不在乎上，一聽到我的腳步聲，立刻回過頭來。

「你大哥呢？」

「一會兒就會過來吧？」

「已經談好了？」

「其實也沒什麼好談的，一開始就不是什麼大不了的事。」

爲了不讓母親擔心，我故意厭煩地說。母親把瑣碎物件放入行李中，拿了出來又放進去。這次是我對她過意不去，更加不敢面對在旁邊幫著收拾的嫂嫂。雖然如此，嫂嫂年輕落寞的唇泛著冷冷的笑影，輕輕掠過我的眼前。

「現在就開始打包，太早了點。」我故意取笑似地提醒上了年紀的母親。

「既然要走，早點準備比較妥當。」

「是呀！」

在我尚未想出該說什麼之前，嫂嫂這句回答已應聲而出。

「那麼我來紮繩子，這是男人的差事。」

我和大哥正好相反，對車夫或工人幹的粗活相當在行，尤其捆行李特別拿手。我用繩子把行李捆成十字時，嫂嫂隨即起身到大哥所在的房間去。我不由自主地，目送她的背景。

「二郎，你大哥的情緒怎麼樣？」母親特地小聲問我。

「沒怎麼樣，不必擔心，沒問題的。」我故意說得粗魯，右腳用力踩緊行李蓋。

「其實我也有事想跟你說，回東京再慢慢談吧！」

「好，我會慢慢聽妳說。」

我滿不在乎地回答，心中模糊地想像母親所謂的談話內容。

不久，兄嫂相偕走出剛才那個房間。我佯裝沒事地和母親交談時，難免暗暗擔心他們的見面與面談結果。母親看到兩人並肩而來，終於露出安心的表情。當然，我也同感。

努力捆行李的結果，我流了一身汗。於是我捲起袖子，毫不客氣地用衣袖擦汗。

「很熱吧？替他搧搧風。」

大哥回頭向嫂嫂說道。嫂嫂靜靜站著爲我搧風。

「沒關係，快弄好了。」

沒多久，爲明天而做的打包工程便告完成。

歸後

1

我惦著大哥夫婦關係的演變，從和歌山歸來。果然不出所料，我明顯地看出大哥腦中在自然暴風雨過後即將形成的一股旋風徵候，因而匆匆從他面前退下。然而當嫂嫂找大哥談了十分或十五分鐘後，這股徵候已溫和得幾乎不需提高警覺。

我暗暗對這變化感到吃驚，更加佩服嫂嫂短短時間內使刺蝟般尖銳的大哥穩定下來的高明手腕。光是看到母親終於安心而閃著喜悅光輝的臉龐，我便已心滿意足。

大哥的情緒在離開和歌浦時並未改變，在火車上也一樣，到了大阪依然保持穩定。後來，他甚至逮著前來送行的岡田夫婦開玩笑。

「岡田，有沒有什麼話轉告重？」

岡田被搞得一頭霧水，莫名其妙地反問：

「只對重一個人嗎？」

「不錯，正是你的仇人重。」

大哥回答時，岡田才恍然大悟地笑起來，在一旁聆聽的兼也面露微笑。果然如母親所料前來送行的佐野，終於有機會笑似地張口大笑，使周遭的人嚇了一跳。

那時我尚未探問嫂嫂如何使大哥情緒好轉，後來一直沒有機會問。不過我想，正因她有這種靈巧的奇妙手腕，才能始終易如反掌地應付大哥。同時，我懷疑她是否將這種手腕時而使出，時而收起，不單視時間地點，而是完全隨心所欲地收放自如？

火車照例擁擠不堪，我們好不容易才買到四張有隔間的臥舖票。由於四個臥舖隔成一室，所以非常方便。大哥和我這兩個體力較佳的男人睡上舖，把下舖讓給兩名婦女。嫂嫂睡在我的下面。

在行駛黑暗裡的火車聲響中，我總是無法忘懷自己下面的嫂嫂。想起她的一切，我便心情愉快。同時也有種不快的感覺，如同綿軟青蛇纏在身上。

大哥躺在隔著一個山谷似的那邊，精神的歇息強過肉體的睡眠。驀地，我覺得軟綿綿的青蛇似乎把大哥歇止的精神，從頭到腳盤捲起來。在我的想像中，青蛇忽冷忽熱，時鬆時緊。每當青蛇的溫度有變，或纏捲强度有變，大哥的臉色便隨之轉變。

我在自己的牀舖上，如夢似幻地連想青蛇與嫂嫂。此刻我仍記得站員呼喚「名古屋——」的叫聲猛然響起，驚破那詩樣的睡眠。火車進站的同時，傳來淅瀝的雨聲。我感覺腳底有濕氣，起來一看，發現腳邊正是貼著防塵紗窗的窗戶。我趕緊關上車窗，問問別人的情況如何，但沒有得到任何回答。只有嫂嫂表示似乎有雨打進來，我不得已，便跳下牀爲她關窗。

2

「好像下雨了。——」嫂嫂問。

「嗯。」

「我把被雨打濕的半片厚窗簾拉到一邊時，耳邊聽到母親翻身的聲音。

「二郎，這裡是什麼地方？」

「名古屋。」

我隔著風雨透過的紗窗，眺望雨中幾無人影的車站光景。呼喚名古屋的聲音漸遠，卻依稀可聞。此外，還有站員唯我獨尊的腳步聲咔噠地響著。

「二郎，順便替我關上腳邊的窗戶。」

「媽，妳的玻璃窗也沒關上？剛才叫妳時，妳好像睡得很熟……」

我處理好嫂嫂的窗戶，立即到母親那邊。拉上厚窗簾，我伸手摸索，沒想到玻璃窗好好地關著。

「媽，雨不會打進這兒。放心吧，關得很好。」

說著，我敲敲母親腳邊的窗玻璃。

「哦，雨不會打進來嗎？」

「怎麼會進來？」

母親微笑了。

「我一點都不知道什麼時候下起雨來。」

母親像是討好，又似辯白地向我說：「二郎，辛苦你了。快睡吧，已經很晚了。」

時間已過十二點，我又輕輕爬上上鋪。車廂再度恢復原來的平靜。自母親開口後，嫂嫂便不再吭聲；而母親見我爬上自己的牀鋪，也閉上嘴巴。唯有大哥自始至終沒說過一句話，只是如聖人般發出輕微的鼾聲。他這種睡法，至今仍是我百思不解的事之一。

正如他偶爾會公開聲明，他有一點神經衰弱的傾向。常爲失眠所苦。他老實地把這件事告訴家裡所有的人，但他未曾有過睏得撐不住的時候。

當大家起牀，好奇地欣賞雨後富士山邊雲朵逆向飛過列車上的景象時，他仍毫無所覺地酣睡著。

餐車開始營業了，等乘客們大半吃過早飯後，我才帶母親沿著狹窄走廊到後車廂，準備塡飽昨晚就空著的肚子。這時，母親向嫂嫂說：「該叫醒一郎一起過去了，我們先到那兒等。」嫂嫂依舊是那寂寞的笑容，答道：「好，馬上去。」

我們把即將開始打掃車廂的服務生留在後面，相偕走進餐車。餐車還很擁擠，狹窄的走道人聲喧嘩。我服侍母親喝紅茶，吃水果時，大哥大嫂終於在入口出現。糟糕的是餐車裡空位不多，他們並不容易在我們桌旁找到座位。在入口附近面對著面坐下後，他們邊看窗外，邊如同一般夫妻那樣談笑。和我一起喝茶的母親偶爾瞧瞧他們，露出滿足的神情。

就這樣，我們回到東京。

3

我再說一次，我們就這樣回到了東京。

東京的住宅還是老樣子，沒有任何變化。貞用細長布條紮著袖子，勤快地幹活。回家後第二天早上，我望著貞毛巾紮頭洗衣服的背影，突然想起前一陣子的她。

芳江是大哥夫婦的獨生女兒，他們不在家時由重代爲照料。芳江一向黏人，尤其離不開母親和奶奶，不過一旦必須由重姑姑照顧時，她也不會吵鬧。是個很好帶的孩子。我認爲那是芳江承襲了嫂嫂個性的關係，否則只能解釋爲重很有孩子緣。

「重，像妳這樣的人居然能讓芳江服服貼貼，不失女性本色。」聽父親這麼說，重繃著臉向母親告狀：「爸爸好討厭。」這段插曲，是我在火車上聽來的。

回去後過了一、兩天，我問她說：「重，聽說妳不高興爸爸說妳不失女性本色，是嗎？」她答道：「我很生氣。」說著邊爲父親書房的花瓶換水，邊用乾布擦拭花瓶。

「現在還生氣？」

「早就忘了。——這花好美，叫做什麼？」

「可是重，不失女性本色是讚美的話，表示妳很有女人味。妳幹嘛生氣？」

「我不管！」

重搖著以腰帶掩飾的臀部，雙手捧著花瓶到父親房間去了。我看著她那模樣，只覺那種藉擺臀表示怒意的方式相當可笑。

我們一回去，芳江立刻由重手中交給母親和嫂嫂。兩人爭奪似的，一會兒抱起，一會兒放下。我一直覺得很奇怪，天眞的芳江怎麼會那麼黏這位外表冷靜的嫂嫂。然而，這卻是擺在眼前的事實。這個黑眸濃髮的小女孩得自母親的遺傳，臉色遠比一般人蒼白，奇蹟似地跟在不易令人產生好感的母親後頭追著走。嫂嫂把她當做心肝寶貝，向全家人誇耀。尤其對自己的丈夫，早已超越炫耀本意，甚至可說是一種殘酷的報復。大哥身爲無法遠離思索的讀書人，大半時候都是書房裡的人，不管心裡何等鍾愛小女兒，愛的回報卻只是淡薄的親情。難怪感性的大哥會覺得不滿足。依大哥的個性，偶爾會在餐桌上露出不滿的表情。這麼一來，一心向著大哥的重就忍受不住了。

「芳江，妳是奶娃娃嗎？爲什麼不到爸爸身邊去？」重故意這樣問。

「因爲……」芳江說。

「因爲怎樣？」重又問。

「因爲我怕。」芳江故意小聲回答。這句話聽在重耳裡，更覺可恨。

「什麼？怕？怕誰？」

這樣的問答一再重複，有時持續五分至十分鐘之久。每當此時，嫂嫂絕不會動一下眉頭。她那蒼白的面頰總是掛著微笑，以平常神態應對。最後不外是父親或母親充當和事佬，要芳江向大哥拿水果點心什麼的，說道：「這樣好了，去找爸爸要好吃的東西。」於是，事情才不了了之。雖然如此，重還是一肚子氣似地拉長了臉，至於大哥，總是獨自默默退到書房裡去。

4

那年開始，父親不知向誰學會種牽牛花，尤其偏愛與衆不同的變種花葉。所謂變種花，其實只不過是皺成一團的醜陋植物，家中人人不屑一顧。然而父親的熱心與早起、並排的花盆、漂亮的砂土，還有那怪異之至的花形葉狀，的確值得敬佩。

父親把他的寶貝並排在陽台上，一逮到人就勤快地加以說明。

「不錯，很有趣。」連一向正直的大哥，也不得不佩服似地說些客套話。

父親經常獨自佔用和我們有段距離的內屋裡兩個房間，牽牛花總是在垂著掛簾的陽台上搖曳生姿。他常喚著「一郎」或「重」，特地把我們叫過去。我說些比大哥更能取悅父親的讚美辭，便趕緊告退。然後背著父親批評說：「稱讚那種牽牛花可眞要命，爸爸會看上它們也實在傷腦筋。」

父親喜歡說明，又好爲人師，加上他閒暇時間多，動不動就按鈴召人說上一大堆。每當重奉召過去，便求我說：「哥，求求你，今天替我去吧！」奇怪的是，父親偏偏最喜歡找重的痲煩。

我們從大阪回來時，牽牛花依然盛放。但是，父親的興趣已經離開牽牛花。「變種花怎麼樣了？」我這麼問時，父親苦笑著答道：「其實牽牛花並不理想，明年起不種了。」我判斷八成是專家鑑定這些父親引以為傲的奇花怪葉太不入流，忍不住在餐廳縱聲大笑。這時，重和貞卻為父親辯護。

「才不是呢！因為照顧起來太痲煩，爸爸已經沒耐性了。不過也只有爸爸，才能堅持到這地步。不管怎麼說，大家都稱讚爸爸種得很好。」

母親和嫂嫂看著我的臉，笑我沒知識似地笑了起來。連在旁邊的小芳江，也跟著嫂嫂咯咯地笑。

這些日常生活中的瑣事，使我們漸漸淡忘兄嫂之間的問題。自然而然地，我覺得似乎沒有必要依約向大哥說明嫂嫂的事。同時，母親也一直不輕易提起先前表示回東京後慢慢談的那件事。最後，一心渴望獲得嫂嫂情報的大哥，也逐漸傾向冷靜了。不過，他向父母和我說話的次數遠比往日減少許多。即使大熱天裡，他多半把自己關在書房潛心研究些什麼。我常問嫂嫂：「大哥在用功？」嫂嫂回答：「嗯，大概在準備下學年的講義㉞。」由於他忙碌了好一陣子，使我衷心希望他的心能夠完全轉移在那方面。嫂嫂依然如寂寞秋草般過著日子，偶爾綻露單邊酒窩微微笑著。

5

夏日逐漸遠去，天幕星光夜夜加深。朝夕搖曳風中的梧桐葉，冷冷地在我們眼前晃動。入秋後，我偶爾會感受到脫胎換骨般的愉快心情。比我更富於詩情的大哥曾眺望澄藍的秋空，開心地說：「這是令人活得有意義的藍天。」

「大哥越活越有意義的時候終於來臨了。」我站在大哥書房的陽台上，回頭看著躺在籐椅上的他說道。

「眞正的秋意還沒來臨，必須再過一陣子。」他答著，拿起覆在膝上的厚書。時間是飯前的黃昏時刻，我正想走出書房下樓去，大哥突然叫住我。

「芳江在樓下嗎？」

「在吧，我剛剛好像在後院看到她。」

我打開北向窗戶，探頭往下看，下面有園藝店的人特地爲她做的鞦韆，但是剛才還在那兒的芳江不見了。

「到那兒去了？」我喃喃自語時，浴室中傳來她尖銳的笑聲。

「哦，她在洗澡。」

「和直一起，還是跟媽一起？」

芳江的笑聲中夾雜著嫂嫂略嫌低沈的女人聲。

「是嫂嫂。」我答道。

「看樣子心情很好。」

我忍不住觀看大哥說這句話時的表情。他手上的大書遮住了整個頭，使我看不到他說話的神態。但經由話中之意與語氣，我可以了解十之八九。我遲疑了一下，然後說：「大哥，那是因爲你不懂得哄小孩。」我說話時，大哥的臉仍隱藏在書後。聽到我那句話，他突然放下書本說道：「我不懂的不單是哄小孩。」我默默打量他的臉龐。

「我不但不會哄小孩，也沒有哄父母親的技巧。非但如此，到現在還不知道該怎麼哄自己最重要的妻子。這些年來做學問的結果，使我沒有空閒的時間學習那種技巧。二郎，爲了獲得人生的幸福，顯然必須擁有某些技巧。」

「可是只要能做出一流的講義，不但可以彌補一切，而且還綽綽有餘呢！」

說著，我想找個機會告退。然而，看來大哥並沒有停止的意思。

「我不光是爲做講義而降生。爲了必須做講義和閱讀書刊，我無法像一般人那樣得到滿足，尤其是那顆最重要的心。若不是這樣，不就成爲對方無法滿足我了。」

在大哥的話裡，我發現他詛咒著周遭某些痛苦的事物。我必須答點什麼，卻不知該如何回答。但是我很淸楚，倘若因此使上次的嫂嫂事件復發可就不妙了。這麼做好像有點卑鄙，但爲了避免談到那件事，我刻意預防地說道：

「大哥，你想得太多了。不如利用這麼好的天氣，這個禮拜到那兒遠足如何？」

大哥輕輕「唔」了一聲，懶洋洋地表示應允。

6

大哥臉上，孤獨的寂寞從廣闊的額頭佈滿瘦削的面頰。

「二郎，我從以前就很喜歡大自然。可能是我和人類格格不入，迫不得已只好將心移情大自然吧？」

我覺得大哥很可憐，一口否定說：「沒那回事。」但是光憑這句話，並不能滿足大哥。於是我立刻又說：

「要不然就是我們家的血統有那種傾向。爸爸當然不用說，我也正如大哥所知，而且很奇怪地，重也很喜歡花花草草，目前老是一臉佩服地欣賞山水畫呢！」

我提起各種事情，儘量安慰大哥。這時，貞上樓通報要吃晚飯了。我向她說：

「貞，妳最近好像很開心，臉上老是帶著笑容，很奇怪喲！」

打從我大阪歸來，貞總是躲在悶熱的女傭房角落，不輕易露面。她之所以如此，完全因爲我在從大阪寄回家的合寫圖畫明信片上向貞寫了「恭喜妳」這幾個字，惹得全家哄堂大笑。女孩兒家總是害臊，雖然住在同一屋簷下，貞卻一直迴避我。怪的是我一見到她，就特別想跟她說點什麼。

「貞，妳高興什麼呀？」我半開玩笑地追問。貞跪坐著，耳根都紅了。大哥從籐椅上看著貞，說道：「貞，爲婚事害羞是女人的花樣年華。走著瞧，婚後妳就會知道，婚姻並非一直是令人臉紅心跳的開心事。而且，婚後由一個人變成兩個人，常會使人類的品格比單身時更爲墮落。有時甚至遭遇可怕的事。所以，必須多加小心。」

貞顯然完全不懂大哥這番話的意思，不知道該怎麼回答。她的臉上露出不知所措的困惑，表情眼中淚水盈眶。大哥見狀，便說：「貞，很抱歉跟妳說這些多餘的話。剛剛是開玩笑，別放在心上。我完全錯了，不該一不小心向妳這麼溫柔的女孩，說出原本應向二郎那種沒腦筋的人說的話。請原諒。今晚有什麼好菜？二郎，吃飯去吧！」

一見大哥從籐椅站起，貞立刻起身先行下樓。我和大哥並肩走出房間時，大哥向我說：「二郎，上次的問題一直沒再提起。我忙著書籍和講義的事，幾次想問卻沒說出口，很抱歉。改天有空再慢慢聽你說吧！」我本想裝糊塗地問：「上次的問題是什麼？」但是實在鼓不起勇氣發問，所以只是說些適當的應對話。

「時間隔久了，就像消氣的啤酒似的，變得很不容易開口。不過既然有約在先，只要你想聽，我一定會說。可是大哥，現在已是你所謂活得有意義的秋天，與其做那種事，不如先去遠足吧！」

「嗯，遠足也不錯……」

兩人邊談邊走進樓下擺著餐桌的房間，在那兒遇到芳江傍在身邊的嫂嫂。

7

餐桌上，父母偶然談起貞的婚事。母親表示，她打算把布店買回來的白縐綢染成有家徽的和服。坐在大家後面侍候用餐的貞，這時突然將黑漆盤放在飯桶上匆匆離去。

我望著她的背影笑了起來。大哥卻沈著臉說道：

「二郎，都是你胡說八道。對那樣的少女，措辭應該優雅一點。」

「二郎活像堂摺連㉟那班人。」父親以似笑似勸的語氣說道。唯獨母親不以為然地說：

「是這樣的，二郎一見貞就說恭喜或什麼事那麼開心之類的話，逗得她害臊不已。剛剛在二樓也還讓她差紅了臉，所以她才會馬上跑掉。貞生性和直不同，我們必須了解這一點，小心待她才是……」

大哥聽了母親的說明，才表示原來如此似地苦笑。吃過飯的嫂嫂故意看著我，使了個奇怪的眼神。在我看來，這像是一種信號。儘管我正如父親所批評，具有相當程度的堂摺連傾向，憚於父母在座，此時我可無意對嫂嫂的信號做任何回應。

嫂嫂默默站起來，在房門口回頭向芳江招手。芳江也馬上站了起來。

「咦，今天不吃點心就要走了？」重問道。芳江站在那兒，一副不知該怎麼辦的樣子。嫂嫂溫和地說了聲：「芳江，妳不來嗎？」說著便走出走廊。一直猶豫不決的芳江看到母親的身影消失，立刻下定決心似地從後頭追了上去。

重恨恨地目送她的背影，父親和母親則以嚴肅的表情盯著自己的盤子。重斜視大哥一眼，但大哥只是茫然望著遠方，他的眉毛卻淡淡地畫成八字形。

「大哥，那個布丁給我好嗎？」重向大哥說。大哥默默將盤子推了過去，重也默默用湯匙輕舀布丁。看在我眼中，她似乎因爲不服氣而吃著不想吃的東西。

不久，大哥起身走進書房。我傾聽他踩著拖鞋靜靜上樓的聲音，旋即傳來書房的關門聲，之後便悄然無聲。

回東京後，我經常目睹此種光景。父親也注意到這一點，然而就數母親最爲擔心。她早已看出嫂嫂的態度，一心想把絲毫不留情面的重儘早嫁出去，以免這兩個年輕女人發生糾紛。母親這種想法，在她臉上與舉止間表露無遺。下一個心願就是希望我能早點結婚，從大哥夫婦間拔除我這名痲煩人物。但世上不如意事十常八九，母親的如意算盤一時難以實現，我仍照樣過我的日子，而重對嫂嫂的敵意日益加深。奇怪的是她很疼愛芳江，不過只限嫂嫂不在家時，芳江也只在媽媽不在時纏著重姑姑。大哥額頭上學者模樣的皺紋，刻劃得越來越深。而且，他益發陷入書籍與思索之中了。

8

於是，母親心中份量最輕的貞婚事反而首先決定，大出她原本所預期。但以我父母的義務，遲早得爲貞匹配夫君，讓她的命運告一段落。因此，他們對岡田的好意只有高興，絕不會感到不悅。貞的婚事之所以成爲家裡的問題，其實也是這個緣故。重爲了這個問題，經常逮住貞不放。貞在重面前並不害臊，不是商量各種事情，就是彼此談論自己的將來。

某日我自外歸來洗過澡後，重照例劈頭就問：「哥，佐野到底是怎麼樣的人？」這是自我大阪回來後，她第二次或第三次提出這個問題。

「幹嘛問得這麼沒頭沒腦的，妳一向太冒失，實在糟糕。」易怒的重默默盯著我的臉。我盤坐著寫寄給三澤的明信片，看到她那模樣便停下筆。

「重，妳又生氣了？——我上次說過，佐野是個戴金邊眼鏡的突額男人。這不就結了？再問也是一樣。」

「突額和眼鏡看照片就夠了，不問也知道。我又不是沒長眼睛？」

她話裡沒好氣，我靜靜地把明信片和筆擱在桌上。

「妳到底想問什麼？」

「關於佐野，你研究出什麼？」

重這女孩一討論起來，就有拿我當同輩看待的毛病，當中含有不知是習慣、是親密、是激烈或是稚氣的成分。

「妳說關於佐野……」我問。

「關於佐野的爲人。」

我原本沒把重放在眼裡，此刻對這認眞的問題卻感到忐忑不安。於是，我裝作不在乎地抽起煙來。重一臉不在乎的表情，說道：

「貞那麼擔心，你這樣不是太過分了嗎？」

「可是岡田保證他的確是個可靠的人，這不就得了？」

「哥，你就那麼相信岡田？岡田頂多只是個將棋（日本象棋）子嘛！」

「不管他的臉像將棋子或什麼……」

「我說的不是臉，他的心是浮躁的。」

我又氣又煩，不想和重說話。

「重，與其那麼替貞操心，不如設法自己早點出嫁比較聰明。和貞的事比起來，如果妳能嫁出去，不曉得爸媽會多高興呢！貞的事無所謂，還是早點替自己找個歸宿，這樣也算是孝順父母。」

重果然哭了起來。每次跟重吵架，如果不惹她哭，我便覺得她沒有反應，而有意猶未盡的感覺。我看著她，若無其事地抽煙。

「那麼，你也趕快結婚，不就比我更孝順爸媽嗎？你總是護著大嫂……」

「妳太排斥大嫂了。」

「那當然，我是大哥的妹妹嘛！」

9

寫完給三澤的明信片後，我想用剃刀刮刮臉上的鬍子。爲了逃避旣嘮叨又煩人的重，我趁機要求重說：「重，拜託妳到浴室用漱口杯拿杯熱水給我好嗎？」重的心裡根本容不下漱口杯的存在，看樣子正在思索比杯子嚴肅幾十倍的人生問題，繃著臉佯裝沒聽到我的話。我不理她，拍手叫女傭送來所需熱水，然後在桌上架起旅行用鏡子，擺好象牙柄剃刀，故意滑稽地鼓起以熱水潑濕的面頰。

我舞動新奇的刮臉用刷㊱，用肥皂沫將臉塗成一片雪白。這時，一直坐在旁邊注視的重，「哇」地一聲發出悲劇性的聲音痛哭起來。我知道以重的個性，早晚會發生這種局面，正暗自期待這尖叫聲。因此，我進一步地使面頰內部鼓滿空氣，愉快地用剃刀刮掉白色皂沫。重好像越看越不甘心，哭聲更響了。最後，她尖聲叫著我：「哥！」我是很瞧不起重，但這銳利的聲音著實讓我吃了一驚。

「幹嘛？」

「爲什麼那麼瞧不起我，我是你妹妹呀！你再偏袒嫂嫂，她也還是個外人！」

我放下剃刀，以沾滿皂沫的臉面向重。

「重，妳昏了頭不成？說什麼我也知道妳是自己妹妹，而嫂嫂是從別人家嫁進來的。」

「既然如此，你不該說要我早點嫁人那種廢話。你自己才該早點娶個像大嫂那樣心愛的對象進門呢！」

我恨不得給重一拳，唯恐引起全家騷動，我不便輕易出手。

「那麼，妳也可以找個大哥那樣的學者，早點嫁掉。」

重聽了這句話，狠狠地瞪著眼活像就要衝過來。當她淚水潸潸滴落時，明白地表示都因她的姻緣比貞晚，才會受到這種愚弄，並且批評我是沒有兄妹之情的野蠻人。我原本是和她旗鼓相當的刻薄話專家，但最後終於在耐性方面甘拜下風而沈默了。雖然如此，她還是不肯離開我身邊。事實當然不用說，連由事實引發的離譜想像也能讓她喋喋不休地說個老半天。其中她最得意的主題，不外是把我和嫂嫂扯在一起，不懷好意地加以諷刺，令我心煩氣悶。當時我心想，再醜陋的女人都沒關係，只要能比重早結婚，而把這個成天聒噪夫妻關係與男女之愛的女人，獨自拋在家裡就可以了。然後我又認眞地想，反正母親那麼擔心，如果我眞的結了婚，可能對大哥大嫂都有好處吧？

直到現在，我還記得重那張討債鬼似的繃著的臉。看樣子，重無論如何也忘不了我那把臉浸入臉盆後，滿是半溶皂沫的怪相。

10

重顯然很討厭嫂嫂，誰都知道那是她極度同情孤獨的學究哥哥的緣故。

「要是媽不在，不曉得會變成怎麼樣？眞可憐。」

凡事不懂得掩飾的她，曾向我這麼說過。這當然是我還沒有抹成白臉和她吵架之前的事。那時我根本不理她，只是訓誡似地告訴她：「大哥是個明理的人，怎麼會讓值得妳擔心的家務事發生？妳別多嘴，默默地看吧！況且，家裡還有爸媽在呢！」

當時我早已察覺重和嫂嫂水火不容的個性差異，要她們圓滿地同住一個屋簷下，根本是非常困難的事。

「媽，重也得早點嫁出去才行。」我甚至向母親提出忠告。母親沒問爲什麼，卻以明白我話中之意的眼神說：「你不說，你爸爸和我也很關心。不僅是重，背地裡也請大家代爲物色你的新娘人選，不知找得多辛苦喲！不過，這都是緣分……」說著，她端詳我的臉。我不懂母親的意思，只是像個孩子似地應了一聲，然後退下。

無論發生任何事，重總是能夠馬上恢復正經的神態。而且她具有不分表裡的誠實美德，因此父親比母親更疼愛她。大哥當然也疼她。談起貞的婚事時，父親的意見是：「重先嫁才合乎順序。」大哥多少也同意這個觀點。但因爲貞被指名求婚，母親認爲一旦失去這個難得的機會，無異雙重損失。事實上母親的意見最有道理，所以明理的大哥馬上讓步。而對大哥的見解多少有所讓步的父親，也不再表示反對。

然而沈默不語的重，對這種情形似乎很不愉快。但以她欣然與貞商討婚事的表現看來，她對貞搶先結婚這個事實並不心懷芥蒂。

她顯然只是不喜歡待在嫂嫂身邊，儘管能在父母當家的家裡放縱孩子氣的任性，但是每當冷漠的嫂嫂以傲然眼神相向時，她便覺得受不了。

當這種惡劣情緒使她精神焦躁時，她突然爲了借女性雜誌或什麼的，踏入嫂嫂的房間。在那兒，她看到嫂嫂爲貞縫製的嫁衣。

「重，這是貞的衣服，不錯吧？妳也趕快找個佐野那樣的人嫁吧！」嫂嫂把正在縫的和服翻過來，展示裡外。重看在眼裡，那種態度根本是故意給她難堪。從另一個角度說，彷彿暗示她趕快找到婆家好縫製嫁衣，也可解釋爲諷刺重利用小姑的地位欺負人，究竟要到何時才肯罷休。最後那句要她嫁個佐野之類的人，尤其讓她滿心不悅。

她哭著到父親房裡告狀。父親大概嫌麻煩，也沒向嫂嫂問個清楚，第二天便帶重到三越[37]採購禮物以示安慰。

11

過了兩、三天，兩位客人前來拜訪父親。父親生性喜愛交際，而且由於工作需要，交遊廣泛。不知習慣使然或受了往日的影響，即使在退休後的今天，仍和認識的人們保持來往。只不過經常露面的人，並非名人或有權勢的人物。當時的訪客是一名貴族院（請參照[42]）議員，以及一家公司的監事。

父親和這兩人是謠曲方面的好友，每次他們來訪，都會唱起謠曲自得其樂。由於重曾奉父命學過一陣子擊鼓，所以常在這種場合被叫到客前打鼓。我如約忘不了她那高傲的表情。

「重，妳鼓打得不錯，可惜表情難看死了。不是我說話不中聽，妳嫁人時千萬不要打鼓，不管妳丈夫多麼迷謠曲，一見妳那張呆板的臉就會倒足胃口。」我曾經那樣奚落她。這時，在一旁聽的貞睜大了眼說：「說得好狠，太過分了。」我也覺得說得有點過火。但一向性烈的重一反常態，好像毫不介意我的話。「哥，我的臉還差強人意，鼓技才糟呢！我最討厭愛唱謠曲的客人到家裡來。」她特地向我說明。我只注意重的臉，一直沒發現她的鼓打得那麼糟。

那天也是在客人來後大約經過一個半鐘頭時，開始唱預定中的謠曲。我料想重又會被叫去，帶著半捉弄的心情走到餐廳。重正拚命地擦宴客用的餐几。

「今天不咚咚咚地打了？」我故意這麼問，重裝蒜地抬頭看站著的我。

「今天要請他們吃飯，我推說很忙回絕了。」

我想了想，在大夥兒忙著準備宴客時玩笑開過了火而挨母親責罵也沒意思，便又回房去了。

晚飯後我散了一會兒步回來，還沒進自己房間就被母親逮到。

「二郎，你回來得正是時候，到內屋聽爸爸的謠曲吧！」

我聽慣父親唱謠曲，並不覺得聽一會兒工夫會很難受。

「今天唱什麼？」我問母親。母親和我相反，非常討厭謠曲。「我不知道。快去，大家都在等。」她說。

我正想到內屋去，發現重悄悄站在黑暗的陽台。「喂……」我忍不住想大聲叫她，這時重突然搖手打信號，要我別嚷出來。

「幹嘛一個人站在暗處？」我在她耳邊問道。她立刻回答：「不爲什麼。」不過當她見我不滿意那種答覆，仍站在原地時，便說：「剛剛已經催過好幾次，要我過去，所以我向媽說身體有點不舒服。」

「爲什麼光是今天拚命推辭呢？」

「因爲我已經煩死打鼓了，好無聊。而且今天唱的謠曲很難，我根本不會。」

「沒想到妳這丫頭還懂一點謙虛，了不起。」拋下這句話，我便走進內屋。

12

內屋裡，兩位客人坐在正前方。兩人都是相貌堂堂的高尚人士，微禿的頭和掛在後面的探幽[38]所繪三幅對[39]十分調和。

他們兩位都穿日式裙褲，脫掉外衣。三人中只有父親沒穿裙褲，也沒脫外套。

我原本認識這兩位客人，便頷首致意道：「承蒙賜聽……」客人故作惶恐狀，抓著頭皮說：「言重了……」父親又問起重，我答道：「她剛才就有點頭痛，很遺憾不能過來問候各位。」父親望著客人那邊說：「重不舒服，簡直是鬼得霍亂[40]。」接著問我：「剛才聽綱（母親的名字）說重肚子痛，到底是頭痛還是肚子痛？」我心想這下可出紕漏了，便答：「大概都有吧？胃腸熱痛也會引起頭痛嘛！不過並不是什麼大病，別擔心，很快就會好的。」客人說了一大堆表示同情的客套話後，說道：「雖然很遺憾，但是我們也該開始了。」

在我之前，大哥夫婦已經恭謹地端坐一旁充當聽眾，所以我也一本正經地坐在嫂嫂旁邊。「唱什麼？」坐定後我問道。「聽說是景清41。」對這方面所知不多而且興趣不濃的嫂嫂只答了這麼一句，便不再說話。

臉色紅潤的富泰客人擔任主角，旁邊的貴族院議員42是配角，父親則扮演主人一角及「女兒」、「男人」兩個小角色。聽得懂一點謠曲的我，一開始就擔心可能出現什麼樣的景清。大哥若有所思，一臉茫然地聽著即將凋零的前世紀唱腔。對嫂嫂而言，最重要的「松門」43不再是人聲，根本就是刺耳的獸鳴。我原本對「景清」謠曲興趣濃厚，從盲者景清强烈的言辭，以及千里尋父至日向的女兒之態度，那悲壯的氣氛一再使我眼角泛著淚光。

不過，那只限欣賞正規謠曲演員演唱的時候，對於眼前這種依循胡麻節44形成的景清，我實在無法產生共鳴。

不久景清的戰爭故事結束，第一首謠曲也安然唱到結尾，我不知該如何評定成績，心裡微感不安。嫂嫂一反平日的沈默寡言，說了句：「很雄壯。」我也答：「是呀！」這時，原以爲不會吭聲的大哥突然向紅臉客人說：「謠曲中有句『我不愧爲平家而談這故事』，我覺得這句『我不愧爲平家』很有意思。」

大哥本是正直的人，而所受的教育更使他以不說謊爲品性的一部分，因此他的評語毋庸置疑。只可惜他的評語並非針對謠曲演唱的好壞，而是文章的巧拙，所以對方幾乎沒有反應。

慣於這種場合的父親趕緊開口讚賞客人所唱謠曲說：「我覺得你那段唱得很有趣。」然後又說：「其實這倒使我想起一個有趣的故事，就是把那句話當做一般故事，而將景清女人化，這麼一來就比謠曲艷麗得多，而且這是個眞實故事。」

13

父親不愧爲交際家，腦中收存許多這類的故事。每逢有客來訪，常在應酬間隨機應變地加以運用。多年伴隨父親起居的我從未聽過這女性景清故事，不禁望著父親的臉豎耳傾聽。

「這是不久之前所發生的事，而且是眞人眞事，不過故事淵源甚早。話雖如此，還不至於從源平時代說起，放心吧！故事起源於距今二十五、六年前，正是我的腰弁㊺時代……」

父親先以這句話引大家發笑後，才進入正題。那是他一位後進晚輩的羅曼史，他很客氣地保留了對方的名字。我記得大半出入我家人們的名字和相貌，唯獨對這位故事主角毫無印象。所以我懷疑，父親現在可能沒和這個人來往。

故事發生在那人二十歲左右，當時大概是那人剛入高等學校或入學後第二年，父親說得含糊不清，但不管是前者或後者，並不是我們所關心的重點。

「他是個好人，好人有很多種，他的確稱得上是個好人，現在也是一樣。我想他二十歲左右時，一定是位相當討人喜愛的少爺。」

父親約略敍述過那人後，簡單說明那人與家中女傭陷入某種關係的始末。

「那人原本是位不折不扣的少爺，沒有一點那方面的灑脫經驗。聽說他本人也覺得除非奇蹟發生，否則自己根本不可能有任何風流韻事。然而奇蹟突然由天而降，著實使他大爲吃驚。」

客人聽得煞有介事，表情認眞地說：「原來如此。」我卻覺得可笑之至，而神情落寞的大哥臉上也飄著笑渦。

「而且由於男方消極，女方積極，所以更妙。我問他在什麼機緣下，察覺女方對他有意。他一本正經地說了一大串，我到現在還記得其中最有趣的，就是有一次他正在吃脆餅，那女人一來說了聲『我也要吃』，便把他咬了一半的脆餅搶來放入口中。」

父親的說法當然是以逗趣爲主，致使重要而嚴肅的部分退居背景，所以我們這些聽衆除了笑笑，不會留下什麼印象。尤其客人們活像在那兒練過笑術似的，笑得非常完美。在座衆人，唯有大哥態度較爲認眞。

「總而言之，結果如何？是不是以結婚爲喜劇收場？」他的語氣不含絲毫開玩笑的成分。

「不，我就是要說這一點。正如先前所說，『景淸』的情趣這才要出現。剛才說的只不過是開頭。」父親得意地答道。

14

根據父親所言，那對男女的關係恰似夏夜之夢般無常。不過當雙方發生關係時，男方曾允諾女方將來會娶她爲妻。但是父親特地說明，這並非女方自己提出的條件，而是男方在當時的氣氛下脫口而出，雖有誠意卻不易實行的感性言辭。

「那是因爲兩人年紀相仿，而且一方仍是必須仰賴父母，前途遙遠的學生；一方則是女傭身分的貧家女。即使有過山盟海誓，誰也難免經不起時間的考驗。聽說當時女方問過『你學校畢業後已是二十五、六歲，我也同樣年華老去，你不在乎嗎？』這麼一句話。」

父親說到這裡，突然打住，拿起膝邊的銀煙管塞入煙絲。當他鼻孔噴出一縷淡藍煙霧時，我迫不及待地問道：「他怎麼回答？」

父親敲下煙渣，看著我說：「我就知道二郎一定會問點什麼，二郎，有趣吧？世上有形形色色的人。」我只是「嗯」地答了一聲。

「我也問過他，你猜他怎麼回答。那位少爺是這麼說的，我並沒有想到當我畢業時她會變成幾歲，況且我和她都年屆五十那種遙遠的未來之事，壓根兒沒出現過我的腦海。」

「好天眞。」大哥以感嘆的口氣說道。一直保持沈默的客人連忙贊同大哥，一個說：「一派天眞。」另一個說：「不錯，年輕人總是比較天眞。」

「可是不曉得有沒有經過一週，那小子開始後悔了，女方並不在意，他倒畏縮了起來。只因他是少爺，眞差勁。但他畢竟是個老實人，總算還開口向女方要求解除婚約，並且一臉羞慚地說了些道歉的話。兩人雖然同年，但女人耳根軟，而且比較成熟，聽到孩子氣的道歉話，只覺既可恨又可愛。」

父親高聲大笑，客人也附和似地笑了起來。唯獨大哥，露出不知可笑或可惡的怪表情。在他心中，大凡此類故事都足以反映嚴肅的人生問題。就他的人生觀而言，或許連父親說話的神態都可冠上「輕浮」二字。

聽父親說，那個女人不久便請假離去，久久不曾露面。此後大約兩、三個月，那人經常凝神思索什麼似的。後來當那女人再度出現時，不知是否顧忌到外人在旁之故，幾乎未曾交談。當時正值午飯時刻，那女人照常服侍他吃飯，但他卻如逢初見者般默不吭聲。

從那時起，女人不再跨進那人家門一步。他也彷彿完全忘記女人的存在，學校畢業後旋即成家，直到二十幾年後的最近，始終與那女人毫無瓜葛。

15

「如果事情就這樣結束，只不過是一般的人生小故事。但命運眞是可怕……」父親繼續往下說。

我猜想父親會說些什麼，視線始終沒有離開他的臉。摘錄父親所言概要，大致是這樣的：

男人忘了那女人的二十餘年後，命運安排兩人不期而遇。地點在東京市區中央，據說是有樂座46學行的名人會或美音會47上，時間是微涼的黃昏時刻。

當時，男人偕同妻女列席預訂座位中某一排。他們入場後不到五分鐘，那個女人在另一名女郎攙扶下走進來。她們似乎也是事先電話訂座，貼有預約紙牌的座位正好在男人座位隔壁。兩人就在這種奇妙的場所，奇妙地毗隣而坐。更奇怪的是，女人如今已是面無表情的瞎子，完全不知場中有什麼人，只是專注地傾聽舞臺傳來的樂聲，對那男人而言，這根本是無法想像的事實。

男人乍見隣座女人的面容，愕然倒溯過去二十年的記憶。然後，他發覺昔日那以黑眸凝視自己的倩影，正是不知何時悄然無蹤的女人身影，一股不安倏地襲上心頭。十點過了，一直釘在座位上的男人，幾乎沒聽到臺上演奏些什麼。只是將女人別後至今的命運黑線，做了各種想像。女人對坐在自己身旁的故人，既看不見也無所知，意識上更完全無暇回想，只不過聽著自然逐漸凋零的古樂，而在濃眉之間顯現時不我予的氣色。

兩人突然邂逅，又突然離別。別後，男人屢次想起女人的事，尤其關心她瞎了的眼睛。因此，男人設法查出女人的住處。

「這個熱心的男人本著一股傻勁，終於成功地找到了。關於探訪下落的過程，我也曾經聽過，但是情節過於複雜，我已經不記得了。好像是他又到樂座找帶座員幫忙，聽說經過相當複雜的手續。」

「那女人住在哪裡？」我想確定一下。

「那是祕密，我和他有約在先，不准透露名字和地點。這些並不重要，總之他託我拜訪那位盲女。我不知道他打的是什麼主意，可能只是久未連絡，純粹問候的性質吧？他以本身是做學問的人，列舉數條冠冕堂皇的理由，意思是必須把過去和現在之間的部分連接起來才能安心。而且，他好像非常關心對方何以變成瞎子。話雖如此，他並不想和那個女人有新關係，況且自己已有妻室，不便前去拜訪。另外還有一個原因，就是當年分手時他說了一些不必要的話。當時他說：『我爲了做學問，非到三十五、六歲不會娶妻。事非得已，請答應取消上次的約定吧！』可是那傢伙一出校門就結婚了，八成是良心上過意不去。總而言之，我終於決定去了。」

「眞無聊。」嫂子說。

「是很無聊，但我還是去了。」父親答道。客人和我都覺得有趣地笑了起來。

16

父親具有別人罕見的風趣，有人說他毫無心機，有人說他容易相處。

「爸爸的地位完全是那樣造成的，事實上可說是社會所造成。正規爲學或認眞思索的人非但不受尊重，反而被世人輕蔑。」

大哥曾在私底下，向我發洩這種不知是抱怨、挖苦、諷刺，或是事實的感慨。以我的個性，像父親的成分遠勝像大哥。而且當時年紀較輕，並不十分了解大哥話中之意。

當時我把父親之所以答應那人代為拜訪盲女，解釋為基於天生的好奇心而來。

不久，父親前往盲女家探訪。臨行時，那人用紙包起一張百元大鈔，上紮禮繩，再加個食品禮盒交給我父親，表示這是給女人的禮物。父親收下後，便搭人力車前往盲女家。

盲女家雖狹窄，倒也舒適整潔。陽臺一角有雕成圓形的花崗石洗手臺，八成新的三越毛巾在毛巾架上搖晃著。家中人口不多，冷冷淸淸的。

這天，當父親在陽光普照的褐色調客廳初會盲女時，一下子不知如何開口才好。「我這樣的人居然會不知說什麼好，說來好像旣無聊又丟臉，實在傷腦筋。這全是因爲對方是個瞎子。」

父親故意這麼說，藉以勾起大家的興趣。

僵持了一會兒，父親終於說出那人的名字，並且把禮物放在盲女面前。盲女撫摸著禮盒，恭敬地道謝：「非常感謝……」當她碰到盒上紙包，詫異地拿起來鄭重問道：「這是？」父親不改原性，呵呵地笑著說：「那也是禮物的一部分，請一起收下。」這時，盲女摸著禮繩打結處，又問：「是錢嗎？」

「只是一點小意思——聊表××先生寸心，請笑納。」

父親話剛說完，盲女把紙包丟在榻榻米上，以無神的眼眸望向父親這邊，明白說道：「我現在雖是個寡婦，但沒多久以前還有丈夫，好端端的一個丈夫。而且，我也有孩子。不管從前有過什麼關係，如果我收下別人給的錢，便會對不起讓我過今天這種舒服日子的亡夫靈位，所以我必須把錢退回。」說著，她潸然落淚。

「這實在使我啞口無言。」父親環視大家的臉，這當兒誰也沒有笑。我也只是暗想，父親再有辦法當時也沒輒了吧？

「當時我啞口無言，一方面想到倘若景清是個女人，想必也是這種情形。心裡想著，我眞的佩服極了。爲什麼想起景清呢？不僅因爲雙方都是盲人，還有那女人的態度……」

父親思索著。坐在父親斜對面的紅臉客人，解開難解之謎似地說道：「那完全是氣魄相似的關係。」

「對，完全是氣魄。」父親立刻同意。我以爲父親說的這個故事已經結束，便以批評全局的口氣說：「原來如此，這故事很有趣。」這時，父親補充說：「還有後面呢，後面的故事更有趣，尤其二郎這樣的年輕人來聽。」

17

父親沒料到盲女有此見識，一時語塞。當他終於不得不告辭離去時，盲女這才露出女性溫柔的表情，懇求似地留住父親。然後，問起××先生何日何時何處看到她。父親毫不隱瞞地，把有樂座的事告訴盲女。

「他正好坐在妳旁邊。妳也許一點都不知道，但是××一開始就發現了。可能因爲妻女在旁，他不便開口，就這樣回去了。」

這時，父親看到盲女眼中溢出淚水。

「很冒昧地請問，妳的眼睛是否早年便出毛病？」父親問道。

「變成這種不自由的身子，大約已經六年了，也就是先夫過世不到一年的事。由於不是先天盲目，所以當時相當不方便。」

父親無法安慰她。聽說她所謂的丈夫是個承包商，在世時經手不少錢，好像也留下一筆可觀的財產。父親說明，有了那筆財產，即使在目不能視的今天，也足夠她好好地過後半生了。

況且她擁有一對足以傲示他人的兒女。兒子雖沒能接受高等教育，倒也在銀座附近某家商行有份差事，收入尚可自立。女兒以中下階層方式養大，一心專注在練習三弦及歌曲方面。除了在遙遠的過去與××同樣存有一點深刻記憶外，這一切顯然並無任何共通點。

父親談起有樂座的事時，那女人雙眼噙淚說道：「眞的，沒有比瞎子更可憐的人了。」這句話使父親大爲感動，胸口隱隱作痛。

「××先生目前在做什麼？」盲女又以想像著什麼的眼神問父親。父親告知××學校畢業後的經歷，然後答道：「他現在已經很有成就，不像我這個老朽。」

盲女沒聽到父親的回答似的，和順地問：「他大概娶了很體面的太太吧？」

「是的，已經有四個孩子了。」

「最大的幾歲？」

「大概十二、三歲吧，是個可愛的女孩。」

盲女默默屈指算了起來。看著她的手指，父親突然感到害怕，後悔不該多嘴。但話既出唇，已經無法挽回了。

過了一會兒，盲女只說句：「那很好。」然後落寞地笑笑。父親說，那笑容比哭泣或憤怒更加怪異。

父親言明××的地址，說道：「有空帶令嬡去玩玩，那是個不錯的房子，××也說，若是晚上，應該可以見面。」這時，盲女眉際蒙上一層陰影：「我們這種身分的人，很難出入堂皇的宅邸。」說完沈思片刻，突然又以無法抑制的認眞腔調說：「我不會去。即使他要我去，我也必須拒絕。不過，我想問你一件事，這是我這輩子唯一的懇求。我想我們以後無緣再見面，所以希望你告訴我這件事，然後爽快地告別。」

18

平心而論，父親的膽量與年齡並不相稱。聽說當時他唯恐盲女提出什麼可怕的要求，擔心得不得了。

「幸虧對方眼睛看不見，沒發現我那不知所措的樣子。」他特地補充說道。

當時，盲女是這樣說的：

「自從我眼睛出問題以來，看不到一點色彩，連最明亮的陽光也不可能再見。只不過出去一下也得麻煩女兒，否則辦不了事。想到世上有多少人即使上了年紀，也能自由自在地獨自行走，我便覺得自己可能基於某種因果報應，才會惡疾纏身。想到這一點，我就非常難過。不過我的眼睛雖然瞎了，還不至於苦得無法忍受。倒是覺得睜著明亮雙眼卻不能明白別人的心思，反而最痛苦。」

父親答道：「言之有理。」想想又說：「妳說得對。」但是他根本無法體會盲女話中之意。父親明白表示自己從未有過那種經驗，盲女聽了他含糊不清的話，便說：

「你沒有這種感覺嗎？」

「當然會有妳所說的那種情況。」父親說。

「既然如此，××先生特地託你到此不就沒有意義了嗎？」盲女話語犀利，父親更加困窘了。

這時我偶然看看大哥的臉，對照他神經緊張的眼神與嫂嫂微綻冷笑的嘴唇，並且加以比較。突然，我意識到他們之間由來已久的奇妙關係，而我似乎也被纏捲在其中。驀地，一股討厭的氣氛毫不留情地撲向我的鼻頭。這雖是父親即興談起的故事，可是爲什麼偏挑這種故事架構呢？我的心裡開始不安。然而一切都太遲了，父親若無所知地自行展開話題。

「我百思不解，便坦白問那盲女：『××託我專程拜訪，如果沒問重點就回去，對妳當然不用說，事實上也非××的本意。所以請坦白說出妳的心事，否則我回去後不好向××交代。』」

盲女這才下定決心似地說道：「那麼，我告訴你，你既然代理××先生來找我，一定和他關係密切。」她先這麼說，然後向父親道明心事。

××與她私訂終身後不到一個禮拜，便想悔婚。究竟是受環境壓迫不得不這麼做？或是發生什麼不如意的事，以致有了婚約後突然變心？盲女渴望知道事情的眞相。

二十多年來，盲女只盼能掘出隱藏××內心深處的祕密。對她來說，無法確實掌握未婚夫的心，遠比失去雙目、幾乎被視爲殘障來得痛苦。

「爸爸，你怎麼回答？」大哥突然問道。他的臉上帶著不尋常的同情，早已超越一般人聽故事的興趣。

「我沒有辦法，便答：『沒問題，我保證他本人沒有一點輕浮的地方。』」父親炫耀似地告訴哥哥當時他那敷衍性的回答。

19

「那女人滿意嗎?」大哥問。依我看來，大哥這個問題含有不可侵犯的强勁意味，如同一股精神性的念力廻響在我耳邊。

不知父親是否察覺，他只是不在乎地答道：

「起初好像並不滿意。當然，我所說的事並不是那麼沒有根據。說眞的，正如剛才已經告訴各位，那男人是個不折不扣的少爺，沒有一點顧前想後的能力，所以根本無法認眞談話。不過他和那女人發生關係後才反悔，這一點倒是事實。」

大哥沈著臉注視父親，撫了兩次削長的面頰。

「也許不該在席上說這種話。」大哥說道。我不知他會說出什麼理論，打算看情形將他的話鋒轉向不致困擾在座者的方向。這時，他繼續說：

「男人在本身情慾尚未滿足之前，會向對方奉獻比女人更激烈的愛；一旦事成，愛情熱度就會漸漸走下坡。相反地，發生關係後，女人會更加愛戀她的男人。不管從進化論或世間事實來看，都沒有例外。是否基於這個原則，那個男人事後不再愛那女人，因此才拒婚？」

「很奇怪的理論。我是個女人，不懂那種艱深的道理，而且這不是我第一次聽到。總之，眞的很有趣。」

嫂嫂發言時，我在大哥臉上發現不願被客人察覺的厭惡表情。爲了掩飾這個，我必須馬上說點什麼。但是，父親早我一步開口。

「當然，如果從學理來說，或許能做各種解釋。可是就算他眞的厭倦了那個女人，我們首先不能忽視的是他早已不知所措，加上他膽小、老實，又沒有思考力，所以即使沒有厭惡到那種程度，他還是會拒婚。」

父親淡然說道。

這時，把謠曲集放在前面的一位客人向父親說：

「可是，女人都是很執著的，否則不會把那件事擱在心裡二十年之久。你眞是功德無量，說了那些話讓她安心，她不知有多高興呢！」

「這就是交涉事情的極限。如果萬事都可依樣畫葫蘆，對彼此都方便得多。」

另一名客人接著這麼說時，父親抓抓頭皮說：「那裡那裡，事實上就像剛剛說的，如果光是那樣，很難消除盲女最初的懷疑，我也會大傷腦筋。所以我加油添醋，揑造一些胡說八道的話，終於使她相信。不過，當時可眞辛苦哪！」說著，一副得意的模樣。

不久客人包起謠曲集，走出被露水沾濕的門。後來大夥兒談天時，只有大哥表情嚴肅地走進書房。我聆聽照例發出冷重聲響的每一步拖鞋聲，最後聽到門「砰」地一聲關上。

20

就這樣經過兩、三週，往後秋意漸濃。每次眺望院子，雁來紅深濃的色澤便會映入我的眼簾。

大哥搭人力車到學校去了，回來後大半關在書房不知做些什麼。家人難得有機會見到他，有事總得專程上二樓敲書房的門。開門一看，大哥不是埋首書城，就是以鋼筆書寫繩頭細字，最引起我們注意的，便是他茫然以手托腮拄著書桌的時候。

他似乎專心思索著什麼。我想，他既是學者又是思索家，沈思原是理所當然的事。但開門看到他那模樣的人，都說房裡有股令人膽寒的感覺，辦完事立即離去。連至親的母親，都覺得到書房並不是什麼好事。

「二郎，學者都是那種怪物嗎？」

聽到母親這麼問，我居然慶幸自己不是學者，而只「嘿嘿」地笑著。這時，母親以認眞的表情說道：「二郎，雖然少了你，我們這個原本寂寞的家會更寂寞，但是你最好早點討個好老婆，另外成立家庭吧！」我明白母親話中之意，顯然表示只要我成家獨立，大哥的情緒將會略微好轉。我也懷疑，大哥此時是否也有那種怪念頭。然而我的確到了該成家的年紀，以我目前的收入，尙可維持一個小家庭的生計。因此我那凡事不關心的腦袋，偶爾也會出現這種想法。

我對母親說：「自立門戶當然沒問題，如果要我明天離開我就離開，不過新娘子可不能像挑小狗一樣隨便。從路旁撿棄狗回家的作風不適合。」母親答道：「那當然……」這時，我故意打斷她說道：

「當著媽的面，我還是得說。大哥和大嫂之間事情相當複雜，而我本來就有點了解大嫂，所以讓媽非常擔心，實在抱歉。其實根本的原因是大哥吝於在學問以外的事情耗費時間，凡事讓別人代勞，凡事不親自動手，這種高高在上的貴族作風不是好現象。不管研究的時間多寶貴，學校的講義多重要，妻子總是自己共同生活一輩子的伴侶。如果讓大哥發言，身爲學者的他或許會有獨特的見解，但是處於學者之下的我們沒有那個本事。」

我滔滔不絕地暢談自己的大道理時，母親眼中閃著淚光，眼淚潸潸滴落，使我愕然住口。

可能是我臉皮厚，或者可說較不客氣，常到家人敬而遠之的大哥書房門口敲門，而且進去談話。雖然如此，甫進房門的感覺還是很不好受。但是往往大約十分鐘後，他便會判若兩人般快活。我甚至懷著把重點放在使苦悶的大哥心機一轉的方法，當做滿足自己虛榮心的手段這種態度，故意在他的書房進進出出。坦白說，突然被大哥逮到而險些陷於死地，其實也是在這得意的一瞬間。

21

我現在已經記不清當時自己說些什麼，只覺像是大哥說過撞球台歷史後，特地讓我看路易十四時代的銅版撞球台。

來到大哥房間，以有關問題恭聽他所得的新知識，是最安全不過的方法了。但是我相當饒舌，在與大哥所言不同的方面，似懂非懂地大談文藝復興、哥德之類的話題。不過通常只談這類和社會無關的話題，便離開書房。當時不知爲了什麼，看過銅版印刷的撞球台後，談起大哥最拿手的遺傳及進化之類的學說。我沒有開口的分，只能默默聽著。這時，大哥突然說：「二郎，你是爸爸的兒子吧！」我以那又如何的表情答道：「是的。」

「因爲是你，我才說。老實說，我們的爸爸有一種奇怪的輕浮特質。」

我早就知道大哥評論下的父親必定如此，然而此刻卻不知該如何應答。

「我想，那應該不是你所謂的遺傳或個性之類的產物吧？當今日本社會必須那樣才行得通，那也是情非得已。其實，社會上還有比爸爸更輕率的人。大哥在書房和學校當中過著高尚的日子，可能不知道。」

「這個我知道，你說得沒錯。當今日本社會——說不定西方社會也是一樣——唯有圓滑的輕浮人物才能生存，所以實在無可奈何。」

說著，大哥沈默片刻。然後，懶洋洋地抬起眼睛。

「可是二郎，爸爸雖然可憐，卻難脫他與生俱來的個性。無論生在任何社會，對爸爸來說，其他生存方式都是困難之至。」

眼看這位高尚爲學而日漸迂腐的大哥，不僅被家人視爲怪人，甚至越來越疏遠自己的親生父母，我不禁低頭注視膝頭。

「二郎，你和爸爸一樣，缺乏誠摯的氣質。」大哥說道。

正如大哥，我也有突然動怒的野蠻氣質，然而乍聞大哥此言，我居然毫無憤怒的念頭。

「這話說得太過分了。暫且不談我，連爸爸也被你看成社會上的輕浮人士，太過分了。大哥，你一直把自己孤立在書房裡，才會有那種偏激的觀點。」

「那麼，我舉例讓你看好嗎？」

大哥的眼中閃著光芒，我不由禁閉上了口。

「前幾天唱謠曲的客人來時，爸爸不是說過盲女的故事嗎？當時爸爸雖堂堂代表那位某某先生，卻只用一句話就把盲女積壓二十幾年煩悶不解的事矇混過去。聽故事的時候，我暗暗爲那女人掉淚，只不過我不認識她，所以同情的程度並不深。但是老實說，我當眞爲爸爸的輕浮哭泣，覺得窩囊……。」

「如果以女人的眼光解釋，任何事都是輕浮的……」

「你會這麼說，就是你繼承爸爸惡劣之處的最好證明。我一直在等你報告我所託有關直的事，可是你老是顧左右而言他，裝蒜……」

22

「你說裝蒜，可就冤枉我了。因爲一直沒有談話的機會，也沒有說的必要。」

「機會每天都有，至於必要嘛，也許你覺得沒有必要，而我卻是有必要才特地拜託你。」

這時，我突然無話可說。事實上，自從那件事以後，要我獨自到大哥面前認眞地談論嫂嫂的事，實在相當痛苦。於是，我勉强想要扯開話題。

「大哥既已不相信爸爸，自然也不會相信那種父親生下來的我。這麼一來，不就和你在和歌浦所說的互相矛盾嗎？」

「那一點矛盾？」大哥微愠反問。

「當時你說，因爲我有得自父親的誠實個性，認爲我可以相信，所以才告訴我那些事，並且拜託我。」

聽了我這番話，輪到大哥說不出話了。我抓住這個好機會，在話中包含倍於平常的力道說：

「因爲我們有約在先，我大可在此告訴你關於嫂嫂當時的一切表現。可是我認爲這件事太荒唐，除非機會來臨，否則我不願意開口。況且一旦開口，也不是三言兩語就可以解決。我想，大哥既然不在意，我沒有必要主動提起，所以一直沒說——不過，如果你以官方命令逼迫下屬提出報告的話，我也沒有辦法。我現在可以馬上向你報告，但是我先聲明，在我的報告裡絕不會出現你所預期的奇怪幻影。因爲那原本就是你的幻想，客觀地說，不可能存在於任何地方。」

大哥聽我發表意見時一反常態，臉上肌肉幾乎動也不動。他只是將手肘靜靜擱在桌前，垂著眼簾，因此我根本不知道他此刻是何表情。大哥看來明理，卻經常被自己的理論絆倒。我只看到他的臉色有點蒼白，便判斷他必定受到我強勁話語的打擊。

我從煙盒取出一根香煙點上火，然後交替看著從我鼻中噴出的煙和大哥的臉。

「二郎。」大哥終於開口，聲音鬆弛無力。

「什麼事？」我答道，聲音帶著驕氣。

「我不再問你關於直的事了。」

「是嗎？這樣的話，對大哥、對大嫂，甚至對爸爸都好。請你當個好丈夫，那麼嫂嫂也會是個好太太。」我爲嫂嫂辯護，又像規勸大哥似地說道。

「你這混帳！」大哥突然大吼，聲音之大恐怕連樓下都聽得見，也給就坐在他身邊的我意料外的驚愕。

「你不愧是爸爸的孩子，在社會上或許會混得比我好，卻不會有任何士人之交。事到如今，我不再向你探問直的事，你這輕浮的傢伙！」

我不由自主地飄然離座，朝門口走去。

「在聽過爸爸那種虛僞的自白後，我怎麼會相信你的報告？」

我把背後響起的激烈言辭關在門後，走上陰暗的樓梯。

23

往後大約一週內，除了晚餐席上，我沒再與大哥碰面。平日公認有義務帶動餐桌熱鬧氣氛的我，突然沈默許多，餐桌上頓時洋溢一股怪異的冷清。連不知何處鳴叫的蟋蟀聲，聽在並坐的家人耳中，也彷彿成了寒冷的象徵。

在如此寂寞的團聚中，貞好像滿腦子只有日益接近的婚期，沈溺在自己的天地裡服侍大家吃飯。開朗的父親沒留意周遭的情況，專注在自己喜歡的特有話題上，卻不像平常那樣得到迴響，而父親也沒露出期待的神色。

席上偶而迸出的唯一笑聲，出自芳江之口。每逢冷場而令人不安時，母親總會勉強製造話題，說著：「芳江，妳……」之類的話緩和氣氛。她那不自然的態度，馬上觸動大哥敏感的神經。

每次離席回房，我便鬆了一口氣似地點上一根香煙。

「無聊，比和陌生人聚餐還無聊。別人的家庭也都這麼不愉快嗎？」

我時常這麼想，有時也決心早日離開這個家，餐桌氣氛過於冷淡時，重會追在我後頭進房，一言不發地哭起來。有時，她會責備我爲何不早點向大哥道歉似的，恨恨地瞪著我。

我越來越討厭待在家裡。本性急躁而缺乏決斷力的我，這次終於決定在外賃屋居住，暫時鬆一口氣。我找三澤商量，向他說：「都是你在大阪待那麼久害的。」他答道：「是你老是跟在直身邊才糟糕的。」

京都歸後，我有幾次和他見面的機會，卻未曾說過嫂嫂的事，他也對這方面絕口不提。

我第一次從他口中聽到嫂嫂的名字，也聽到他針對我和嫂嫂之間或深或淺的相互關係，所發表的意見。因此，我以驚訝與疑惑的眼神注視三澤。他認爲我的眼中含有怒意，說道：「別生氣，自認被已故瘋女愛慕而且引以爲傲的我，還比較安全吧？雖然心裡的確不踏實，卻不會發生麻煩，無論多麼愛她或被愛都沒關係。」我沈默不語，他笑著輕推我的肩膀說：「怎麼樣？」我摸不透他的態度究竟認眞，或是開玩笑。總之，我無意辯白或做任何說明。

雖然如此，我還是向三澤問了一、兩處適當的出租地點，順便看過房子才回去。一回家還沒見到任何人，我先叫來重，告訴她：「我聽從妳的忠告，終於要離家了。」重眉宇間聚集像是意外，又像預料之中的表情凝視我的臉龐。

24

以兄妹而言，我和重相處得並不好。我之所以優先告知搬出去住的消息，與其說是基於對她的感情，不如說賭氣的成分較爲强烈。這時，重雙眼噙滿淚水。

「請你儘快離家，我也會早點出嫁，隨便嫁到那裡都可以。」她說。

我默不吭聲。

「哥，一旦住到外面，就得打定主意不回家，趕快娶個太太獨立吧！」她又說。

因爲是她，我答：「那當然。」重强忍的眼淚，終於掉落膝上。

「哭什麼呢？」我以柔和的聲調問道。說眞的，我沒料到重會爲這件事掉一滴眼淚。

「因為只剩我一個……」

我只聽得清這句話，其他言語都被她的抽泣聲攪得支離破碎。

我習慣性地抽起煙來，靜靜等她哭完。不久，她用袖子揩揩眼睛站起來。望著她的背影，我突然覺得重非常可憐。

「重，以前我常和妳吵架，但是以後可能機會不多了。來，我們握手言和。」

我伸出手，重反而不好意思地猶豫著。

我盤算著，下一步就得向父母表明搬出去住的決心，請求他們答應。然而最後還是必須到大哥那兒，再次表示同樣的決心，這可是件苦差事。

記得翌日當我告訴母親時，母親被我這突如其來的決心嚇了一跳，說道：「我原本打算找好對象後，再讓你搬出去——唉，沒辦法。」說完，母親憮然注視我的臉。我舉步就想到父親房間，卻被母親急急從後叫住。

「二郎，即使你住到外面……」

母親的話到此便說不下去。我問：「怎麼樣？」站在原處不動。

「已經向你大哥說過了嗎？」母親突然迸出這句話。

「沒有。」我答道。

「我想，你自己告訴大哥也許比較好。如果由爸爸或媽媽轉告，說不定他反而不高興。」

「是的，我也這麼想。總之，我想走得風光一點。」

我毅然說道，立刻走進父親房間。

父親正在寫一封長信。

「前些日子，大阪的岡田又來信問起貞的婚事，我一直想回信卻拖到現在。今天無論如何得盡盡這個義務，正在努力呢！順便告訴你，你把『敬啓者』的『啓』字寫錯了。如果寫草體，得這樣寫。」

長信的一端正好在我坐著的膝前，我看看「啓」字，搞不清到底那裡寫錯了。父親振筆直書時，我心中暗自品評牀之間的黃菊和後方的掛軸。

25

長信寫畢，父親邊捲信紙邊說：「有什麼事嗎？又要錢了？我可沒錢。」然後，在信封寫上稱謂。

我簡略敍述自己的決心，最後加上一句形式上的話：「這些年承蒙照顧……」父親只答：「哦，是嗎？」不久，他在信封一角貼上郵票，向我說：「幫我按一下鈴。」我說：「我叫人去寄。」便接下信。父親提醒我：「把你所租房子的地址寫下來，交給你母親。」然後向我說明種種有關後頭掛軸的事。

聽完，我便走出父親的房間。現在只剩兄嫂那兒尚未打招呼了。自從上次的事件以來，我幾乎沒和大哥交換過親密談話。我沒有勇氣向他發脾氣，如果我有那麼大的火氣，早在上次挨罵離開他的書房時便已被激怒。我不怕小石膏像由後砸來，偏偏那時我發怒的勇氣之源似乎已經枯乾。我就像飄然入室的幽靈，又不聲不響地頹然退出房間。之後，我怎麼也沒膽量敲他書房的門，進去由衷道歉。於是，我只能天天在晚餐桌上面對他陰沈的臉色。

最近，我也很少和嫂嫂談話。其實「最近」二字，還不如說「自從大阪回來後」來得適當。她是單獨擺著私人衣橱的小房間所有人，不過一天中獨自陪芳江玩耍的時間並不多。事實上，她總是和母親一起做針線或幫忙其他家務。

向父母表明自己未來意向的翌日早上，我在廁所通往浴室的陽臺與嫂嫂不期而遇。

「二郎，聽說你要搬出去住，不喜歡自己的家嗎？」她突然問道。可能母親已把我的意思，原封不動地傳達給她。我很自然地回答：「是的，我決定暫時離家。這樣比較妥當，也比較不會有麻煩。」

她擔心我可能說些什麼似的，凝視我的臉龐。但是，我什麼都沒說。

「早點娶太太吧！」她又說道，我仍然不吭聲。

「越快越好，要不要我幫你物色對象？」她又問。

「拜託妳了。」我這才開口。

嫂嫂薄唇兩端綻現似是輕蔑，又像調侃的淺笑，故意放重腳步走向餐廳。

我默默注視靠掛在浴室與廁所交界處一隅的大銅盆。此盆直徑二尺以上，是個單憑己力不易撼動的龐然大物。我從小就看過這銅盆，猜想一定是大人用來坐著冲涼的水盆，而自顧著開心。被冷落多年，如今這銅盆已蒙上一層污垢。透過低矮的玻璃門，可以看見也是自小就忘不了的秋海棠，寂寞地展現年年相同的顏色。站在這些東西前，我想起往年每逢初秋，常夥同大哥把玄關前的棗子打下來吃。當我發現如今雖仍是青年，自己背後卻已有天眞的往昔不斷走過時，今昔之比較自然而然地溢滿胸膛。想到我即將和這昔日的孩子王——大哥互道不愉快的話，然後離開這個家，我不禁感嘆歲月無常。

26

那天我從事務所回來，問重：「大哥呢？」她答說：「還沒回來。」

「今天是他繞到別處去的日子嗎？」我這麼問時，重說道：「不知道，要不要我到書房看貼在牆上的時間表？」

我只託她待會兒大哥回來就通知我，沒見任何人便走進自己的房間。我懶得脫西裝，和衣躺下後，不知不覺地睡著了。當我做著根本無法向人說明，並且變化複雜的不安之夢時，突然被重搖醒。

「大哥回來了。」

聽她這麼說，我立即起身。但我意識朦朧，仍在夢中徘徊。重從後頭提醒我：

「去洗把臉吧！」神志不清的我並不覺得有那種需要。

我就這樣走進大哥書房。大哥也還穿著西裝，聽到敲門聲，忙將視線轉到門口，目光中顯示某種期待。依照當時的習慣，每當他外出歸來，嫂嫂便會帶著芳江送上家居服。當初母親囑咐嫂嫂：「要這麼做喲！」時，我在旁聽得一清二楚。我雖睡意未消，一見大哥的眼神，立刻察覺他期盼妻女到來之心强過等候居家服送來。

我夢中乍醒，才會迷迷糊糊地突然闖進他的房間。但他見我出現門口，卻沒有一點生氣的模樣，只是默默打量一身西裝的我，並不急著說話。

「大哥，我想和你談談……」

我終於主動開口。

「進來吧！」

他的語氣鎮靜，聽來似乎並不介意上次的事。他特地爲我拉把椅子放在自己面前，然後向我招手。

我故意不坐下，手搭椅背敍述先前向父母說過的那番話。大哥以值得尊敬的學者態度靜靜地聽，當我簡單地說明結束後，他不憂不喜，擺出應對常客的態度說道：

「坐下吧！」

身穿黑色西服的他，抽起氣味不怎麼美妙的雪茄。

「想搬出去就搬出去，反正你已經是個成年人了。」說著，他暫時呑雲吐霧起來。然後接著說：「不過，要是大家以爲是我要你出去的，可就傷腦筋了。」

「不會的，我只是爲自己的方便而搬出去住。」我答道。

我尙未清醒的腦筋，這才漸漸恢復正常。我一心想早點離開大哥房間，頻頻回頭觀望門口。

「直和芳江好像正在洗澡，不會有人上樓來。放鬆心情，慢慢談吧！打開電燈。」

我站起來開燈，房中頓時一片明亮。隨後，我也點上一根大哥的雪茄。

「一根八分錢，不是什麼好雪茄。」他說。

27

「打算什麼時候走？」大哥問道。

「大概這個禮拜六左右。」我回答。

「一個人走？」大哥又問。

乍聞這個奇怪的問題，我一時茫然盯著大哥的臉。莫非他是故意說這種無禮的諷刺？否則就是他的腦筋有點不對勁。在未弄清楚前，我不知該採取何種態度。平常我就覺得大哥總是話中帶刺，不過我明白那是他智力銳於常人的結果，並無惡意。唯獨這句話傳入我耳中後，便激烈地響個不停。

大哥注視我的臉，嘿嘿笑了起來。我甚至在他的笑影中，看到歇斯底里的閃電。

「你當然是一個人走吧？因為沒有必要帶走任何人。」他說。

「當然，我只想獨自呼吸一下新空氣。」

「我也想呼吸新空氣，但偌大東京卻沒有一個能讓我呼吸新空氣的地方。」

我一半可憐這位喜歡孤立自己的大哥，一半為他的神經過敏感到難過。

「出去旅行一下，也許能散散心。」

當我這麼說時，大哥從背心口袋掏出錶。

「在飯前還有點時間。」說著，他再度坐在椅子上。然後望著我的臉說道：「二郎，今後談話的機會不多，所以開飯前在這兒多聊一會兒。」

我答聲「是」，卻沒坐下的意思。況且，實在無話可談。這時，大哥突然問道：

「你知道保羅與法蘭潔西卡之戀㊽吧？」我覺得似曾相識，卻又不敢確定，沒有馬上回答。

據大哥說明，保羅與法蘭潔西卡是叔嫂關係，兩人暗中互相愛慕，結果終於被憤怒的丈夫發現而喪命，是但丁神曲中的悲劇故事。與其說對這悲慘故事寄以同情，不如說對大哥故意說這故事的心思，產生一股厭惡的疑念。大哥在煙臭中審視我的臉，說著不知是十三世紀或十四世紀的遙遠義大利故事。這段期間，我好不容易才克制不愉快的念頭。故事告一段落，他猛然問我一個意外的問題。

「二郎，爲什麼世人總是忘掉最重要的丈夫名字，而只記得保羅和法蘭潔西卡？你知道其中的原因嗎？」

我無可奈何，便答：「可能是類似三勝半七㊾的緣故吧？」大哥聽了我的回答，微微一驚：「我這樣解釋。」最後，他說道。

「我這樣解釋，因爲事實上，自然醞釀的戀愛比人爲的夫妻關係更爲神聖，所以隨著時間過往，脫除狹隘社會所產生的道德桎梏後，僅存讚嘆大自然法則之聲刺激我們的耳朵，是不是這樣呢？不過當時人人站在道德那邊，譴責他們的關係不道德。然而事發那瞬間的愛情火花純潔無比，在所謂道德義理沖刷後，總會顯現白日青天，也就是保羅和法蘭潔西卡。你不覺得是這樣嗎？」

28

無論從年齡或個性來說，平常我一定會舉手贊成大哥的說法。可是這時他爲何特地將保羅與法蘭潔西卡當做問題？又爲何鄭重其事地解釋他們兩人何以留名千古？我不知道大哥打什麼主意，自然產生的興趣完全被不悅與不安之念抵消了。聽到大哥挾纏不清的說明，我開始揣測這究竟怎麼回事。

「二郎，所以說，附和道德的雖是一時的勝利者，卻是永遠的失敗者。順從自然的雖一時失敗，卻是永遠的勝利者……」

我什麼話都沒說。

「我甚至不能成爲一時的勝利者，而且當然是永遠的失敗者。」

我還是沒有回答。

「學習相撲招式，沒有實力還是不行。即使不拘泥形式，有實力者最後一定會贏。當然會贏，四十八招式是人爲的雕蟲小技，臂力卻是自然所賜……」

大哥就這樣，頻頻討論踩影使力的哲學，並且以難聞的煙霧將坐在他面前的我團團圍住。對我來說，驅除這片朦朧煙霧比咬斷粗繩索更加痛苦。

「二郎，你希望無論現在、未來或永遠，都當個勝利者吧？」最後，他說道。

我雖然脾氣不好，倒不至於像大哥那樣露骨前衝。在此之時，首先我必須考慮的是對方是否完全清醒，或者由於稍嫌興奮之故，導致精神上引發一種異常狀態？而且就將大哥精神狀態引導至此的原因而言，我必須痛苦地接受一個事實，承認自己正是萬人所指的責任者。

從頭到尾，我只默默傾聽大哥發表高論。心想，旣然懷疑到這地步，乾脆和嫂嫂離婚不就爽快了嗎？

這時，嫂嫂拿著大哥的家居服，照例牽著芳江的手登上樓梯。

出現門口的她顯然剛洗過澡，向來蒼白的面頰微染舒爽紅暈，細嫩的皮膚洋溢逗人觸摸的柔軟感。

她看著我的臉，卻沒向我說一句話。

「對不起，來晚了。衣服沒換，很不舒服吧？我剛剛在洗澡，沒能馬上拿衣服過來。」

嫂嫂先問候大哥，然後提醒站在一旁的芳江說：「來，向爸爸請安。」芳江遵照母親之命，低下頭說：「爸爸，你回來了。」

我已經很久沒看到嫂嫂向大哥表現這種家庭主婦的溫和與親切，也從不知道大哥面對如此溫存而柔和下來的心情，竟會强烈地凝聚在他的眼中。大哥在人前自尊極强，但自幼一起長大的我非常了解，他的腦海裡始終有雲霧不斷游移。

我按捺突得拯救的喜悅，離開大哥房間。臨走時，嫂嫂彷彿向陌生人打招呼似的，默默對我頷首致意，表現了難得的冷淡。

29

過了兩、三天，我終於離家，離開父母兄弟所住，歷史悠久的家。臨行前，我幾乎沒有任何感觸。看到母親與重臉上的惜別悲情，反而覺得討厭，總覺她們故意妨礙我的行動自由，唯獨嫂嫂雖然落寞，卻笑臉相向。

「要走了？多保重，常回來玩。」

見過母親和重的滿臉陰霾後，這句親切話語多少給了我愉快的感覺。

賃屋居住以來，我照常天天到有樂町的事務所。介紹我到那兒上班的是三澤，事務所老闆是當過三澤保證人的H（大哥的同事）的叔叔。此人久居國外，在國內也是經驗豐富的專家。他有個習慣動作，經常把手指插入花白頭髮中，抓得頭皮屑滿天飛。如果和他相對而坐，擺在當中的火盆老是發出怪味，使對方大為傷神。

「你大哥最近在研究什麼？」他常常這樣問我。通常，我都是無奈地簡略答道：「他一個人關在書房裡，可能很忙吧？」

一個梧桐葉落的早上，他突又逮著我問：「你大哥最近怎麼樣？」原已習慣他這種問題的我，唯獨此時意外之餘竟然忘了回答。

「健康狀況如何？」他又問。

「健康狀況不大理想。」我答道。

「不能不多加留意，他太賣命了。」他說。

我打量他的臉，發現流露眉宇之間的嚴肅神韻。

離家後，我只回去過一趟。那時我悄悄把母親請到無人處，探問大哥近況。

「最近好一點，偶爾會到後院替芳江推鞦韆……」

聽母親這麼說，我才稍微放心。此後我並未刻意製造與家人見面的機會，直到今天。

中午吃客飯，B先生（事務所老闆）又突然問：「我記得你好像在外面租房子住？」

「是的。」我簡單地回答。

「為什麼？你家不是相當寬敞，也很方便嗎？是不是發生了什麼麻煩事？」

我支支吾吾，答得含糊不清。當時的感覺就像吞嚥一片乾麵包，怎麼也不能順暢入喉。

「不過比起全家擠在一起，也許一個人反而輕鬆──你還是單身漢吧？早點討老婆怎麼樣？」

我也無法像平常那樣輕鬆答覆B先生這個問題。他只說：「你今天怎麼無精打采的？」便改變話題，開始和別人胡扯。我凝視面前杯中豎起的茶梗，思索豎茶梗所代表的預兆，對左右揚起的笑聲聽而未聞。我默默坐著，暗地擔心自己最近是否得了神經過敏，越想越不愉快。想到自己可能獨居日久過於孤單，以致頭腦有點不對勁，便決心回去後到久未謀面的三澤那兒聊聊。

30

那天晚上，被帶進三澤二樓房間的我看到他悠然盤坐，羨慕感不禁湧上心頭。明亮的電燈與暖和的火盆，使他的房間呈現與初冬寒氣全然隔離的景象。一見他的神色，我立刻知道他的老毛病已隨著秋風吹起逐漸好轉。比起現在的我，誰知他居然會如此悠閒自在。回想大阪醫院中那段仰望炎熱高空惶恐度日的時光，當時的他和現在的我活像角色對調。

最近喪父的結果，已經使他儼然一家之主。B先生透過H先生表示希望任用他時，他也以自己的事以後再說，或另有高就之故，百般好意地把空缺讓給我。

我環視這燈火通明的房間，針對牆上琳瑯滿目的風雅蝕刻版畫及水彩畫等，和他聊了一會兒。但不知怎地，十分鐘左右，藝術方面的討論自然消失。這時，三澤突然向我說：「順便提一下你大哥的事。」我很驚訝連在此處也會提到大哥。

「我大哥怎麼了？」

「不，沒怎麼樣……」

他只說了這一句，注視我的臉。因此，我不得不暗自將他的話與B先生今早所言連在一起。

「不要只說一半，既然說了就全部說出來。我大哥到底怎麼了？今天早上B先生也問了同樣的問題，我正覺得奇怪呢！」

三澤仍很有耐性地盯著我焦慮的臉，不久說道：「那麼我告訴你，我想B先生的話和我同樣來自H先生。而H先生表示，他的消息來源是學生。是這樣的，聽說你大哥的講義一向新穎明瞭，頗受學生歡迎，但再清楚的講義也會出現一、兩處前後矛盾的地方。當學生發問時，你那素來正直的大哥再三說明，卻始終無法讓學生了解。最後他撫額表示，最近腦筋不大好……而茫然眺望玻璃窗外佇立著。學生只好說下次再問，便自動退下。聽說，這種情形發生過好幾次。H先生要我下次遇到長野（二郎的姓）時，不妨稍微提醒一下。他說，說不定是嚴重的神經衰弱。我總是聽了就忘，老實說，今天在見到你之前，我一直沒想起來呢！」

「那是什麼時候的事？」我連忙問道。

「大概是你租房子住前後的事，記不清楚了。」

「現在還是一樣？」

三澤見我緊張的表情，安慰說：「不，不。」

「不，好像只是暫時性。兩、三天前H先生告訴我，你大哥最近完全恢復正常，應該可以放心了。不過……」

我不禁想起離家時，刻劃心中那幕與大哥會面的情景。思及當時自己的懷疑或許在學校得到證明，不安之餘覺得非常可怕。

31

我試著儘量忘掉大哥的事，驀地聯想起在大阪醫院聽三澤所說那位精神病的「姑娘」。

「你有沒有趕上那位姑娘的法事？」我問。

「趕上了，但那位姑娘的父母眞是沒有禮貌的討厭鬼。」他以揮舞拳頭的氣勢說道，我驚問理由。

那天，他代表三澤家到築地本願寺境內的納骨塔祭拜。微暗正殿的冗長誦經後，他也以參加者之一的身分，在素白靈位前拈香。據他所言，大概沒有人像他那麼眞誠地跪在那年輕美女靈前。

「那些傢伙，包括她的父母親人在內，全都是漠然處理祭日的冷淡態度。眞正流淚的，只有身爲外人的我。」

聽到三澤的憤慨言辭，我覺得有點滑稽，表面上卻只贊同道：「原來如此，眞不應該。」這時，三澤說：「不，如果只是這樣，我不會生氣。我氣的是以後的事。」按照慣例，法事結束後，他被招待到佛寺附近一家餐廳用餐。吃飯時，她的父母在與三澤談話間，竟然開始話中帶刺。起初，沒有任何惡意的他並未察覺對方的諷刺，隨著時間過往，終於明白他們的本意。

「眞無聊。露骨地說，他們認爲女兒遭遇不幸的原因在我，精神病也是因我而起。而那位離了婚的丈夫，好像沒有一點責任。這不是太沒道理了嗎？」

「他們怎麼會那麼想？不可能，會不會是你誤會了？」我說道。

「誤會？」他大聲嚷了出來。這時，我無法採取沈默態度。他不斷數落那些親戚的愚蠢之處，斥責前夫的薄倖。最後，他說：

「爲什麼一開始不把她嫁給我，光以財產和社會地位爲目的……」

「你有沒有說過要娶她？」我插嘴道。

「沒有。」他回答。

「我對那姑娘——那位姑娘水汪汪的大眼睛開始不斷出現我心中時，已經罹患精神病。也就是她開始求我早點回去之後。」

他說著，似乎依然在眼前描繪那位姑娘美麗的大眼睛。同時，他那緊抿的唇邊呈現强烈的決心，彷彿表示如果姑娘現在還活著，即使得冒再大的困難，也要把她從愚蠢親人與薄倖丈夫手中奪來，永遠依偎在自己懷中。

這時，我的想像反而從那美眸姑娘回到即將忘懷的大哥身上。而且越是想起姑娘精神上所受的折磨，我越擔心大哥的腦筋。大哥曾在開往和歌山的火車上斷言那位姑娘的確思慕三澤，甚至說明姑娘之所以那麼大膽，是由於罹患精神病以致無所顧忌。或許大哥希望嫂嫂得精神病，好讓她說出隱藏內心的本意。由旁人看來，懷有那種心思的大哥已因神經衰弱的結果，精神上瀕臨瘋狂，難保不會當著全家主動說出可怕的話。

我沒有工夫打量三澤的臉。

32

母親早已交代過，要我下次到三澤那兒去時暗中探查他是否對重有意。可是那天晚上，我怎麼也打不起精神做這件事。不明白我心思的他，反而一再勸我結婚。我竭力平穩心緒，卻始終無法旁無雜念地給予肯定的答覆。他表示要為我介紹對象，我支吾地敷衍過去便起身告辭。外面風從四面八方吹來，仰望天空，閃爍的星星彷彿聚集綿薄之力抗拒著風。我撫著寂寞心口返回住處，立刻鑽入冰冷的棉被中。

往後過了兩、三天，我依然記掛大哥的事，而腦筋與自我總是無法協調。我終於回番町的家中，因為不想和大哥直接碰面，所以一直沒上二樓。但是對母親及其他人，我以好久不見的姿態向大家請安，若無其事地閒聊。不包括大哥在內的闔家團圓，反而給我舒暢溫暖的感覺。

臨走前，我請母親到隔壁房間，探問大哥近況。母親高興地表示，這陣子大哥的神經相當穩定。聽到母親這句話，我才鬆了一口氣，但總擔心母親沒注意到的特殊方面可能出問題。話雖如此，我當然沒有勇氣主動見大哥當面試驗。同時，我也沒有把三澤所說關於大哥講義曾經出錯的事告訴母親。

我無話可說，茫然佇立黑暗房間的紙門後面。母親面向著我沒離開，顯然認爲必須跟我談點什麼。

「不過他前幾天有點感冒，當時說了奇怪的囈語。」她說道。

「說些什麼？」我問。

母親沒有回答，打消我的問題說：「沒什麼，是發燒的關係，別擔心。」

「熱度很高嗎？」我試著從別的角度問道。

「熱度三十八度到三十八度半左右，應該不至於那樣，所以我請教醫生，醫生說神經衰弱的人稍微發燒就會影響神志。」

連基本醫學常識都沒有的我初聞此種知識，不禁皺起眉頭。由於房中黑暗，母親沒看見我的表情。

「幸虧冰敷後馬上退燒，我才放心……」

我仍想知道發燒時的大哥說了什麼囈語，依舊站在微寒的紙門後。

隔壁房間燈火通明，每當父親逗著芳江說些什麼時，便可聽到大夥兒快活的笑聲響起。這時，笑聲中突然傳來父親叫我的聲音。

「二郎，又在向你媽要零用錢了？綱，可別聽信二郎的花言巧語喲！」父親嚷道。

「沒那回事。」我也不甘示弱地大聲說道。

「那麼，在暗處向你媽嘀咕什麼？快到亮處來！」

父親話剛說完，聚集在明亮房裡的人再度哄堂大笑。我不便繼續追問母親，說了聲「是」，便遵照父命出現在眾人面前。

33

此後一段時間，無論與B先生碰面或走訪三澤，始終沒再提起大哥的事。我稍感安心，試著忘掉家裡的事。但閒在房裡實在難受，所以經常找三澤消磨時間，要不然就是强拉他出門。

那位精神病姑娘是三澤永不厭倦的話題，每次聽到他那不尋常的親密口脳，我一定會連想起兄嫂的事而感不快。因此，我偶爾會在言語神情上流露不耐。三澤也不服輸，諷刺我說：

「你也談些和女友的親熱話，不就扯平了嗎？」我沒好氣，差點在路上和他打架。

由於他始終有那位精神病姑娘如影隨形，我根本沒有談起母親託付之事的餘地。我雖老是和重鬥嘴，卻覺一般而言，重的相貌堪稱中上，只可惜她和那位重要姑娘的臉型截然不同。

我囁嚅地說不出口，但三澤可不像我，滿不在乎地推薦結婚對象。「要不要找個時間見面呢？」他建議。起初我答得模稜兩可，後來漸漸覺得是該和對方見個面。沒想到三澤竟說現在還沒有機會，過一陣子再說，這一拖便沒了下文。我納悶的結果，終於脫離那位對象的幻影。

相反地，貞的婚事一步步接近事實，已經逼在眼前，貞雖年紀不小，卻是家中最稚嫩的女人。表面看來沒有什麼特色，但動不動就臉紅這一點很討人喜愛。

我和三澤在深夜分手，從寒冷的街上回來後馬上鑽入被窩，不時在冷被中想起貞的事。想像她可能也蓋著冰冷的棉被，把無人得見的笑容半掩在天鵝絨衣領下，正做著即將實現的未來美夢。

在她的婚期兩、三天前，岡田和佐野搭乘冷得足以使冰裂開的火車，抖著身子在新橋車站下車。一見前去迎接的我，他打了個招呼說道：「二郎，你還是悠哉得很嘛！」我覺得岡田這人好像對自己的閒散毫無自覺。

翌日到番町，全家都爲岡田一人喧騰不已。大哥可能認爲事出例外，非但沒拉長臉，反而被默默捲入旋渦中。

「二郎，幹嘛搬出去租房子住？怎麼能幹這種傻事？這麼一來，家裡不是冷清多了嗎？對不對，直。」他向嫂嫂說。唯獨此時，嫂嫂露出奇怪的表情默然不語。我也實在無話可說，大哥反而顯得冷淡而漠視一切。

岡田已經喝醉，毫無顧忌地說個不停。

「不過，我認爲二郎也不好。整天關在房裡看書多沒意思，你已經夠有學問，到那兒都不會吃虧了。但是，二郎帶頭，直和表姨都不對。雖然二郎推說書房外那兒都不想去，但我一來硬把他拖出來，他不也下樓和我們聊得很起勁嗎？對吧，二郎？」

說著，他望向大哥。大哥默默苦笑。

「對吧，表姨？」

母親也沈默不語。

「對吧，重？」

看樣子，他非挨著順序問到有人回答方肯罷休。重立刻說：「岡田，你不管多大年紀，這愛說話的毛病似乎永遠改不了。吵死了！」這句話惹得大家笑出聲來，我總算鬆了一口氣。

34

「叔叔，來一下。」芳江從隔壁房間，伸出小手叫我。「什麼事？」我說著朝她走去。她不知從那兒拖出一個大袋子，得意地看著我說：「這是貞的，要不要看？」她從袋中取出貼著天鵝絨的方型盒子。我拿起裡頭的珍珠戒指看，說了聲：「嗯。」芳江說：「還有這個。」這次拿出一個暗紅色盒子，這是我爲了答謝貞替我洗衣服，而買來送她的沒鑲寶石的純金戒指，芳江又說：「還有這個。」說著拿出織錦緞錢袋。袋子以金線織成菊花圖案。然後她拿出較大的細長桐木盒，內裝金屬部分以金、銀和紅銅點綴常春藤葉的腰帶扣環。最後她出示梳子和髮簪，說明道：「這是卵甲[50]，不是眞玳瑁。眞玳瑁太貴，所以沒買。」我不懂卵甲是什麼，芳江當然也不懂。但她畢竟是女性，向我說：「這是最便宜的，比鑲邊的更便宜，因爲只是貼蛋白嘛！」當我問：「蛋白怎麼貼？貼在那裡？」時，她若無其事地說：「我不知道。」拖起袋子，很快地回房去了。

母親讓我看貞當天要穿的和服，那是件泛著淡紫的灰藍縐綢，染上常春藤家徽，下襬則是竹子圖案。

「以她的年紀，這樣會不會太淡雅了？」我問母親。「只能這樣，否則會太貴。」母親回答，並且補充道：「這樣就已經花了二十五日圓。」這個數字使沒知識的我嚇了一跳。聽說那塊料子是去年春天向京都布商買的，當時大約買了三反[51]備用，前些日子還收在衣櫥抽屜裡呢！

貞從剛才就沒在衆人前露面，八成是害臊吧？不知怎地，我很想在此瞧瞧她那難爲情的模樣。

「貞在那裡？」我問母親。這時，大哥說：「差點忘了，我想和貞談談。」

大家都一臉狐疑，嫂嫂唇際閃過一抹顯著的冷笑。大哥不理衆人，向岡田招呼：「失陪一下」便走上二樓。腳步聲消失後不久，貞到大夥兒所在房間，恭恭敬敬地向岡田行禮問安。

她向回禮致意的岡田說道：「我現在必須到書房去一下，待會兒再來。」說完，便站起來，不知在座者是否覺得羞紅了一張臉的她可憐，沒人强行留她坐下。

大哥上樓的腳步不重，但是因爲他總是穿著拖鞋，啪噠聲從下面聽來相當響。而光腳上樓的貞爲了表現女性的嫻靜，腳步輕得幾乎聽不見。我豎起耳朵，也沒辦法聽到開門和關門的聲音。

他們兩人在房裡待了三十分鐘左右，不知談些什麼。那當兒嫂嫂一反平日的冷笑，以異於尋常的絕佳情緒談笑著。然而我明白她這種表現的背後，隱藏著極力掩飾不悅的不自然心緒。岡田還是滿臉不在乎。

當貞與大哥會談結束，經過我們的房間時，我不經意地步出走廊。貞見到我，依然紅著臉與我擦身而過。僅僅這一會兒工夫，我清楚地看見她眼中的淚光。但她進書房和大哥談了些什麼，始終不得而知。我想除了當事人以外，天底下恐怕無人知曉內中詳情。

35

我奉父母之命，以親戚的身分參加貞的婚禮。那天細雨不斷，是個不適合舉行婚禮的寂寞天氣。我破例起了個大早到番町一看，八張榻榻米大的房間散放著貞的衣裳。

上洗手間回來時瞄了浴室一眼，發現玻璃門半掩，貞在裡面梳粧打扮。並且聽到她說：「哎呀，別碰那兒。」看樣子，好奇的芳江正在裡面搗蛋。我也想學芳江的樣，但顧及大體，終於收起童心返回餐廳。

過了一會兒，我又到八張榻榻米房間看看，大夥兒正在爲她更衣。芳江大吹大擂地說：「貞還在手臂上搽粉呲！」說眞的，貞的手腳比臉黑，而且泛紅。

「這下子變得又白又嫩，眞不該這樣欺騙丈夫。」父親調侃道。

「到了明天，她的丈夫準會大吃一驚。」母親笑著說，貞只是低頭苦笑。她初次梳起島田髮型，那模樣給了我意料外的新鮮感。

「梳成這種髮型還插上那麼重的簪子，很辛苦吧？」我這麼問時，母親說：「再重也是一輩子一次……」說著，頻頻審視身上有黑色家徽的和服和白色衣領。嫂嫂幫著貞，把腰帶繞到後面紮緊。

大哥抽著氣味不佳的雪茄，在寬敞的陽台上悠然踱步。他不時探視衆人所在的房間，態度似乎對婚禮並無興趣，卻又彷彿暗中有其獨特批評，令人難以捉摸。他身穿禮服，頭戴禮帽，僅在門口稍作停留，並不催促屋裡人是否準備就緒。

臨出門時，父親爲貞挑選一輛最漂亮的人力車。原訂十一點舉行儀式，但時間稍有延遲。於是，岡田特地到太神宮門口等我們。衆人一起走進休息室，只見新郎活像被當掉的擺飾似的，孤伶伶地坐在椅子上。當他起身和我們寒暄時，我瀏覽休息室的桌椅、地毯，以及原木格狀天花板。盡頭垂著掛簾，彷彿隱藏著什麼，但裡面一片漆黑，無法想像究竟藏有何物。前面擺著一對金色屏風，畫滿鶴與浪等吉祥圖案。

一名穿著日式裙褲的男人出來告訴我們，新娘和女介紹人在前，新郎和男介紹人在後，接著親戚們依序排列。可是身負重任的介紹人岡田沒帶兼同來，連忙找父親商量：「只好麻煩一郎和直擔任男女介紹人了，就這一次。」父親簡單回答：「好吧！」嫂嫂依然是那句：「隨便。」大哥也說：「都可以。」然後他又補上一句：

「不過我們這樣的夫妻擔任介紹人，可能對他們不大好吧？」

「怎麼會不好呢——比我擔任那角色光榮。對吧，二郎。」岡田還是慣常的輕鬆口氣。大哥好像想要說明理由，隨即改變主意說：「那麼，我答應試試這從未擔任過的角色，不過我什麼都不會。」父親說明：「沒關係，自然會有人教你。其實，這種角色本來就不必做什麼。」

36

過拱橋時，前面的人有事停了下來，我趁機拉拉岡田衣服後面，說道：

「岡田，你可眞悠哉。」

「怎麼說？」

他根本沒有意識到身爲介紹人竟然沒帶妻子同來，是件不夠愼重的事。聽我說他漫不經心，苦笑著抓抓頭皮答道：「老實說，我想過要帶她一起來，但是想想，總會有辦法吧……」

下了拱橋，來到入口處，新娘坐在一大片鏡子前面，把手浸入黑漆盆中洗濯。我從後面踮腳看到貞的背影，心想原來是這件事使隊伍慢下來。同時差點噗哧笑出來。我之所以發笑，是因爲貞刻意抹上白粉的手，即將爲此神聖的一瓢水，悲慘地恢復原來面貌。

神殿左右另有房間，大哥陪佐野到右邊房，嫂嫂陪貞到左邊房。他們在衆人注視下從左右房間出來就位，大哥夫婦滿臉嚴肅地對坐著，新郎新娘當然也恭謹地相對而坐。

面對禮壇，並列在後方的雙親和我們肅靜地眺望這兩對另具意義的夫妻、美麗的彩繪太鼓，以及不知內藏何物的垂簾。

大哥心裡不知想些什麼，看在別人眼中卻沒有一點不尋常。嫂嫂泰然自若，和平常沒兩樣。

他們結婚多年，在過去幾年中已品嚐夫妻這種社會性的重要經驗。對他們而言，以其經驗當做人生歷史的一部分，或許是很難再有的寶貴經歷。但就任何角度來說，似乎都不像蜜般甘甜。這對擁有痛苦經驗的夫妻，是否要把他們並不幸福的命運分給眼前的年輕男女，又造成一對新的怨偶？

大哥是位學者，也是個極重感情的人。他那蒼白額頭內部或許做如此想，甚或更深一層的想法。說不定他正坐在那兒兼導悲劇與喜劇，也就是在自己詛咒婚姻的同時，以介紹人的身分讓新郎和新娘握手。

總之，大哥嚴肅地坐著，嫂嫂、佐野和貞也神情肅穆。接著，儀式開始了。一名女助祭中途因爲腹痛退下，由助手代理。

坐在我旁邊的重對我耳語：「場面比大哥的婚禮冷清多了。」大哥結婚時吹簫打鼓，女助祭交錯左右，和彩蝶般翩翩飛舞，場面隆重。

「妳出嫁時會辦得像大哥那時一樣熱鬧。」我向重說，重笑了起來。

婚禮結束，大家回休息室時，原本和我們一起站著的貞，特地跪坐在地毯上答謝衆人這些年來的照顧，眼中噙滿淚水。

新婚夫婦隨即偕同岡田搭下午的火車，朝大阪而去。我站在雨中的月臺上，送走將在箱根一帶滯留兩、三天的貞後，辭別父兄獨自返回住處。一路上，我把當然會輪到自己的婚姻問題當成人生不幸之謎般思索著。

37

貞被攫走般消失無踪後的家，依然籠罩在往日氣氛中。依我看，貞是家中最悠哉的人。她在長年照顧自己的家中朝夕灑掃、洗刷，甘於女傭或雜役的地位十年之久，然後毫無怨言地在雨中伴隨佐野搭車離開東京。她的心似乎也跟平日做慣了的工作一樣，清楚而具機械性。即使應視爲全家團聚的例行晚餐時刻一片陰沈氣氛時，貞仍若無其事地置身其間，照常服侍大家吃飯。我並不知道貞婚前不久被叫進大哥書房，出來時那滿臉紅暈和盈眶淚水對她的未來有何意義；但以她的個性來說，我不覺得她會因此而長期受到影響。

隨著貞的離去，冬天也到盡頭。與其說冬天過去，不如以沒發生什麼大事便到盡頭來形容，或許比較適當。疏落的雪、搖晃枯枝的風、封鎖洗手臺的冰，這些例年規律重複的情景映入我的眼簾後，一一消逝。大自然的寒冷課程年年複習時，番町的家始終靜止不動。家中人與人的關係，也勉强維持老樣子。

我的地位當然沒有變化，只是重偶爾會半爲遊玩半爲訴苦地到我這裡來。每次她來，都說：「不知貞現在怎麼樣？」

「現在怎麼樣——她沒告訴妳嗎？」

「有是有，可是……」

我追問的結果，發現重對貞婚後情況所知遠勝於我。

此外，我也沒忘了問大哥的近況。

「大哥怎麼樣？」

「怎麼樣？你眞壞，回家也不見見大哥就走了。」

「我並不是故意避著他。我回去時他總是不在家，沒辦法。」

「胡說，你上次回家時沒上二樓就逃走了，還敢這麼說。」

重比我老實，說得漲紅了臉。自從上次的事件後，我雖有心和大哥恢復邦交，但事情的發展正好相反，使我益發覺得他難以接近。所以正如重所說，我回家後即使有機會和大哥打招呼，也多半儘量避開而返回住處。

我說不過重，只能哈哈一笑，無言地表示投降，要不然就是故意摸著唇上短髭，照例點起香煙吞雲吐霧。

不過，有時重反而突然說：「大哥也眞是個怪人，我現在才覺得難怪你會和他吵架，甚至搬出來住。」重這句話一方面使我驚訝，一方面也高興又有個人站在我這邊。然而表面上，我並沒有幼稚到附和她的意見，也沒有叱責她的自以爲了不起。只是在她回去後，方才的想法忽然有了一百八十度大轉變，深以大哥的精神狀態波及周遭爲苦。有時更加倍同情日益與生物隔絕，日益埋首書堆的他。

38

母親也來過一、兩次。最初來時情緒頗佳，煞有介事地問些隣室所住法學士上那兒去，或在那裡上班之類連我都搞不清楚的事。當時她壓根兒沒提起家中近況，叮嚀我說：「最近到處流行感冒，小心點。你爸爸兩、三天前直說喉嚨痛，正在冷敷呢！」母親走後，我根本沒工夫想大哥夫妻的事。忘掉他們之存在的我洗了個舒服澡，津津有味地吃晚飯。

第二次來訪時，母親的神態比起上回略有不同。大阪之行以後，尤其當我在外賃屋居住後，她似乎刻意避免當著我的面批評嫂嫂。或許由於內疚，除非有必要，我也儘量不在母親面前提嫂嫂的名字。但是，我這位細心的母親突然問道：「二郎，我們私下在這裡談，直的性情到底是好是壞？」聞言，我心裡涼了半截，不知究竟發生什麼事？

自從在外賃屋居住後，我完全沒有勇氣針對大哥或大嫂，不負責任地說出任何不謹慎的話。因此，母親沒能從我口中獲得滿意的資料便回去了。至於我，也在面對這突發的可怕問題卻始終不得要領的情況下，任母親離去。當我問：「是不是又發生什麼令人擔心的事」時，她只答：「沒什麼不同尋常的事……」然後打量我的臉而已。

她回去後，我開始被這個問題所捆綁。但是綜合前後情況和母親的態度仔細一想，我判斷家中不可能發生新的風波。

母親也是因爲過度擔心，以致始終無法了解嫂嫂。

最後我做此解釋，而有深陷恐怖夢境的感情。

重來過，母親也來過，唯獨嫂嫂從未出現在我房中圍著火盆取暖。我也明白嫂嫂故意迴避不來，自然有她的道理。某次我回番町時，她問道：「二郎，聽說你租的那地方相當高級，房中有很好的地板，院子裡種著漂亮的梅花？」不過她沒說：「下次我去看看。」我也不便說：「歡迎光臨。」但她口中所說的梅花，只是從某處挖來移植，並沒有什麼特殊意義。

與嫂嫂不來的意義不同，卻也可說含意相同，大哥同樣未曾在我房中露面。父親也沒有來過。

三澤倒是常常來。我利用某次機會，不落痕跡地試探他是否對重有意。

「是呀，她也到了適婚年齡，該找個好人家嘍！趕快替她物色對象，免得她不高興。」

他只是這麼說，顯然沒當做一回事。於是，我就此死心。

似長又短的冬天，在彷彿會出事卻又安然無恙的我眼前，平凡地反覆著風、霜、雨、雪……等既定的功課，就這樣過去了。

塵勞 52

1

陰沈冬日被春風吹走時，我如同自冰窖露臉的人一般，眺望明亮的世界。在我內心某處有個感覺，這明亮世界就像剛剛過去的冬天一樣平凡。不過，我還不至於老到忘掉吸入春天氣息的舒暢感。

天氣晴朗時，我都會打開紙門眺望馬路。也仰望在屋簷那頭的蒼穹，期盼能前往遠方。若是還在學校，現在應該已是春假旅遊之際，但開始到事務所上班的我根本不敢奢望那種自由。甚至連難得的禮拜天也沒去散步，而終日睡眼惺忪地窩在住處。

我以半迎接春天，半詛咒春天的心情，回住處吃完晚飯後，坐在火盆前抽煙，茫然想像自己的未來。在我所編織的未來夢境中，隨時會有向我獻媚的華麗色彩夥同新加入的佐倉產木炭，紛紛地燃燒起來；但有時也會光澤盡失，全部黯淡如灰。不知怎地，我常由這種想像的夢境猛然返回現實，並且思忖命運究竟以何手段連繫現在的我與未來的我？

在一個黃昏時刻，當我正迷惑在現實與幻想之間，凝神烤火取暖時，不經意地被女傭嚇了一跳。我可能把注意力集中在自己身上，沒留心走廊上女傭的腳步聲。她突然拉開紙門時，我才抬眼與她相對。

「可以洗澡了？」

我馬上這麼問，因爲我覺得除了這件事外，女傭不可能在這個時候拉開我的紙門。女傭站著答聲「不是」，便沈默不語。我在女傭眼角看到一股笑意，笑中巧妙地閃過以女性方式享受玩弄對方那瞬間的快感。我銳聲向女傭說：「幹嘛楞在那兒？」女傭立刻跪坐門邊，然後稍露認眞表情答道：「有客人。」

「是三澤吧？」我說。由於某件事，我正在期待三澤來訪。

「不，是個女的。」

「女人？」

我詫異地蹙起眉頭看著女傭。女傭反而若無其事地說道：

「要不要請客人進來？」

「客人叫什麼名字？」

「不知道。」

「不知道？怎麼不問名字就讓客人進門？」

「可是我問了她也不說。」

說著，女傭眼角又泛起先前那種不懷好意的笑影。我移開火盆站起來，趕走跪坐門邊的女傭似地走到門口。然後，看見了穿著外套瑟縮在玄關一角的嫂嫂。

2

那天一早就烏雲密佈，而且驅逐持續多日晴朗天氣似地吹起寒風。從事務所回來時，我豎起外套領子走著，一路上直擔心會下雨。剛才吃晚飯那當兒，雨便靜靜地下了起來。

「這麼冷的晚上，妳居然出門了。」

嫂嫂輕輕答聲：「是的。」我把先前自己所坐的座墊翻過來，放在三尺大的牀之間前面，說道：「這邊請坐。」她輕滑下一隻外套袖子，向我說：「別把我當客人。」我放開按鈴喚女傭沖洗茶具的手，注視她的臉。她那受寒冷戶外空氣吹凍了的面頰比任何時候都蒼白，直射我的眼眸。平常總是帶著寂寞感的單邊酒渦在消失的瞬間閃了一下，流露異於平日的落寞。

「沒關係，請坐。」

她依言坐在座墊上，白晰的手指伸在火盆上取暖。正如外貌所能想像，她是個指型特殊的女人。在她與生俱來的各樣器官中，自始便吸引我注意的正是那纖手美足。

「二郎，你也伸出手來取暖吧！」

不知何故，我躊躇著不敢伸手㊽。這時，窗外雨聲蕭蕭。白晝時狂飆的西北風隨雨而去，天地間出奇地平靜，只有偶爾敲打導水管的雨滴聲巴噠響著。嫂嫂以一如平常的穩重態度環視房中，說道：「果然是個好房子，而且很靜。」

「晚上看起來好像不錯，白天來看就知道了，到處髒兮兮。」

我和嫂嫂暫時對答，其實心裡才不像話中所示那麼平穩。在此之前，我壓根兒沒料到嫂嫂居然會來找我。連幻想都不曾有過。當我在玄關口乍見她的身影，不免心中一驚，而這種「驚」中所含不安的成分多過驚喜。

「爲什麼來？這麼冷的天氣，爲什麼特地來這一趟？爲什麼特地在晚上亮燈後才來？」

這是我見到她那瞬間的疑惑。一開始就受制於此種疑惑的我，儘管隔著火盆以日常態度與她對坐，心中卻有股源源不絕的壓迫感。使我的談話和語氣充滿僵硬不快的焦躁。我很清楚地明白這一點，也自覺對方腦中顯然輕易看出我的不自然，但是我無計可施。我同嫂嫂說：「本來寒意稍微緩和，卻又冷了起來。」我說：「下雨天妳還來。」又問：「爲什麼這個時候來？」談話到此，我的心中得不到一線光明。當我越說越感僵硬，不禁在蒙娜麗莎似的神祕微笑前楞住了。

「二郎，一陣子不見，你突然變得拘謹了。」嫂嫂開口說道。

「沒那回事。」我回答。

「不，你的確是。」她又說。

3

我起身繞到嫂嫂後面。她背向三尺大的牀之間坐著，因爲房間狹窄，腰帶那兒幾乎碰到杉木柱子。我向當中踏入一步時，她相當拘束地往前探探身子問：「你想幹什麼？」我一腳懸在半空中，從牀之間裡頭拿出黑漆食盒放在她面前。

「吃這個吧！」

我說著就要掀蓋子，她微微苦笑。食盒裡整齊地擺著灑了白糖的紅豆糯糬，我才知道昨天是春分。我看著嫂嫂的臉，認眞問道：「要不要吃？」她噗哧笑出聲來。

「你這個人眞是的，這盒糯糬不是昨天才從家裡送來的嗎？」

我苦笑著吃了一個，她爲我倒茶。

吃著紅豆糯糬，我終於確定她今天是在返鄉掃墓後回家的路上繞到這兒。

「很久沒向妳娘家的人請安了，他們都好吧？」

「謝謝，都很好……」

向來沈默寡言的她只簡單地回答，然後加上一句：「提起請安，你也很久沒回番町了。」說著注視我的臉。

我的確疏遠了番町。起初還以家中之事爲苦，一週不回去一、兩趟就覺得不對勁。但是不知何時，已經培養出遠離中心而從旁觀望的習慣。旁觀時使我產生一種自覺，認爲自己不回家似是家中平靜的主要原因。

「爲什麼不像以前那麼常回家？」

「因爲工作比較忙。」

「哦，眞的嗎？不是吧？」

我受不了嫂嫂如此追問，而且不明白她的心思。因爲不管別人怎麼樣，我深信嫂嫂絕對沒有勇氣追究這一點。我本想說：「妳太大膽了。」然而早已被對方蔑視爲膽小鬼的我，畢竟是個卑怯的人。

「我眞的很忙。還這樣的，最近我想用功一點，已經開始準備，所以那兒都不想去。一直做這種工作沒什麼發展，實在沒意思，我打算今後多唸點書，過一陣子到國外見識見識。」

後半段的回答當眞是我的願望。當時我不惜任何手段，只盼能走得遠遠的。

「國外？你想出國？」嫂嫂問道。

「可以這麼說。」

「很好嘛，求爸爸早點讓你去。要不要我替你說？」

我本來只是夢想這件事能夠實現，並不强求。聽她這麼說，我連忙搖頭：「爸爸那兒行不通。」她沈默片刻，然後以憂鬱的口氣說：「男人眞輕鬆。」

「一點都不輕鬆。」

「可是當男人感到厭煩時，不是可以海濶天空任遨遊嗎？」

4

不知不覺中，我伸手在火盆上取暖。這個火盆既高且厚，大小卻和一般箱型火盆沒有兩樣，所以兩人面對面伸手取暖時，鼻眼湊得很近。嫂嫂一坐下就喊冷，像駝子似地弓著背坐著。她畢竟是個女人，我不能譴責她那姿勢。結果，我勢必往後仰著身子坐。除了此刻，我從未在這麼近的距離長久凝視她姣好的額頭。驀地，我覺得她蒼白的面頰如火燄般令人目眩。

我在這窘迫拘束的情況下，突然聽她說起一個討厭的事實——自我離家後，她和大哥的關係也只是一直朝惡劣的方向前進。從前她始終採取非我發問，否則絕口不談大哥的態度；而且即使問起，她也總是微笑地回答：「還是老樣子。」或者說：「不必擔心。」但現在完全相反，居然主動向我說出那折磨我多時的問題眞相。因此，卑鄙的我有種突然被潑硫酸似的灼痛感。

然而一旦出現端倪，我便想追根究柢。但是，不喜多費唇舌的她不讓我稱心如意。所說盡是閃過他們夫妻間的尷尬氣氛而已，並且隻字不提尷尬的近因。當我問起，她只說：「不知道什麼緣故。」或許她眞的不知道，也可能明明知道卻故意不說。

「我天生愚笨，沒辦法。反正不管怎麼樣，只能順其自然。這麼想就會死心，心裡比較好過。」

她似乎自始便懷著不怕命運的宗教心，單獨地來到這世上。看樣子，她也有對他人命運無所畏懼的個性。

「男人一旦心生厭倦，就能像你這樣一走了之，女人卻不能。我就像父母親手種植的盆栽54，一旦種下，除非有人移植，否則根本無法動彈。除了在原地枯萎，沒有第二條路。」

我在這楚楚可憐的訴說裡，如觸電般感受到女性深不可測的强韌。當我想到這韌性對大哥會有什麼作用時，不禁倒抽一口氣。

「大哥只是情緒不好嗎？有沒有其他不對勁的地方？」我問。

「嗯，這很難說。是人嘛，總會不知何時生個什麼病。」

不久，她從腰際取出小巧的女用手錶看。由於房中相當安靜，闔上錶蓋的聲音格外清脆。猶如銳利針尖接觸皮膚般扎心。

「我要回去了——說了這些可厭的話，讓你很傷腦筋吧！我從沒告訴任何人這種事，就連今天回娘家也沒說出口。」

等在門口的車夫提燈上，印著她娘家的家徽。

5

那天晚上，下了一夜靜靜冷雨。在拍打枕頭般的雨滴聲中，我不斷描繪嫂嫂的幻影。當眼前浮現濃眉深眸，蒼白額頭與面頰隨即以磁石吸鐵的速度反映周遭。她的幻影數度崩潰，每次崩潰後馬上又重複同樣的順序。終於，我清楚地看到她芳唇的色澤，也看到唇角兩邊肌肉宛如不發聲響的言語符號般微微顫動。然後，我看到她的臉頰波濤起伏，企圖逃避肉眼注意的細微漩渦呈現接近酒窩或消逝無踪的迷惑姿影。

我激烈地想像栩栩如生的她，在淅瀝的雨聲中不著邊際地思索各種事，熱烘烘的頭開始煩惱。

既然她和大哥關係惡化，那麼無論我身在何處，心中絕對不得安穩。我針對這一點，向她要求更具體的說明，然而不像一般女性將零碎事實當做訴說題材的她並不理睬，幾乎漠視我的要求。結果，我等於焦慮地接受她的訪問。

她的一言一語暗如黑影，又似閃電般敏捷地投入我的胸口。我結合黑影與閃電，試想是否大哥在這段期間脾氣躁怒，而向嫂嫂做出前所未有的粗暴行爲。將「打」字與「叱責」或「虐待」並排，會產生令人厭惡的殘酷感。嫂嫂是現代女性，或許可以完全這樣解釋大哥的行爲。當我問起大哥的健康狀況時，她冷冷地說人總是會生病，事實上，她應該知道我擔心的是大哥的精神狀態。因此，她那比平常更加冷淡的回答，可說是把加諸自己美麗肌膚上的鞭子聲，當做對丈夫的未來有所反應的復仇之聲——我感到一陣恐怖。

我想，明天得到番町偷偷向母親打聽他們兩人的近況。可是嫂嫂已經明白表示，他們夫妻關係的變化至今無人知道，也沒有告訴任何人。在這世上，只有我的胸口茫然被烙上這光影閃電般的言辭。

向來沈默寡言的嫂嫂何以單單告訴我一個人？她今晚也鎮靜一如往昔，使我無法認爲她是因爲滿腔激奮無處訴說而特來找我。首先，「訴說」這個名詞就不適合她的態度。就結果而言，我的確被她攪得焦慮起來。

她望著面對火盆取暖的我，問道：「你爲什麼渾身拘束感呢？」我答：「我並不感到拘束呀！」她笑著說：「那麼，幹嘛老是把身子往後仰？」當時，她的態度親密得活像就要以纖纖食指從火盆對面戳向我的面頰似的。她又叫著我的名字說：「嚇了一跳吧？」語氣彷彿寒冷雨夜驟然來訪使我吃驚，是件愉快的惡作劇……。

我的想像與回憶和著雨滴拍子，漫無止境地旋轉到深夜。

6

往後三、四天，我的腦袋始終有嫂嫂的幽靈追逐纏繞。即便是站在事務所桌前繪製重要圖稿時，也無從驅除這作祟的幻影。有一天，甚至產生始終得藉助他人進行工作的焦慮感。我很懷疑，像我這樣神遊太虛似地做事，別人爲什麼不覺得奇怪？在事務所裡，我早就是公認的「不快活的男人」，近來更是難得說上一句話，可能因此這三、四天來的變化沒能引起別人注意。我這麼想，獨自感受與周遭全然隔絕者的孤獨寂寞。

這段期間，我從各種角度審視這位嫂嫂——自從嫁入我家那日起，她已超越連男人都無法超越的某事。或許自始就沒有她必須超越的牆或壁，自始她就是個不受拘限的自由女人[55]。直到今天，她的行動只不過是不拘泥於任何事的天眞表現。

在我眼中，有時她似乎把一切擱在心裡，是個不輕易表露自己的所謂穩重人物。從這種意義來看，她遠超一般穩重者的範疇。那鎮定，那品味，那沈默寡言，任何人都會將她評定爲過於穩重的人。而她那看似厚顏的膽氣，著實令人驚訝。

某一刹那，她恰似忍耐的化身般佇立我面前。而且，忍耐中潛藏不落痛苦痕跡的高貴之處。她以微笑代替蹙眉，以促膝端坐代替伏地痛哭，猶如等待跪坐的腳逐漸腐爛一般。總之，她的忍耐遠超「忍耐」二字本意，而是某種近乎她本身的自然產物。

這位嫂嫂在我眼中顯現了多樣性，在事務所桌前，在早餐桌上、在回家的電車上、在住處火盆邊，展露各種不同的風貌。我獨自承受著痛苦，未曾向人訴說。這陣子我想過索性到番町探明眞相方爲上策，但卑怯的我沒有勇氣付諸行動。明知眼前有可怕的東西，卻故意閉眼不看。

第五天，也就是週末下午，父親突然打電話到事務所找我。

「二郎嗎？」

「是的。」

「明天早上我去找你，可以嗎？」

「哦。」

「不方便？」

「不，沒有……」

「那麼等等我好嗎？再見。」

父親就此掛上電話，使我一時不知所措。來不及問淸楚到底有什麼事的我，一放下電話就後悔了。我立刻感到詫異，如果有事應該叫我去才對。父親破例親自出馬是否和嫂嫂上次來訪有關？我心中更加不安了。

回到住處，桌上擺著一張岡田寄自大阪的圖畫明信片。那是他們夫妻約佐野和貞，在郊外共度愉快半日的紀念。我在桌前，盯著明信片看了好一陣子。

7

禮拜天，我一向日上三竿才肯起牀。唯獨這天，我一早就翻身而起。飯罷看報紙時，總覺這張報紙是等火車時買來匆匆過目，根本沒什麼好看。我馬上拋下報紙，但是不到五、六分鐘又拿起來。我一會兒抽煙，一會兒仔細擦拭模糊的鏡片，東摸西摸地等候父親。

父親一直沒來。我知道父親向來早起，並且自小就習慣他的性急。我的心裡七上八下，盤算著該不該打電話問父親到底怎麼回事。

與母親較為親暱的我，平常就對父親畏懼三分。然而事實上，柔和的母親反倒比嚴厲的父親可怕。父親氣我、罵我時，我雖惶恐，心中卻總認為男子漢就是男子漢。但此時非比尋常，縱然他是我的父親，我也不能把事情看得太簡單。於是，我放棄打電話的念頭。

十點左右，父親終於來了。他穿著正式和服，服裝雖嫌過於隆重，表情卻意外地溫和。自小在他身邊長大的我，早已累積不少察顏觀色的功力。

「我以為你會早點來，從剛才就一直在等。」

「八目窩在牀上等吧？如果要比早，再早也難不倒我。我是不忍心太早來，才故意晚點出門。」

父親把我替他倒的茶，似嚐非嚐地湊到嘴邊，一面仔細打量四周。房中只有桌子、書櫃和火盆而已。

「這房間不錯。」

即使對我們小輩，父親也常說這種相當討喜的話。不知何時，他已將長年社交用慣的話帶入毋需拘禮的家庭中。因此已經老掉牙的客套話，在我耳中只不過是別人口中的「早安」而已。

他探頭看看三尺大的牀之間，瀏覽掛在那兒的畫軸。

「恰到好處。」

這是一幅我爲了裝飾牀之間，特地向父親借來的小型掛軸，只有一般尺寸的一半大。當時他只說：「這個你可以拿去。」便扔給我。所以對我來說，根本不是什麼稱得上恰到好處的藝術品。我望著畫軸，一臉苦笑。

畫軸上以淡墨斜掃一道粗槓，所題詩詞爲：「此槓不動，一觸即動。」總之，是幅既不像字又不像畫的無聊之物。

「你雖覺可笑，但這也是古雅之物，好歹是幅裝飾掛軸。」

「誰的作品？」

「不清楚，好像是大德寺[56]什麼的……」

「對。」

父親無意就此結束掛軸方面的解說，向我大談大德寺及黃檗[57]之類的乏味事項。

最後他說：「你了解這槓中之意嗎？」這句話使我大傷腦筋。

8

這天，我陪父親參觀上野的表慶館[58]。從前我曾經陪他去過好幾次，我想他不可能爲此專程來找我。我在偕同父親步出住處大門，前往上野的途中，一直期盼他說出此來本意。但我沒有勇氣主動問起，聲帶彷彿被緊緊紮住，使我無法在他面前說出大哥和大嫂的名字。

走進表慶館，他站在利休的書信前，勉强地唸著艱澀難懂的字。當看到御品王義之[59]書信時，他感佩道：「嗯，原來如此。」我覺得那些書信很無聊，便說：「足以令人加强意志。」父親聽了，問道：「爲什麼？」我無言以對。

兩人走進二樓大廳，那兒懸掛十幅左右應舉[60]的畫。奇怪的是每幅畫作都具有連續性，除了右端立巖三鶴及左隅振翼而飛的一隻鶴外，約有五、六公尺的畫面全被波浪塡滿。

「看來是剝除紙門上的圖畫做成掛軸。」

父親指示我看每幅畫上殘留的白痕，以及紙門開闔之際被手磨損的痕跡。我站在大廳中央，由於父親的關係，終於對繪此巨畫的古人產生敬意。

走下二樓時，父親講解了玉[61]和高麗燒[62]，也告訴我柿右衛門[63]這個名字，最無聊的是道入的碗[64]。兩個疲憊的人終於走出表慶館，在右邊可見一棵遮掩館前的高聳蒼松的漂亮小徑上漫步。但是，父親仍未說起重要的事。

「快開花了。」

「是呀！」

兩人又慢慢走到東照宮前。

「到精養軒吃飯吧！」

時間已是一點半。從小每次陪父親外出，一定會在外頭吃飯。已經養成這種習慣的我雖已成年，也沒有把陪父親外出和吃大餐分開來想。可是這天不知怎麼回事，總想早點和父親分手。

精養軒門口裝飾著縱橫交錯的繩子，繩上懸滿密密麻麻的五色旗，以鮮麗多彩的氣氛迎接賓客。

「今天好像有事被包下來了。」

「不錯。」

父親停下腳步，從能瞥見旗色的樹木隙縫放眼眺望，然後想起什麼似地問道：

「今天是二十三日吧？」這天的確是二十三日，也是大哥的朋友K君結婚的日子。

「我差點忘了。大約一個禮拜前接到喜帖，是寄給一郎和直的。」

「K先生不是結過婚了嗎？」

「哦，不大清楚，好像是第二次吧！」

兩人下了山，終於走進左邊的西餐廳。

「這裡能看到馬路，說不定一郎會戴著禮帽經過。」

「嫂嫂也一起去？」

「這個嘛……」

我們坐在前有矮花瓶的二樓靠窗座位，俯瞰寬敞的三橋馬路[65]。

9

吃飯時，父親談得很愉快。但直到喝過咖啡，他始終沒有說出找我的用意。走出餐廳，他以這才注意到的表情眺望對面的白色大建築物。

「勸工場[66]已經變成電影院了，我一點都不知道，什麼時候改建的？」

白色洋樓正面以金字書寫的招牌周圍，裝飾著無數廉價彩旗。由於職業上的素養，我以不堪入目的眼神打量這誇大地樹立在東京中央的粗陋建築。

「社會的快速變遷眞令人吃驚。這樣想來，不曉得自己什麼時候會死掉呢！」

今天是個晴朗的週日，路上行人如織。在色彩繽紛、神采飛揚、步履輕快的人潮中，父親此言與周遭氣氛極不調和。

我打算在番町與住處岔口向父親道別。

「有事嗎？」

「嗯，有一點……」

「如果不重要，跟我回家吧！」

我手按帽沿猶豫著。

「沒關係，走吧！自己的家，偶爾也該回去。」

我不好意思地跟在父親後頭，父親隨即回頭說道：

「你最近老是不回來，家人都感到奇怪，直說二郎到底怎麼了。別人是因爲客氣而不便打擾，你卻是太不客氣而不回去請安，更不應該。」

「話不是這樣說……」

「總之，你最好回去一趟。有話回去後自個兒向你媽說，我的任務只是拖你回去。」

父親逕自向前走。我一面暗自苦笑父親這對待未成年孩子似的態度，一面默默跟上父親的腳步。今天的天氣和前些日子大不相同，已經繞到南邊的太陽向我們灑下春日第一天的溫暖陽光。身裹水獺領笨重日式斗篷的父親和穿著略厚外套的我，都因剛才的運動感到一身濕熱。我難得在這初春半日裡，被父親拉著四處逛。最近我很少伴著老父親並肩行走，也不知今後能有幾次這種機會了。

在隱約的不安中，我感受到些微喜悅及一股隨之而來的無常感。於是，我懷著把自己交託此種突發感傷氣氛的心情邁開大步。

「你母親很驚訝，秋分時叫人送來糲糬，你沒回消息，也不送還食盒。回來一下也好，可是你不見人影。又不是有突然不能回來的理由。」

我沒答腔。

「我今天是想把好久不見的你帶回去讓大家瞧瞧——你最近沒和一郎見面吧？」

「是的，搬出去後就沒見過他。」

「你看，沒寃枉你吧！不過眞不巧，一郎今天不在家。都是爸爸不好，忘了上野的喜宴。」

在父親的帶領下，我終於踏進番町大門。

10

走入房中，母親見了我只說：「哦，好難得。」我幾乎是被權勢強拉到此處，但一路上感於父親盛情，暗地裡想像回家後與母親會面那瞬間的光景，不料預想被母親一句話便擊得粉碎。原來父親沒知會家人，逕自對我這觀念偏差的兒子盡此善意之舉，重以打量私逃家犬的眼神瞅著我，說道：「迷路的孩子回來了。」嫂嫂照例不多話，只招呼道：「你回來了。」她那模樣，似乎將那天晚上獨自去找我的事忘了個精光。有鑑於此，我也在人前隻字不提。比較快活的是父親，交雜些許詼諧與誇張，得意洋洋地向母親和重訴說如何把我引誘出來。「引誘」二字聽在我耳中，既誇張又滑稽。

「春天到了，大家應該快活點。最近家裡死氣沈沈，活像鬼屋，陰森森的。時代不同了，連桐畠都蓋起大樓來了。」

所謂桐畠，是我家附近一塊三角地帶的名稱。自古傳說住在那兒會惹鬼物上身，因此多年來一直是片空地。不久前，終於有人買下來蓋大樓。父親深怕自己的房子成爲「桐畠第二」似的，精神抖擻地向家人發表談話。平常他住慣內屋相連的兩個房間，有事總是照例叫母親或大哥過去。可是這天一反常態，他自始便沒進自己的起居室，只是脫掉下褲和外衣，就坐著和我們聊了好一陣子。

偶爾回來看看自己住慣了的家，可以享受回憶之情，記得當初搬出去時天氣還冷，客廳的兩道門緊關著，院子裡一片白霜，殘酷地摧殘地面青苔。如今戶外隔板悉數收容到板窗隔裡，內門也向左右敞開，儘量讓房中的一切得見天日。樹木、青苔、石頭全由大自然直入眼簾，大異離家時的情趣，也和目前的住處截然不同。

我坐在往日的記憶中，和久違了的父母、妹妹及嫂嫂聊天。家人中獨缺大哥，而他的名字從剛才就未曾出現談話中。聽說大哥參加K君的婚禮去了，我不敢確定他究竟是受邀赴宴、前往上野，或者只是不在家，唯一知道的是嫂嫂沒有去參加婚禮。

我苦於大哥的名字不曾出現談話中，同時也忌諱他的名字被提起。當我懷著這種心情審視衆人，竟然找不到一張天眞的臉龐。

過了一會兒，我向重說：「重，讓我參觀妳的房間。妳老是炫耀房間變得很漂亮，我非看不可。」她答道：「當然，不是我誇口，你去看吧！」不過，我先探視離家前朝夕度日的自己最熟悉的房間。重從後面跟來。

11

她的房間沒有誇耀中那麼漂亮，但比起當初的凌亂，似乎飄浮著一絲嫵媚。我在桌前的華麗座墊上盤腿而坐，環視四周說道：「原來變成這樣。」

桌上擺著日製曼鳩利卡盤[67]，分離派[68]長頸瓶插著一朵人造薔薇花。旁邊的牆上，掛飾一塊白色大百合刺綉壁毯。

「很摩登吧？」

「很摩登。」

重若無其事的臉上露出得意之情。

我在那兒調侃了重一番，過了五、六分鐘，不經意地問她：「大哥最近怎麼樣？」這時，她突然壓低聲音答道：「很奇怪。」重的個性和嫂嫂正好相反，在這種場合對我相當有利，只要開個頭，往後根本不必由我引導，肚裡藏不住話的她自然會和盤托出。說到後來，甚至讓我聽得厭煩透頂。

「妳是指大哥很少和家人說話？」

「對。」

「那和我離家時還不是一樣？」

「可以這麼說。」

我失望極了，邊想邊不客氣地往曼鳩利卡盤敲煙灰。重滿臉厭惡地說：

「那是筆盤，不是煙灰缸。」

當我領悟到從聰慧不如嫂嫂的重那兒不會有任何收獲，而想回父母所在的房間時，她突然說了件奇怪事。

據她所言，大哥最近好像認眞研究精神感應[69]什麼的，讓重站在書房外，自己擰手臂後問：「重，剛才大哥擰了這裡，妳的手臂痛不痛？」要不然就是自己在房裡喝茶，問道：「重，剛才妳的喉嚨有沒有喝東西似地咕嚕作響？」

「在聽他說明之前，我嚇了一跳，還以爲他一定是瘋了。後來大哥告訴我，那是法國某人所做的實驗，又說我感受性遲鈍才會沒有反應。我聽了倒是很高興。」

「爲什麼？」

「要是有反應，簡直比得霍亂還討厭。」

「那麼討厭嗎？」

「那還用說，就算是爲了做學問，那種事總是令人心裡發毛。」

在可笑中，我也有一種不舒服的感覺。回到房間，已經看不到嫂嫂的影子。父親正向母親竊竊私語，一點都不像先前還獨自逗得全家鬧哄哄的人。「唉，沒想到會把他養育成那個樣子。」我聽到這句話。

「那樣的話眞傷腦筋。」也聽到這麼說的聲音。

12

我在席上聽父母說起大哥的近況。他們所列舉的事實除了證實我經由重得來的消息外，並未添加其他新知識。看他們說話的樣子的確深以大哥的存在爲苦，實在非常可憐。他們（尤其母親）說，爲了大哥一個人，家裡氣氛古怪。他們自認比一般父母疼愛孩子，這份自信使他們的不滿染上更深濃的色彩。我想，他們私底下一定認爲沒有理由被自己的孩子搞得這麼不愉快。因此在我面前，他們除了談大哥的事外，並未責備任何人。連平日不滿意嫂嫂對大哥態度的母親，此時也始終沒有任何抱怨。

他們的不滿中，包含大量出自同情的憂慮。他們非常關心大哥的健康，也無法漠視他多少受健康影響的精神狀態。總之，對他們而言，大哥的未來是個可怕的未知數。

「到底是什麼？」

這是商討時一再重複的問題。老實說，這也是眾人紛紛離席後，兩人心中不斷茫然自問的話。

「他是個怪人，以前也常有這種現象。怪人就是怪人，總是很快就不藥痊癒，但這次就奇怪了。」

對哄著大哥長大的他們來說，大哥最近的行爲的確不可思議。他的陰鬱狀況，似乎打從我賃屋居住前後持續到現在，而且有直線惡化的傾向。

「我眞的很傷腦筋，覺得他又可恨又可憐。」

母親訴苦似地望著我。

我和父母商量的結果，決定勸大哥去旅行。以他們的本事根本說不動大哥，因此我所提委託大哥密友H先生出馬的建議，立刻獲得兩人的贊同。但是，拜託H先生的任務勢必落在我身上。距春假還有一個禮拜，不過學校的課程即將結束，如果要請他幫忙就得趁早，否則對彼此都不方便。

「那麼這樣好了，這兩、三天內我去找三澤，請三澤代爲轉告，或者看情況由我直接拜託他。」

由於我和H先生並不熟稔，無論如何總是少不了三澤從中斡旋。三澤就學時以H

先生爲保證人，畢業後也一家人似地出入H先生家。

臨走前我想向嫂嫂打個招呼，便稍微探視她的房間。房裡，嫂嫂坐在芳江面前，替光著身子的娃娃穿美麗的衣裳。

「芳江，妳長高了許多。」

說著，我把手放在芳江頭上。芳江突然被久未見面的叔叔這麼一哄，有點害臊地抿著嘴笑。走出房門時已近五點，大哥還沒有從上野回來。父親說難得回來，應該在家吃飯見過大哥再走。但是，我終於沒有留到那時候。

13

翌日事務所下班的路上，我去找三澤。那時他正好去理髮，但我還是不客氣地進去等他。

「這兩、三天暖和多了，大概快開花了吧？」

一家之主回來前，他的母親到客廳招呼客人，以慣常的客套話向我寒暄。

他的房間一如往昔，擺滿了圖畫和素描。其中也有尚未裝框的畫，直接用毛釘釘在牆上。

「不曉得畫的什麼東西，不過他很喜歡到處亂釘。」他的母親解釋道。這時，我注意到書架上有幅油畫和圓瓶擺在一起。

這是幅女人頭像，畫中女有對烏黑的大眼睛，柔和黑眸一片迷濛，使全畫飄浮夢幻般的氣氛。我盯著油畫，他的母親苦笑著回頭向我說道：

「那也是他前一陣子信筆塗鴉。」

三澤擅長繪畫，由於工作的關係，我對使用畫具也有點心得，但在豐富的藝術修養方面，我畢竟不是他的對手。看到此畫，我立刻連想到可憐的奧菲莉亞。

「很有意思。」我說。

「他說因爲是看著照片畫，無法揣摩出神韻，如果能在活著時畫就好了。這女孩是個不幸的人，兩、三年前離開人世。唉，跟我們特地爲她介紹的夫婿無緣。」

原來油畫模特兒是三澤所謂離婚而歸的那位「姑娘」。不等我發問，他的母親已說了許多有關她的事。但是對「姑娘」與三澤的關係，始終沒有透露半個字，也沒提起她罹患精神病的事。我並無意打聽那件事，反而主動結束這個話題。

話題一離開她，立刻轉移到三澤的婚事上。他的母親好像很高興。

「承蒙你關心，這次終於決定了……」

前些日子三澤的來信中提到想找我商量終身大事，聽他的母親這麼一說，我才明白信中之意。我向三澤的母親表達了一般人常說的賀詞，心中很想確定他那位未婚妻是否正如畫中之女，有雙烏溜溜的大眼睛。

三澤沒有我想像中那麼早回來。他的母親猜想他可能回來時順便上澡堂去，問我要不要派人去看看。我回絕了，一面又覺和她的談話單調得可憐。

我那位本想推薦給三澤的妹妹重現在還沒找到婆家，我和她半斤八兩，而已經結婚的大哥卻與嫂嫂感情不睦——對照地思索這些事，我怎麼也快活不起來。

14

後來，三澤回來了。最近他顯然非常健康，剛理過髮洗完澡後更是容光煥發。盤坐在我面前的他，的確滿臉洋溢著健康與幸福，言行態度也相當有活力。倘若突然告知我滿腹不愉快的話，他未免太快活了。

「你怎麼了？」

當他的母親離去，僅僅兩人對坐時，他這麼問道。我猶豫著，卻又不能不說出大哥的近況，並且請他拜託H先生勸大哥去旅行。

「看爸媽擔心成那個樣子，我不能袖手旁觀。」

聽完我說出最後一個字，他裝模作樣地雙手交叉胸前注視膝蓋。

「那麼我陪你去，兩人一塊兒比一個人說得詳細。」

對我來說，三澤的好意正中下懷。他換好衣服馬上起身，不久又從紙門後露面說道：「我媽說你好久沒來，想留你吃飯，正在準備呢！」其實我沒有心情平靜地接受招待，但是就算婉拒這頓飯，還是得找個地方吃飯。我模稜兩可地回答後，又一屁股坐在原位。同時，偶爾抬頭看看放在書架上的女人頭像。

「不好意思，沒什麼菜卻留你吃飯。只是家常便飯，請別介意。」

三澤的母親吩咐傭人上菜，再度在房裡露面。餐几上，擺著看來相當古老的九谷燒[70]酒杯。

雖然留下來吃飯，但偕同三澤離開時還比我想像中早得多。下電車走了五、六百公尺，來到H先生的客廳時，看看手錶只不過八點鐘。

H先生身穿綢布和服，腰纏白色縐綢腰帶，盤腿坐在椅子上向三澤說：「你帶稀客來了。」有著圓臉和五分頭的他一臉富泰，說話也慢條斯理，像極了說不慣日本話的中國人，每次張嘴，多肉的面頰便會顫動，總是一副笑容可掬的樣子。

正如態度所顯示，他的個性豪爽大方。以旁人看來似乎充滿拘束感的姿勢，怡然盤起雙腿坐在不甚穩固的椅子上。這種和大哥幾乎完全相反的氣質風度，卻成爲牽繫他與大哥的一種力量。或許是在凡事不抗拒的他面前，大哥反而無法產生抗拒心。直到現在，我未曾聽過大哥說H先生的壞話。

「你大哥還是那麼用功？過度用功是不好的。」

他悠然說道，凝視自己吐出的煙霧。

15

不久，三澤開口說出來意，我馬上跟著說明要點，H先生偏頭說道：

「那就奇怪了，不應該會那樣呀！」

他那詫異的模樣絕非作假。據他表示，昨天參加K君喜宴時在精養軒和大哥碰面，並且一起離開。兩人談得很投機，興高采烈地並肩行走。後來大哥喊累，H先生便把他拉到自己家。

「你大哥甚至在這裡吃晚飯，和平常沒有兩樣。」

被驕寵慣了的大哥平日在家一向很難侍候，在外頭的表現卻極爲溫和。不過那是以前，現在的他連「任性」二字都不足以形容。我必須在可能的範圍內，設法問出當時他們主要的談話內容。

「根本沒談起家庭方面的事。」

這也不是謊言，記性良好的H先生對當時的話題印象深刻，以最平淡的態度告訴我。

聽說當時大哥不斷談「死亡」，似乎對英、美流行的「死後研究」這個課題很感興趣，也做了不少這方面的調查。然而，調查結果好像無法使他滿足。他也讀過梅特魯林克[71]的論文，卻嘆息地說還是和一般的降靈術[72]同樣無聊。

H先生所說有關大哥的事，全都局限於學問和研究方面。H先生似乎把那些當做大哥的本事，認爲理所當然，但在一旁聽話的我，怎麼也不能把這樣的大哥和家裡的大哥分開來想，只能解釋爲家裡的大哥產生了學究大哥。

「當然，他有點心神不定。我不知道這是否和家庭有關，但他的確爲思想上動搖不定而傷腦筋。」

最後H先生這麼說，並且同意大哥有神經衰弱的傾向但那並非大哥所掩飾的事，事實上大哥每次和H先生見面，都幾乎一成不變地訴說這種傾向。

「所以這時去旅行是個好主意，我勸看看，可是他不一定會爽快答應。他不是個容易被說動的人，這件事相當難辦。」

H先生說得沒有自信。

「我想，他會乖乖聽你的話。」

「不一定。」

H先生苦笑。

告辭時已近十點，但在這靜謐的高級住宅區，還能看到一些人影悠閒漫步，彷彿享受著清脆的腳步聲。天空星光黯淡，眨著惺忪睡眼似地散放微光。我有股被某種不透明物體籠罩的感覺，在微亮的馬路上與三澤並肩而歸。

16

我引頸長望，期待H先生的消息。報紙上爭相報導花季訊息約莫一週後，H先生那兒依然沒有送來任何通知，我失望了。同時，也已厭倦打電話到番町探問。我以順其自然的心情按兵不動，這時三澤來了。

「聽說沒成功。」

果然不出所料，大哥斷然拒絕H先生的邀約。H先生不得已，只好託三澤傳達這個結果。

「你專程爲這件事來？」

「可以這麼說。」

「眞抱歉，辛苦你了。」

我不想多說什麼。

「H先生認爲自己得爲此事負責，一直覺得過意不去。他說這次因爲事出突然，所以沒辦成功。不過，下次暑假時非拖他成行不可。」

我望著竭盡所能安慰我的三澤苦笑了。在凡事不急不徐的H先生看來，春假去或暑假去都是一樣，但在我們這些上班族眼中，暑假簡直是遙不可及的事。並行在遙遠未來與此時此刻之間，潛藏極大的不安。

「這也沒辦法，本來就是我擅作主張，奢望他會按我的計畫行事。」

我終於放棄這個念頭。三澤不予置評，手肘撐著桌角，托腮審視我的臉。過了一會兒，他說：「聽我的話準沒錯。」

上次走訪H先生拜託大哥那件事的歸途上，他始終默不吭聲，這時卻突然在路中央使我嚇了一跳。對大哥的事一向不發表意見的他，不經意地推推我的肩膀說道：「與其拚命勸你大哥去旅行，時刻擔心他是否快活，倒不如乾脆自己早點結婚，這樣對你對他都好。」

這並不是他第一次勸我結婚，而我總是以沒有對象答覆他。最後，他表示要爲我找對象。有段時期，這件事幾乎成爲事實。

那天晚上，我照例搪塞他。但是，他的態度卻比平常冷淡得多。

「那麼，我就聽你的，你眞的會替我找到對象？」

「如果你眞的聽我的話行事，我就眞的給你理想的對象。」

他說得話像眞有目標，這所謂「理想對象」八成是從未婚妻那兒聽來的吧。

最近，他已不常提起那位有著烏黑大眼睛的精神病姑娘。

「你的未婚妻也是那種相貌吧？」

「這個嘛，遲早會爲你介紹，等著瞧好了。」

「什麼時候舉行婚禮？」

「看對方的方便，也許延到秋天。」

他好像很愉快，以往日詩情投響未來的生活。

17

不知不覺中，四月悄然而逝。花兒以從上野[73]到向島，再到荒川的順序開了又謝，謝了又開。我無所作爲地送走一年中最令人開心的花季，但在綠意盎然的新月份中回顧春天的腳步，總有股意猶未盡的感覺。雖然如此，能夠無爲度日已經難能可貴。

自上次之後我一直沒回家，家裡也沒人來找過我。母親和重雖打過一、兩次電話，所談盡是我的衣服方面的事。至於三澤，完全沒跟我碰面。百花怒放之際，大阪的岡田那兒寄來圖畫明信片。和上回一樣，有貞和兼的簽名。

我天天到事務所上班，日子過得活像動物。五月底，三澤突然寄來一封請柬。我誤以爲是喜帖，打開一看，竟然是富士見町雅樂練習所的邀請函。上面寫著：「謹訂於六月二日舉辦音樂會，請在同日下午一時蒞臨欣賞，特此通知」。我百思不解，向來和雅樂界沒有關係的三澤，怎麼會送我這種邀請函？後半日又接到他的來信，信上要我六月二日務必前往，他本人當然也會在場。我想三澤既然如此邀請，是該去看看，但對雅樂本身期待不高。比這種事更刺激我心情爲之一變的是，三澤在收信人姓名後附註的簡短通知。

「H先生話無虛言，終於說服了你大哥。聽說兩人已經約好，六月學校課程一結束便去旅行。」

我爲父親，爲母親，也爲大哥本身高興。僅僅肯和H先生去旅行這一點，對大哥已是很大的變化。討厭虛假的他，一定會依約而行。

我沒問父母此事是否屬實，也沒採取向H先生確定這個消息的手段，只希望能從三澤口中得知詳情。心想這件事可待下次見面時再談，便暗自期待他所謂務必光臨的六月二日。

不巧，六月二日是個雨天。十一點左右雨勢稍停，但當此季節根本沒有完全放晴的可能。路上行人時而撐傘，時而收傘，哨站[74]外的柳樹垂著煙般長條。走過柳蔭，藍白粉末和黴沾上衣服，好像永遠拍不掉似的。

雅樂所門口停靠許多人力車，也有一、兩輛馬車，卻看不到任何汽車的影子。我在玄關把帽子交給一個人，那人身穿金鈕制服，另一人則帶我進入觀眾席。

「請坐那邊。」

說著，他又回到玄關處。席上觀眾還沒到齊，疏疏落落地坐在椅上。我儘量不引人注目，挑張後排椅子坐下。

18

我期盼三澤出現，卻到處不見他的人影。除正面外，左右兩側也有觀眾席。方才帶位員帶著我，從玄關向左走到盡頭後右轉，經過豎立的金屏風前到正面座位，我的前面坐著兩、三名身穿家徽和服的婦女，後面有兩位卡其色軍官裝束的軍官。另外，六、七人散坐各處。

在我旁邊隔著一個座位的兩人，正談著垂掛舞台正面的布幔。布幔上縱向印著數行看來和雅樂無關的怪圖案。

「那是織田信長的家徽。聽說最初是因信長感慨王室式微而捐獻那布幔，此後布幔必印木瓜徽紋75，沿襲至今。」

布幔上下以紫底金黃蔓藤圖案圍邊。

布幔正前方擺著太鼓。飾以綠、金、紅等美麗色彩，嵌入薄而圓的框中，左端有熨斗大小的鐘吊在框內。此外，尚有兩張琴及兩把琵琶。

樂器前是鋪著藍氈的舞台，構造類似能樂表演場所，完全與三面觀衆席隔開。而且，中斷的四、五尺空間有陽光照入，也能通風。

我好奇地瀏覽之際，觀衆陸續入場。其中包括某次音樂會上有過一面之緣的N侯爵，「今天有教育令，所以不能來。」正向身邊的矮胖光頭者，說著妻子沒來之類的事。後來三澤告訴我，這位矮胖子是名叫K的公爵。

舞樂開始的五、六分鐘前，三澤才穿著禮服到達，在入口金屏風處環視觀衆席躊躇著，一見我的臉，立刻過來坐在旁邊。

幾乎就在同時，一名高個男人帶領兩位妙齡女郎走進正面座位。男人一身禮服，女人當然穿著家徽和服。這個男人和隨行的女人之一相貌酷似，顯然是兄妹。他們越過五、六排人頭，和三澤寒暄。男人滿臉和藹可親的神情，女人面頰微染紅暈。三澤特地站起來，頷首致意，女性觀衆大半坐在前排座位，因此她們沒坐我們旁邊。

「她就是我的未婚妻。」三澤小聲告訴我。我心中將那擁有夢幻般烏黑大眼的精神病姑娘，與眼前五、六公尺處氣色頗佳的小姐做個比較。坐在那兒的她唯有黑髮白襟映入我眼簾，在旁人的遮擋下，我無法隨心所欲地看。

「另一位小姐……」三澤再度耳語。然後，他突然伸手從口袋裡拿出白紙片和鋼筆寫了起來。正面舞台上，開始出現樂者。

19

他們頭戴著不知是頭巾還是帽子的怪東西，對謠曲富士太鼓[76]略知一二的我推測，那大概就是所謂的鳥兜[77]。他們的脖子以下也和頭上所戴一樣超越現代，穿著錦緞袴[78]，由於沒有墊上支架，肩膀部分貼著身體呈現柔和的線條。袖子方面，則是在白色末端縫上寬約三寸的紅絹布。他們下身都穿褲腳紮起的白色裙褲，盤腿而坐。

三澤把在膝上寫了一半的紙弄得縐成一團，我從旁瞥視紙團，他卻一言不發地正視前方。藍氈上，自左帳出現的人影拿著矛，也跟管絃演奏者同樣一身錦緞服裝。

過了好些時候，三澤一直沒說起「另一位小姐」的下文。觀眾席上鴉雀無聲，沒人敢任意交談。我無可奈何，耐著性子不催促三澤。三澤扮出神態自若的樣子，其實他也是初次到這種地方，和我一樣有點不自在。

舞者在謹慎的觀眾前，按照既定的節目表，毫不厭倦地進行高尚而單調的手足運動。不過每換一個節目，他們的服裝都以高雅的古代色調讓我們一飽眼福。有的頭冠上插著櫻花，紗質大袖下露出鮮豔的五彩圖紋，身佩黃金飾刀。有的在朱紅束袖衣服上穿起垂膝的織錦緞坎肩，看來有如錦衣獵者。有的身披類似簑衣的藍色衣裳，腰掛同色斗笠。——一切如夢似幻，充滿懷古之悠情。大家都以難得一見的表情欣賞著，三澤和我卻莫名奇妙坐在那兒。

舞樂告一段落，到了茶點時間，周圍的人紛紛起身到另一房間。這時，三澤未婚妻之兄走過來，以熟稔的語氣和他談話。此人似乎與這方面頗有淵源，對在場賓客瞭若指掌。三澤和我從他口中，得知多位高官顯爵以及名士的大名。

另一房間有咖啡、蛋糕和三明治，雖沒發生普通集會爭先恐後的場面，人潮仍是相當擁擠，所以有些女士坐在原位沒有離席。三澤和他的準大舅子把咖啡和點心放在盤子上，專程送到兩位小姐面前。我剝下巧克力的銀紙，站在門檻上放眼偷覷那情景。

三澤的未婚妻頷首接過咖啡杯，卻沒碰點心。所謂「另一位小姐」，連咖啡杯都不輕易伸手。三澤捧著盤子，進退兩難地站在那兒。這當兒，我發現她的臉上充滿比先前更加痛苦的表情。

20

我從剛才就特別注意「另一位小姐」，我之所以這麼做，三澤的樣子和態度是有力的原因。但以個別因素而言，她擁有足以吸引我視線的姣好容貌。每段舞樂的空檔，我的眼光始終沒有離開她和三澤未婚妻的背影。從我的座位，不必刻意調轉角度便可望見她們。

只能看到對方脖子部分的我，現在站在比較自由的地方，開始觀察她們的側面。我心想或許有機會移動到正前方，使邊吃巧克力，邊暗地裡集中精神捕捉那珍貴的瞬間。但是那位小姐和三澤的意中人，一直沒面向我這邊。於是，我依然只能遠觀她們三分之二的側面容貌而已。

後來，三澤又端著盤子回來。經過我身邊時，他微笑著說：「怎麼樣？」我只說聲：「辛苦你了。」這時，那位高個子哥哥從後面走來。

「到那邊抽煙如何？吸煙室在盡頭。」

我和三澤之間即將有頭緒的談話就此流失。兩人在他的帶領下走進吸煙室。這個被煙氣與男人佔領的房間，比想像中熱鬧得多。

在房中一角，我發現了一張熟面孔。此人是有伶人[79]姓氏的大眼男子，是某協會[80]主要成員之一，在舞台上巧妙地利用他的大眼睛。他以說台詞般的深沈嗓音和某人談話，幾乎在我們進去的同時離開吸煙室。

「聽說終於當上演員了。」

「賺得了錢嗎？」

「大概能吧？」

「前幾天報上報導的就是他？」

「嗯，大概是。」

他離開後，房中三個男人如此交談。三澤的準大舅子告訴我們對方的名字，其中兩位是公爵，一位伯爵，都是公卿出身的貴族。由他們的對話推測，三人對戲劇藝術均無任何知識與興趣。

我們又回到原位，聆賞兩、三段歐洲音樂後，五點左右方才離開雅樂所。四下無人時，三澤終於提起「另一位小姐」的事。他的想法與我最初推測不謀而合。

「怎麼樣，不喜歡？」

「臉蛋不錯。」

「只有臉蛋？」

「其他的我不知道。不過好像有點古板，似乎無論任何事情，只要客氣就合乎禮節。」

「那是家教的關係，這種人才不會出問題。」

兩人沿著堤防走。堤防上，松樹含雨映著蒼空。

21

我和三澤不厭其煩地大談女人方面的事。他的未婚妻是和宮內省有關係的官家女兒，陪在身邊的是她的好友。三澤透過未婚妻，特地爲我約對方出來。同時，他向我提供對方家庭、地位、教育等一切所能得到的資料。

我本末倒置，在雅樂所與三澤碰面前，暗自把H先生和大哥今夏之旅當做當天的問題，擺在心裡思索著。離開雅樂所時，這件事卻已成爲附帶性質。分手之際，我才站在十字路口一隅說道：

「今天本想見面後好好問你有關大哥的事，他終於聽從H先生的話了吧？」

「H先生特地叫我去，親口告訴我。不會錯的，沒問題。」

「他們打算到那兒去？」

「不知道。——只要肯去，上那兒不都一樣嗎？」

在具有遠見的三澤眼中，大哥的命運自始就沒那麼大的問題。

「我們還是積極進行另一方面的事吧！」

我獨自返回住處，一路上兄嫂的事纏繞腦中。但我必須承認，當天所見那位小姐對我腦子的刺激較兄嫂爲重。我和她沒談一句話，也沒能聽到她的聲音。三澤除了安排雙方視線交觸的機會外，不願露出刻意安排的痕跡，也不替我們做介紹。事後他說明，這種簡單而淡泊的做法不管對我或對她，都不至於惹來麻煩或困惑。但我總覺得意猶未盡，希望他能多盡點力。「可是當時我不知道你的意思。」三澤辯解道。他說得沒錯，當時我並無意對那位小姐採取進一步的行動。

此後兩、三天，我腦海偶爾會浮現那位小姐的臉龐。不過，並未因此產生和她見面的焦慮或熱情。隨著當天强烈色彩的日漸剝落，番町方面依然成爲重要問題。遠嗅女性氣味的反作用使我失去衝勁，反而顯得死氣沈沈。在往返事務所途中，我撫摸粗糙的面頰，悲觀地覺得自己活像闖入電車而出不來的貉一般。

大約經過一週，母親打來電話。她在電話裡告訴我，昨天H先生來訪。因爲嫂嫂感冒，所以由她代爲招待客人。席上，H先生談起將和大哥結件旅行的事。母親高興地向我道謝，並且表示父親也問候我。我答道：「那太好了。」

那晚，我想了很多。我認爲旅行對大哥有益，才痲煩H先生進行這些手續，但是坦白說，我深以爲苦的還是大哥對我的想法。他究竟怎麼看我？憎惡我到什麼地步？懷疑我到什麼程度？這是我最想知道的。因此，我擔心的是未來的大哥，同時也是現在的大哥。斷絕與他見面之路已久的我，幾乎沒有一點有關大哥目前情況的直接消息。

22

我覺得必須在他們動身旅行前，和H先生見上一面。此外，也得爲順利完全所託之事向他道謝。

於是事務所下班後，我又到他的玄關門口遞出名片。應門者進去通報後不久，他那肥胖的身軀立刻出現在我眼前。

「是這樣的，我正在爲明天的講義傷神。如果沒有急事，最好改天再談。」

未曾留意學者生活的我聽到H先生這句話，猛然想起大哥的日常行爲。原來他們把自己關在書房裡，並不一定是反抗家庭或社會。我向H先生問了方便的日子，決定改天再登門拜訪。

「那麼，麻煩你再跑一趟。很抱歉，因爲我想早點完成講義，陪你大哥去旅行。」

這句話使我非在H先生面前打拱作揖不可。

再度走訪他家，是在兩、三天後梅雨初晴的一個傍晚。肥胖的他喊熱，敞開單衣前襟坐著。

「打算到那兒去？還沒決定遊山或玩水吧？」

H先生就是H先生，絲毫不以行程爲念。我也不關心這一點，不過……。

「關於這件事，我有一點請求。」

上次和三澤同來時，H先生已聽說過家裡的大致情況。但是關於橫在大哥和我之間的某種特別關係，我隻字未提。因爲我認爲無論經過多少時候，都不應該由我主動在H先生面前提起這種事。連親如手足的三澤，對這方面的知識也只不過近乎臆測而已。或許H先生曾自三澤間接得到臆測資料，但除非我親口揭露，否則其眞僞程度根本無從確定。

我渴望得悉大哥如今對我有何觀點，以何種眼光看我？若爲明白這一點而在此時藉助H先生之力，勢必將一切坦白呈現在他眼前。我未曾知會三澤，悄悄以先發制人的態度獨自拜訪H先生，其實這也是我儘量不讓旁人得知眞相之故。然而倘若良心上使我必須忌諱三澤，那麼是否也不該告知H先生呢？

我不得已，只好將特殊問題一般化。

「我的請求也許會爲你增加麻煩，但是在你和我大哥結件旅行期間，是不是可以請你就大哥的舉動、言語、思想、感情各方面，將所觀察的結果詳細記錄下來通知我？如果能夠明瞭這一切，應該對我家人和大哥的相處上有所幫助。」

「不錯，雖然不是絕對做不到，但似乎有點困難。第一點，有做那種事的時間嗎？就算時間許可，有那必要嗎？不如等我們旅行回來，你再過來慢慢聽我說不就得了。」

23

H先生言之有理。我低頭沈默了一會兒，終於說出謊話。

「其實是我父母很擔心，希望能夠知道旅途中發生的每一細節……」

我露出傷腦筋的表情。H先生笑了起來。

「不必那麼擔心，我保證沒問題。」

「可是老人家……」

「傷腦筋，所以我不喜歡老人，你回去告訴他們別擔心，一切沒問題。」

「有沒有什麼辦法，既不會增加你的麻煩，又能夠滿足我父母？」

H先生再度淺笑。

「有那種兩全其美的辦法嗎？——既然你千託萬託，如果旅途中發生值得報告的事，我就寫信通知你。要是沒接到信，你就當做一切如常，請家人放心。這樣可以了吧？」

我不能向H先生提出進一步的要求。

「這就好。不過請不要等閒視之，請你仔細觀察我大哥感情與思想中的不尋常表現好嗎？」

「事情很麻煩。好吧，我盡力而爲。」

「還有，說不定大哥會談起我和母親，或家庭方面的事，請你不必有所顧慮，全部告訴我。」

「嗯，只要沒有不方便，我會告訴你。」

「就算有什麼不方便也沒關係，請坦白告訴我。否則，我的家人可就傷腦筋了。」

H先生默默抽起煙來。我注意到自己身爲晚輩卻說得未免過火，不知所措的感覺猛烈地衝擊腦海。H先生眺望院子，院子一角種著五、六棵聽說是房東從秋田帶來移植的大型款冬。雨後的初夏天空拚命向地面拋灑亮麗陽光，款冬的粗莖因此在微暗中畫出一抹流暢的藍。

「那兒常出現大蟾蜍呢！」H先生說。

閒聊片刻後，我打算在天黑前起身告辭。

「你的婚事談得怎麼樣？前幾天三澤到我這兒，得意洋洋地說替你找到了好對象。」

「嗯，三澤很喜歡照顧別人。」

「不過，他好像不單是爲了喜歡照顧別人才這麼做。所以你也別挑三揀四，大致可以就娶了吧！聽說相貌不錯，你不喜歡嗎？」

「那倒不是。」

「那麼你是喜歡囉！」H先生笑著說。

走出H先生家門，我心想那件事得設法早點解決，否則對三澤過意不去。但是除非大哥的問題告一段落，否則我心中根本沒有餘裕想那件事。我也想過，要是那位小姐對我一見鍾情該多好。

24

我又去找三澤。由於並非有所打算才去，所以事實上，我的腳步無意以任何形式向前跨步。我的態度猶疑不定，只是漫然談著那位小姐。

「你有什麼打算？」

面對這個問題，我卻始終答得不得要領。

「工作上，我過著浪人般的飄浮日子。一旦成家，我便會按著一定方針穩定下來。而你簡直和我相反，在成爲一家之主或身爲人夫方面，故意使意志反應遲鈍，似乎已經成爲習慣性；至於工作方面的問題，卻總是能夠穩重地迅速處理。」

「談不上什麼穩重啦！」

大阪的岡田來信表示，他那兒有個職位相當的空缺，問我願不願走馬上任。我正在考慮看情況如何，是否該離開事務所。

「前一陣子你不是老想出國嗎?」

三澤不放過我的矛盾，追問著。對我而言，西洋或大阪都是變化，兩者間沒有很大的差別。

「凡事都那麼不可靠，還談什麼呢!光是我爲你的婚事費心有什麼意思?皇帝不急，急死太監，眞無聊!乾脆回掉吧!」

看樣子，三澤火氣不小。我也對自己相當生氣。

「對方到底怎麼樣?你光會責備我，可是我還不是一點都不知道對方的意思。」

「當然不知道，因爲我還沒有告訴對方任何事。」

三澤有點激動。難怪他會激動，他尚未向對方父兄或當事者本人提起我的事，只是在即使出差錯也不致影響對方顏面的情況下製造見面機會，他這種利用自然狀況而絲毫不留人爲痕迹的做法，正是他最引以爲傲的本事。

「在你沒有想出結果之前，我不能有所行動。」

「那麼我再想想。」

三澤好像很焦慮，我也對自己感到不愉快。

H先生和大哥一起搭火車離開東京，是我去找三澤後不到一週的事。我連他們啓程的日期和時間都不知道，三澤和H先生也沒有給我任何通知。事實上，我是接到家裡打來的電話才知此事。當時，我壓根兒沒想到嫂嫂會打來這個電話。

「你大哥今早動身了。爸爸要我通知你，所以我打電話給你。」

嫂嫂說得有點過於鄭重。

「和H先生一起去？」

「是的。」

「到那兒去？」

「聽說要到伊豆海邊。」

「那麼，是搭船吧？」

「不，還是從新橋……」

25

那天我沒回住處，直接從事務所繞到番町。到昨天為止，我一直有所忌憚不敢回家，聽說大哥已經啓程，馬上朝番町的方向邁步。我知道自己的行爲過於現實，卻無意掩飾。事實上，我認爲家中沒有非使我掩飾自己行爲不可的人。

客廳裡，嫂嫂正在看雜誌的插圖。

「今天早上失禮了。」

「哦，嚇我一跳。我以爲是誰，原來是二郎。剛從京橋回來嗎？」

「是的，天氣轉熱了。」

我掏出手帕擦臉，然後脫掉上衣丟在榻榻米上。嫂嫂拿扇子給我。

「爸爸呢？」

「爸爸不在家，今天築地那兒好像有事。」

「在精養軒？」

「不是吧？可能在別的茶館。」

「媽媽呢？」

「洗澡。」

「重呢？」

「重也……」

嫂嫂終於忍俊不住。

「洗澡？」

「不，不在家。」

這時，女傭來問冰中加草莓還是檸檬。

「家裡已經開始吃冰了？」

「嗯，兩、三天前就動用冰箱了。」

或許是心理作用，我覺得嫂嫂比上次見面時憔悴，兩頰的肉消瘦了點。在黃昏光線映照下，憔悴的面容不時在我眼前閃動。她坐著，左臉朝向陽台。

「大哥這趟旅行走得滿乾脆，以從前的例子，我原以爲會延期呢？」

「他是不會延期的。」

嫂嫂低下頭，以前所未有的鎮定態度迸出低沈聲音。

「大哥一向講義氣，既然和H先生有約在先，當然會履行諾言……」

「不，不是那個意思，他是不會延期的。」

我呆望著她的臉。

「那麼他這次不延期，到底是什麼意思？」

「什麼意思——你不是明白嗎？」

我一頭霧水。

「我不明白。」

「你大哥嫌棄我。」

「妳是說，大哥爲了嫌棄妳而去旅行？」

「不錯，他是因爲嫌棄我才去旅行。也就是說，他沒把我當做妻子。」

「所以……」

「所以他根本不在乎我，才會去旅行。」

嫂嫂沈默不語，我也不吭聲。這時，母親洗好澡走進來。

「哦，什麼時候來的？」

母親看到我們兩人坐著，露出厭惡的表情。

26

「該叫醒芳江了，否則晚上又不睡覺可就麻煩了。」

嫂嫂默默起身。

「起來後馬上替她洗澡。」

「是。」

她的背影消失在走廊轉彎處。

「芳江在午睡?難怪這麼安靜。」

「她剛才鬧彆扭，哭著睡著了。不過現在已經五點，也該叫醒她了……」

母親滿臉抱怨。

那天，我在睽違已久的餐桌上與家人共進晚餐。父親在築地的飯局後另有節目，當然沒回來。至於重，倒是準時回來。

「喂，快點過來坐下，大家都在等妳洗好澡。」

重一屁股坐在陽台上，拿著扇子往單衣前襟搧風。

「催什麼，你只不過是偶爾到家裡來的客人。」

重沒好氣，故意轉向近在眼前的八角金盤樹，母親笑著看著我，笑中表示「又來了」。我興起捉弄重的念頭，說道：

「妳如果當我是客人，就不要以妳的大屁股對著我，快過來坐吧！」

「囉嗦！」

「這麼熱的天，妳一個人閒蕩到那兒去了？」

「你管我上那兒去！什麼閒蕩，首先，你這句話就說得低級——沒關係，不跟你一般見識。我今天去找坂田，聽到哥的祕密了。」

重稱呼一郎哥爲大哥，只叫我「哥」。起初她叫我「小哥」，我一聽到這個「小」字，就覺得渾身不舒服，便要她去掉「小」字。

「我可以告訴大家嗎？」

重浴後紅熱的臉朝向我。我連眨兩次眼。

「妳不是已經明白表示那是哥的祕密嗎？」

「嗯，是祕密。」

「既然是祕密，怎麼可以說出來？」

「就是說出來才有趣。」

我不知如此胡來的重會說出什麼不知輕重的話，心中有些惶恐。

「重，妳不知道邏輯學所謂 Contradiction in terms[81]吧？」

「沒關係，儘管炫耀你的英文，以爲人家不懂呀？」

「夠了，你們兩個別吵了。幹嘛這麼無聊，又不是十五、六歲的小孩。」

母親終於訓斥兩人。我趁機停止舌戰，重也把扇子丟在陽台，乖乖到餐廳就座。局面一轉後，吃飯的當兒重始終沒有機會說出那個祕密，母親和嫂嫂似乎也沒把那件事放在心上。一會兒，男僕平吉到院子裡洒水。母親說：「地面不是很乾燥，隨便洒洒就好了。」

27

那晚離開番町時雖已萬家燈火，時間卻不算晚。在此之前，我還在飯後坐著陪大家擺了大約一個半鐘頭的龍門陣。

在這一個半鐘頭裡，終於遭逢重揭開祕密的時刻。當我知道那只不過是對我不算什麼祕密的結婚問題時，反而鬆了一口氣。

「媽，哥前幾天瞞著我們相親去了。」

「我怎麼會瞞著你們去相親？」

在母親尚未開口前，我打斷重的話。

「不，我的消息來源可靠，你再裝蒜也沒用。」

乍聞重口中說出消息來源可靠這句話，我不禁苦笑。

「妳簡直是笨蛋。」

「沒關係。」

重滔滔不絕地向母親和嫂嫂敍述六月二日發生的事，而且說得很詳細。我有點驚訝，不知她從那兒到的情報。好奇心驅使我反問，然而重只是露出不懷好意的微笑，堅持不說消息來源。

「哥不告訴我們，一定有不便表明的理由。對吧，哥？」

重非但不肯滿足我的好奇心，反而戲弄我。我說：「隨妳怎麼說。」母親煞有介事地詢問事情的來龍去脈時，我簡單地照實回答。

「只是這樣而已，況且對方完全不知情。重也不弄個清楚就到處宣揚，我是沒關係，不過可能會替對方帶來麻煩。」

母親一臉對方怎麼會有麻煩的表情，開始仔細盤問我。但是當她問起對方大約有多少財產，親戚中可有窮人或惡疾病歷，我根本無從回答。最後我連聽都覺得麻煩，終於逃離番町。

那晚母親提出各種問題時，嫂嫂一直在場，卻幾乎沒開口說過一句話，母親也沒詢問她的意見。兩人的態度和雙方氣質相稱，不過我想這不單是氣質相異所導致的一種對比。或許嫂嫂爲了恪遵她局外人的立場，看來似乎始終將心思放在照顧芳江上。貪戀午睡的結果，原本習慣天黑就得上牀的芳江，那晚在我離開前終於進入蚊帳中。

我返回住處，對自己房間悶熱感到意外。故意關了電燈，我默默坐在暗處思索。早上動身的大哥今天會在那兒過夜？H先生今晚會和他談些什麼？H先生從容不迫的臉龐自然浮現眼前，同時也看到刻劃大哥瘦削面頰上久違了的笑容。

28

自翌日起，我一心期待H先生的來信。我一天、兩天、三天，屈指數算日子。然而H先生音信全無，連一張明信片也沒寄到，我非常失望。H先生並非會忘掉自己責任的輕浮之徒，卻具有不按照我所預期的方式完成任務的誠摯與悠閒個性。在這種情況下，我只能以焦慮者的身分遠遠地望著他。

就在兩人啓程後的第十一天晚上，一封沈甸甸的信首次落在我手中。H先生以鋼筆寫得密密痲痲的信終於來了。就頁數而言，並非兩、三個鐘頭便可完成的工作。我以被綁在桌前的玩偶姿勢開始閱讀，盯著眼前的細小黑字，不肯遺漏一點一劃的決心閃耀熊熊光輝。我的心彷彿釘在信紙上，如雪橇般滑行而去。總之，我根本不知道從H先生來信首頁第一行讀到末頁最後一句，到底花了多少時間。

信是這樣寫的：

「約長野君旅行之初，我雖接受你所託之事，但心裡總認爲到時八成無法實行；

就算有可能，也沒有那個必要；無論是否有其必要，那種行爲畢竟不夠光明磊落——我一直這麼想。旅行的頭一、兩天，這三件事不時在我心裡翻攪。因此，即使有所承諾卻非爽約不可的感覺非常强烈。經過三、四天，這種感覺逐漸淡化。到了第五、六天，我不再那麼想，反而開始覺得或許有必要如約寄信給你。但此處所謂「有必要」，你我的定義可能大有不同。看到信末你自會了解，所以我毋需說明。還有，幾天下來，我始終無法消除當初所持道義上不該這麼做的感覺；但另一方面，必須實行的程度的確强過抑制的程度。恐怕沒空寫信——只有這個障礙自始纏著我不放。我和令兄同臥一室，同桌吃飯，一起散步，只要浴室構造許可，也一起洗澡。仔細想想，我們個別行動的時候頂多只是上廁所而已。

當然，我們兩人並非從早到晚聊個不停。有時各自捧著書看，有時默默躺著。不過在他面前佯裝若無其事地寫有關他的事，然後偷偷通知別人，這種事還眞棘手。我雖然覺得有記錄的必要，卻對這一點大傷腦筋。我一心想寫信，卻總找不到適當的機會。但是「偶然」終於引導我，使我得以實行必要工作。我就是在這種情況下開始寫信，也希望在同樣狀態下完成此信。

29

兩、三天前，我們便到紅谷深處，把疲憊的身體拋在山谷之間。住處是我一位親戚的小別墅，不到八月，別墅主人不輕易離開東京。「在那之前，你隨時可以住進去」——我在旅行中，不期然地引用屋主這句話。

「別墅」二字雖然好聽，其實只是幢很不美觀的窄屋。以構造來說，等於是東京郊外四、五十日圓薄薪官員的寓所。不過因爲是鄉下，宅內地面多少總有些空間。不曉得是院子還是菜園的一小塊地，從屋簷下方延續到籬笆那頭。籬笆邊是一片果實纍纍的珊瑚樹，透過樹葉可以看見隔壁茅屋大約四分之一的屋頂。

在同一屋簷下，也能一目瞭然地看到對面隔著山谷那座山。整座山全是某伯爵的別墅用地，有時樹隙依稀可見單衣顏色，崖上也會傳來女人的聲音。崖頂巨松高聳雲霄，處在矮簷下的我們把瞻仰松樹當做高尙課業朝夕度日。

至今所走過的地方中，令兄似乎對此處情有獨鍾。其中或許有各種含意，不過我認爲兩人得以成爲獨棟房子主人的心情給予不慣與人相處的令兄一種穩定感是最大原因。來到此處，夜夜失眠的令兄終於能夠安然入睡。走筆至此，令兄正高枕而臥哩！

還有一件來到此處後偶得的恩惠，那就是我們不必像投宿普通旅館那樣，總是碰著膝蓋擠在一個房間睡覺。話雖如此，正如剛才所說，房子相當狹窄。比起門前右坡上某位長者所建的洋房，簡直是個小火柴盒。但這四周以籬笆隔開的獨棟房子雖有拘束感，倒也有約莫五個房間。令兄和我躺在同一房間，同一蚊帳中睡覺，卻不必像住旅館似的在同一時間起牀。即使其中一人起身，另一人仍可想睡多久就睡多久。我悄悄留下令兄，獨自坐在隔壁房間的一閑張[82]桌前，下午也是一樣。每當苦於兩人相對時，其中一方便可擅自消失，做自己喜歡的事，再久也沒人管。盡興後，又可適時露面。

就這樣，我利用偶然的機會書寫此信。我爲你慶幸能夠利用這種意料外的偶然，同時爲我遺憾必須利用這種偶然。

以順序來說，我所寫的不成日記體裁。就分類而言，也無法以科學性區別。對於這一點，只好請你當做是火車、人力車、旅館等大凡一切足以妨礙規律性工作的旅行因素所造成的障礙，以及不願馬虎行事的性質產生破壞性作用的結果。縱使只是片斷記錄，然而能夠向你報導下述事項對我已屬意外成績，這全是得偶然之助。

30

我們兩人都不是慣常旅行的人，因此所策畫的旅程也和經驗一樣平凡。我們認爲就近遊覽交通方便的地方，便能達到大半目的，所以首先浮現腦海的就是相模、伊豆一帶。

雖然如此，我還是比令兄好一點，對主要地區與交通工具略知一二。至於令兄，幾乎超脫地理與方位。令兄不知道國府津在小田原的那一邊，與其說不知道，毋寧說他根本無所謂。在這方面漫不經心的令兄，爲何不能在人事各方面表現同樣泰然自若的態度?想到這一點，我著實感到納悶。不過這是題外話，話題一旦扯遠，恐怕不易恢復，所以我儘量依循主幹，不生枝節地繼續前進。

最初，我們說好以逗子爲出發的基點。可是那天在前往新橋的人力車上，我突然心中念轉。不管這是多麼平凡的旅行，如果第一站就到逗子，未免太過平凡。這麼一想，我已改變主意。我在車站與令兄重新商量，建議扭轉行程，先從沼津到修善寺，然後越山直下伊東一帶。壓根兒不知小田原與國府津孰先孰後的令兄當然沒有異議，於是我們立刻買了到沼津的車票，搭上開往東海道的火車。

一路上沒有發生值得報告的事，抵達目的地後洗澡、吃飯、喝茶這段時間也沒有任何足以引起注意之處。直到那天晚上，我才覺得或許有必要記錄令兄的言行舉止，以供家人參考。

距就寢時間尚早，話卻已談夠了。這時，我突然受到旅人必會經歷的無聊感所侵襲。不經意地抬眼看牀之間，發現那兒有個看來相當笨重的棋盤，我馬上把它拿到房間中央。當然，我想邀令兄拼個高下。不知你是否知情，學生時代我常和令兄下圍棋。後來彷彿事先說好似的，兩人都不再下棋。此時若要使難以打發的時間過得有趣，棋盤是最佳道具。

令兄注視棋盤片刻，然後說道：「算了吧！」我以渴望一決勝負的架式反駁：「別這麼說，下一盤。」但是令兄說：「不，算了。」我看著令兄，他的眉眼之間流露怪異的表情，卻非輕蔑圍棋或表示漠不關心。我微覺奇怪，又不願勉強他，於是獨自兼任黑白雙方，在棋盤上排起棋子。令兄看了一會兒，當我默默下棋時，他忽然起身步出走廊。我以為他前去如廁，並未多加注意。

31

果不其然，令兄很快就回來。他突然說：「下吧！」立刻搶奪似地從我手中拿走棋子。我毫不在意，答聲「好」便馬上開始下棋。不說也知道我們下的是蹩腳棋，所以投子迅速，也馬上就分出勝負。由於一小時可下兩盤棋，便知我們觀局或對弈從不遲疑。不過令兄表示忍耐地觀看這種快棋相當痛苦，終於半途而廢。我擔心地以為他不舒服，但令兄只是微笑。

就寢前，令兄才向我說明他當時的心理狀態。下棋當然不在話下，令兄無論做任何事情都感到討厭，同時又覺得非做不可。對令兄而言，這種矛盾已經成為痛苦。令兄預知一旦開始下棋，勢必產生無法堅持到底的感覺。可是他又非下不可，因此不得不面對棋盤。一開始下棋，焦慮感隨即湧上心頭。最後，他覺得散佈盤面的黑白棋子活像怪物，故意或斷或續，或分或合，只爲使他煩惱。令兄說，他恨不得撥亂棋盤，趕走那些惡魔。毫不知情的我有點吃驚，後悔剛才邀他下棋。

「不，不單是下棋。」說著，令兄原諒了我的過失。當時，我聽令兄談起平日種種。令兄的態度，即使中途棄棋仍保持鎮定。你們恐怕不了解令兄表面看來沒有任何異狀的心情，但至少對現在這麼說的我是一種發現。

聽說令兄無論讀書、思考、吃飯或散步，一天二十四小時當中，始終不得安寧。無論做任何事，總有逼他住手的情緒不斷追逐。

「沒有比手邊正在做的事不能達成自己的目的更痛苦了。」令兄說道。

「就算不是目的，只要成爲一種手段不就得了。」我說。

「那倒不錯，因爲有目的才能決定手段。」令兄答。

令兄之所以痛苦，是因爲他認爲不管做任何事情，都無法成立目的，也不會產生手段。於是，他只有不安的感覺拚命襲來。因此，他不能靜止不動。令兄表示，他就是因爲無法平靜躺臥才起身。起來後，不能只因躺不住所以開始走動。走動後，不能只走所以開始跑。這麼一跑，便再也停不下來。如果只是停不下來還算好，可是他卻非時刻增加速度不可。想像那種極端的情況眞是可怕，嚇得人直冒冷汗，惴慄不已。

32

聽了令兄的說明，我大為震驚。然而生平未曾體驗過那種不安的我，即使瞭解也沒能付出同情。我以不知頭痛為何物的人遭人訴說頭痛欲裂時的心情，傾聽令兄發言。我沈思片刻，眼前隱約浮現所謂人類的命運。此時此刻，我由衷希望能為令兄找到最好的慰藉。

「你所謂不安是全人類的不安，並不單是你一個人的痛苦。只要領悟這一點不就好了嗎？換句話說，那種流轉是我們的命運。」

我這句話不僅含糊不清，並且令人頗為不快而不透徹，必須與令兄銳利眼眸中投出的輕侮一瞥共同埋葬才行。令兄如此說道：

「人類的不安來自科學的發展，突飛猛進的科學從不允許我們停下腳步。從徒步到人力車、人力車到馬車、馬車到火車、火車到汽車，然後到飛船、飛機，永無休止。這種不知將被帶往何處的感覺，實在可怕。」

「當然可怕。」我說。

令兄笑了起來。

「你所謂可怕，大概是可以使用可怕這個名詞的意味，其實並不是可怕。就是說，只不過腦中覺得可怕而已。我就不一樣，是指心臟的可怕，脈搏跳動而活生生的可怕。」

我保證令兄的話沒有一絲虛僞成分，卻無法親自品嚐令兄所謂的可怕。

「那是全人類的命運，你不必獨自承受那種恐怖。」我說道。

「雖無必要卻是事實。」令兄答道，並且發表下面的理論。

「因爲我必須獨自在此世代經歷全人類幾世紀後才會臨到的命運，所以才可怕。若是一代之內還無所謂，然而無論十年或一年，縮短來說是一個月甚至一週，依然必須經過同樣命運，所以才可怕。或許你認爲這不是眞的，但試將我的生活某部分切成片斷，即使那片斷長約一小時或三十分鐘，也非經過同樣命運不可，所以才可怕。總之，我正在體驗把全人類的不安集中在自己一個人身上，並且將這不安濃縮在片刻分秒之間的恐怖。」

「那不行，你必須放輕鬆點。」

「我也了解這樣是不行的。」

我在令兄面前默默抽煙，一心想把他從這痛苦中救出來，幾乎忘了其他的一切事。自始凝視我臉龐的令兄，這時突然說道：「你比我偉大。」我正感令兄在思想上遠勝於我，因此這句讚辭對我起不了作用。我無動於衷，仍舊默默抽煙。令兄逐漸平靜下來，然後兩人一起鑽入蚊帳中睡覺。

33

翌日，我們仍住同一地點。早上起來到海邊散步時，令兄眺望如在沈睡中的深海，高興地說：「海也這麼寧靜，好極了。」令兄最近似乎非常依戀一切靜止的東西，以這層含意來說，他愛山勝於愛水。雖說是喜愛，卻和一般人享受大自然的心情略有不同。列舉下述令兄的話語，你就會了解。

「西裝革履，蓄鬚叨煙，表面看來是相貌堂堂的紳士；然而事實上，我的心恰似無家可歸的乞丐，日夜徘徊流浪，終日被不安追逐，既窩囊又不得安寧。到頭來，只覺自己是世上最沒有修養的可憐蟲。當此之時，無論在電車上或任何地方，偶然抬眼看對面，有時會見到似乎不知痛苦爲何物的臉龐。我的眼接觸對方不生邪念的茫然表情那瞬間，全身感受喜悅的刺激。我的心彷彿由於乾旱即將枯萎的稻穗，得到膏雨[83]滋潤而復甦了。同時那張臉——那張無所思、全然平靜的臉龐，顯得極爲高貴。無論垂眼、抬眸或做任何動作，都非常高貴。我懷著近乎宗教心的虔敬之念，巴不得跪在對方面前表示謝意。我對大自然抱持同樣態度，昔日玩弄唯美的心情如今已蕩然無存。」

令兄把我歸入在電車中偶然遇見的尊貴面相之類，使我受寵若驚地忙著推辭。這時，令兄以認眞的態度說：

「一天當中，你總有一、兩次臉上自然流露不計損益、不思善惡的情況吧？我所說的尊貴就是指當時的你，只限於那個時候。」

不知令兄是否爲了向聽得不以爲然的我出示具體證據，特地舉出昨夜兩人上牀前的我爲例。順著當時的話鋒，令兄坦承他過於興奮。令兄表示，當他注視我的臉時，激昂的心情逐漸平靜。他斷言，無論我同意與否，沒有必要拘泥於此，他只是從當時的我得到正面影響，可以暫時免除痛苦不安。

當時的我正如上述，只是默默抽煙而已。那時我沒有別的念頭，一心只想設法把令兄自不安中救出。但是我不認爲令兄能了解我的心，而我當然無意非要他了解不可。所以，我默默抽煙。或許當中流露一片精誠，令兄才會從我的臉上讀出那份眞意。

我和令兄在沙灘上漫步，邊走邊想。令兄是否遲早得遁入宗教之門，才能成爲平靜的人？以更强烈的字眼重複同樣意思，令兄是否正爲成爲宗教家而承受痛苦？

34

「你最近有沒有想過關於神的事？」

最後，我向令兄提出這個問題。我在此處特別强調「最近」二字，是由學生時代的早年回憶而來。當時兩人都是思想尚未成熟的毛頭小伙子，雖然如此，我經常和沈迷思索的令兄討論神的存在。順便一提，令兄的腦筋自那時就和旁人有所不同。令兄心不在焉地散步，猛然想到自己正在走路這件事實時，此事便成爲無法理解的問題，使他不得不陷入沈思。只要想走，自己自然會舉步行走，但這想走的心念和行走的力量究竟湧自何處？對令兄而言，這是個莫大疑問。

由於這類事情，兩人經常使用「神」或「第一原因」等名詞。如今想來，當時是在一知半解的情況下使用這些話。成爲口頭禪的結果。「神」在不知不覺中逐漸陳腐。之後，兩人說好不提似的，雙雙沈默了好幾年。直到這個寧靜的夏日早晨，我站在深沈大海前與令兄面對著面，再度提起「神」。

但令兄完全忘掉這句話，似乎毫無印象。他對我這問題的唯一答覆，就是含著諷刺意味的唇端掠過一絲苦笑。

我雖膽怯，倒還不至於對令兄這種態度心生畏懼。況且以我們的交情，不可能未說出所想之事便打退堂鼓。於是，我向前邁進一步。

「若能對不知底細的陌生人產生難能可貴之感，那麼，敬拜完美而永恆的神，不是更能得到幾百倍的幸福嗎？」

「那種沒有意義的口頭邏輯有什麼用？你能把神帶到我面前，讓我親眼目睹嗎？」

令兄的腔調與眉宇之間，顫動著一股顯而易見的焦慮感。令兄突然撿起腳邊的小石頭，迎著波浪奔跑五、六公尺，然後把小石頭擲向遙遠的海中。海靜靜地接受那顆小石頭。令兄猶如氣憤努力不得反應的人似的，接二連三地重複同樣動作。不顧一切地在被沖上沙灘的海帶、裙帶菜及不知名的海藻間迴繞奔馳後，令兄又回到我所站的地點。

「我喜歡活著的人勝於死的神。」

令兄說著，痛苦似地喘氣。我又陪著令兄，慢慢走回住處。

「無論車夫、苦力或小偷，當他們流露我所謂可貴神態那瞬間的表情，不就是神嗎？無論高山、河川或海洋，令人感到崇高的剎那自然，不就是神嗎？此外還有什麼神呢？」

令兄這樣和我討論時，我只能回答：「的確不錯。」令兄露出意猶未盡的表情，卻仍對我表示欽佩。老實說，我說不過令兄，只有佩服的份。

35

我們在沼津住了兩天左右，商量順便到興津時，令兄並不樂意。旅程方面一切讓我作主的令兄，爲何單單那時斷然拒絕我的建議，我實在百思不解。後來聽他說明，原來他討厭有三保松原或天女羽衣出現的地方。令兄的確是個腦筋古怪的人。

於是我們折回三島，換乘開往大仁的火車，終於朝修善寺而去。令兄顯然早就對這溫泉頗有好感，但是一到目的地，令兄「哦」地發出失望的聲音。其實令兄愛的是修善寺這個名稱，而不是修善寺本身。這雖是件瑣事，卻多少成爲令兄的特色，所以在此附加一筆。

如你所知，這溫泉區位於山巒相擁之隙陷落谷底的低地。一旦步入其中，放眼所見盡是青壁，使人不得不仰視上方。此地相當狹窄，倘若低頭走路，恐怕連地面的顏色都無法映入眼底。聲稱愛山勝於愛海的令兄一到羣山環繞的修善寺，突然產生拘束感。我馬上陪令兄走到前面觀看，只見相當於市區馬路的地方在此成爲一片河牀，綠水爲岩石所擋無法暢流無阻。我和令兄到由河中岩間流出的溫泉，男女混雜地共泡一處，十分有趣，連一些不堪入耳的事都成爲話題。令兄和我始終鼓不起勇氣脫衣下池，只是站在岩上好奇地眺望溫泉中黝黑的人影。令兄似乎很高興，踩著由岩石上岸的危險木板折回原路時，用了「善男信女」這個名詞。那不是半開玩笑的形容詞，而是眞正有感而發。

翌日早上叼著牙籤一起泡在室內浴池時，令兄說：「昨晚又爲失眠傷透腦筋。」我認爲失眠對現在的令兄是一大傷害，不能掉以輕心。

「失眠時，你會越想入睡越是焦躁吧？」我問道。

「完全正確，所以更睡不著。」令兄答。

「如果你睡不著，會對不起誰嗎？」我又問。

令兄露出詫異的表情，坐在石砌浴池邊緣審視自己的手和腹部。你也知道，令兄並不胖。

「我偶爾也會失眠，覺得失眠倒是件愉快的事。」我說道。

「爲什麼？」這次是令兄發問。我舉出記憶中古人的詩句——燈影照無睡，心淸聞妙香[84]爲例。令兄聽後，忽然看著我的臉微笑。

「你這種人也懂其中情趣?」說著,一副不解的模樣。

36

那天我又拉令兄出去,這次是上山。因爲我們置身於除了上則爬山,下則泡溫泉外無事可做的地方。

令兄揚起瘦削的腳,在小徑上健步如飛。雖然腳程快,卻也比一般人容易疲倦。身體肥胖的我慢慢跟上去一看,他正坐在樹根喘氣。令兄此舉並非爲了等人,而是本身喘得厲害,不能不稍事休息。

令兄不時停下腳步,欣賞花叢中的百合。有一次,特別指白色花瓣聲明:「那是我的。」我不懂他話中之意,但也不想反問。終於走到山頂,兩人在某茶店休息時,令兄又指腳下一片森森的山谷說道:「那些全是我的。」由於這句話一再出現,我才感到奇怪。然而儘管心中不解,卻不能當場得到淸楚的答案。令兄僅以寂寞的微笑,回答我的問題。

我們癱瘓似地，在茶店椅子上躺了一會兒。我不知道這段時間令兄想些什麼，只看到晴空白雲飄來飄去。我的眼睛閃爍光芒，開始擔心歸途所將承受的暑熱。我正想催令兄下山，就在這時，令兄突然從後面抓住我的肩頭問道：「你我的心靈究竟相通到什麼地步，又在何處分離？」我站定的同時，左肩被用力推碰了兩、三下，身心感受到同樣的震撼。我一向認爲令兄是思索家，結伴旅行以來也試著解釋爲他有心進入宗教卻苦於不得其門而入。我所謂心受震撼，是指疑惑令兄此問是否由那樣的立場而來。我的個性散漫，是個不易吃驚的遲鈍者。由於動身前接受你的種種委託，因此對令兄的態度便變得既奇妙又敏銳。在這種情況下，我幾乎有點步出悠閒之道的傾向了。

「Keine Brücke führt von Mensch zu Mensch.（沒有造來使一個人通向另一人的橋樑。）」

我終於以記憶中的德國諺語當做答覆，當然，含著一半簡化問題的故意性策略在內。這時，令兄說：「對吧，此刻你除了這麼說外無法回答。」我立即反問：「爲什麼？」

「對自己不誠實的人絕對無法誠實待人。」

我並未留意該把令兄此言應用在自己的何處。

「你不是特地以照顧者的身分陪我旅行嗎？我感謝你的好意，但我覺得在這種動機下，你的言行只不過僞裝誠實罷了。身爲朋友，我必須離開你。」

令兄如此斷言，拋下我便獨自快步奔下山路。這時我聽到令兄口中迸出德文，說著：「Einsamkeit, du meine Heimat Einsamkeit!（孤獨哪，你是我的居所！）」

37

我擔心地回到旅館。令兄蒼白著臉躺在房中，見了我一動也不動。我採取讓尊重自然者保持現狀的方針，靜靜在令兄枕邊抽煙。然後拿著毛巾到浴室，打算洗掉令人不舒服的汗水。當我站在浴池邊清洗身體時，令兄隨後跟來。兩人這才開始交談，我問：「累了吧？」令兄答：「累了。」

午餐前後，令兄情緒漸漸恢復。於是，我提及剛才兩人在山路上所發生的戲劇性動作。起初令兄只是苦笑，不過後來他正襟危坐，以認眞的態度表示其實他是不堪忍受孤獨。這是我初次從令兄口中聽到悲痛的自白，他不僅在社會孤立，在家中也同樣孤獨。令兄似乎懷疑家中每一個人，甚於對親密如我也具有疑念。在令兄眼中，令尊令堂都是虛僞之輩，尤其以妻子爲最甚。令兄表示，前些日子他曾打過妻子的頭。

「打一次，她鎭靜；打兩次，她也鎭靜；我以爲第三次應該會抵抗，沒想到她仍然無所抗拒。我越打，她越像位淑女。因此，我勢必越發被當成無賴看待。我簡直成了爲證明自己人格墮落，而在小羊身上洩忿。對方利用丈夫的忿怒來誇耀自己的優越，不是更殘酷嗎？事實上，她比訴諸腕力的男人殘酷得多。我不斷思索，她爲何打不還手，爲何不爭辯一句呢？」

說話時，令兄臉上充滿痛苦。奇怪的是令兄雖如此鮮明地談起自己對妻子動粗，至於一再動粗的原因卻沒有具體的說明。令兄只說，周遭均由虛僞構成，但他不願讓那些虛僞呈現在我眼前。我不明白，令兄爲何對這帶有空虛冷漠意味的「虛僞」二字興奮至此？令兄表示我是在字典上認得「虛僞」一詞，所以才會產生那種不切實際的疑惑，勸我不要遠離事實。在令兄眼中，我成了脫離事實的人。我不想勉强追問令兄所謂「虛僞」的內容爲何，因爲我認爲自己不該主動問起這種事，更沒有必要向令兄家人報告內情。於是，就此作罷。不過提醒你一句話僅供參考，當時令兄話雖抽象，倒也提起雙親和妻子，但是關於你，卻連「二郎」這個名字都未曾說過。還有，也沒談起那位叫做重的妹妹。

38

離開修善寺到小田原那晚，我向令兄談起瑪拉爾梅[85]的事。由於你我所學不同，在此添加說明想必不至於失禮。瑪拉爾梅是法國著名詩人，其實我也僅知其名而已，雖提起此人，卻非對其作品有所批評。離開東京前，我拆閱所訂購的外國雜誌，其中有這位詩人的軼聞。因爲相當有趣，所以我印象深刻。我原想舉出此例，促使令兄反省。

這位瑪拉爾梅有許多年輕崇拜者，經常聚在他家傾聽他的談話直到深夜。聽衆再多，他仍以暖爐邊的一張搖椅爲固定座位。長久以來，這種習慣已成定規，誰也沒有犯過此例。但是某晚來了一名新客，記得此人是英國的西蒙斯[86]。這位客人不知有此慣例，以爲每張椅子或每個座位都是同等價值，便理所當然地坐在瑪拉爾梅的特別座上。瑪拉爾梅開始不安，不能像往常那樣專心談話。最後，在座全部都感到掃興。

「多麼令人拘束的事。」

說完瑪拉爾梅的故事後，我下了這句斷語。然後向令兄說：「你的拘束程度比瑪拉爾梅更嚴重。」

令兄是個敏銳的人，無論美感、倫理或智性方面都過於敏銳，以至於陷入爲痛苦而生的結果。令兄缺乏那種無所謂甲或乙的遲鈍之處，非明白顯示甲方或乙方不可。而且若是甲方，甲的形狀、程度與色調等等，都必須完全符合令兄所想。令兄因爲自己敏銳，所以在所認定的危險鐵線上進行自己的生活步伐，並且要求對方同樣走在危險鐵線上，不准踏出一步，否則他無法忍受。然而若以爲此種思想出自令兄的任性，那就錯了。試想令兄所預期那種向令兄產生作用的社會，必須是比當今社會進步得多的社會。因此不同於一般的任性，應該不是失去椅子而感不安的「瑪拉爾梅的拘束」。

不過，他的痛苦或許有過之而無不及。我一心盼望能設法將令兄自痛苦中救出，令兄自己也不堪其苦，如溺水者般拚命掙扎。我明白看出這種心的掙扎，但若只以給與鎮靜爲目的，而使令兄因天賦能力與後天教養而漸漸銳利的眼睛再度晦暗，人生又有何意義可言？即使有其意義，豈是身爲人類所能做到？

我非常了解，了解徹底思索過的令兄腦海裡，有血淚寫成的「宗教」二字正以其最後手段跳躍喊叫。

39

「死或發瘋，否則就是遁入宗教？我的前途只有這三條路。」

令兄果然這麼說道。這時，令兄臉上流露身赴絕望谷之人的神情。

「可是，看來我無法遁入宗教，又因有所留戀而死不了。既然如此，只有發瘋一途。不過將來的我暫且不談，現在的我是否神志清醒呢？是否已經出了問題？我怕得不得了。」

令兄起身走到陽台，倚著欄干眺望海面，然後在房前來回踱了兩、三次，便又走回原處。

「只不過失去椅子便擾亂心中平和的瑪拉爾梅是幸福的，而我卻已喪失大半所有。因爲連僅爲自己所有而留存的肉體（包括手腳在內），都毫不客氣地背叛我。」

令兄此言並非隨意形容。過度思考的結果，令兄開始以其優異內省力的威迫爲苦。令兄不管自己內心處於何種狀態，都堅持暫且回頭檢討，否則絕對不前進。因此令兄的生命流程，每一刹那都留下中斷的痕跡。這種情形正如進餐時每一分鐘都被叫去接電話，必定痛苦莫名。然而執意中斷的是令兄的心，被中斷的也是令兄的心。總之，令兄受到兩種心的支配。由於二心如婆媳般，從早到晚不是責備就是受責備，以致令兄無法得到片刻安寧。

聽了令兄的話，我終於了解令兄表示凡事無所思者神態最高貴時的心情。令兄得到這判斷，完全是思考的餘蔭。但是思考的結果，也使他不能進入那種境界。令兄渴望獲得幸福，卻只能研究幸福。可是無論他如何累積研究成果，幸福依然在彼岸。

我終於在令兄面前再度提起神，不意腦袋突然挨了令兄一記。不過，這是發生在小田原的最後一幕。腦袋挨打之前還有一件事，我想先向你報告。不過正如上述，你我所學不同，或許我筆下所寫，有時在你眼中會成爲炫耀知識似的多餘文字。因此加註和你沒有關係的片假名時，我更躊躇了。雖然如此，我儘量在必要範圍內省掉那種性質的字，請你也以此念虛心閱讀。因爲只要你心中產生一丁點輕浮疑念，我這封辛苦寫成的信恐怕就沒有用了。

學生時代，我曾在某本書上看過有關穆罕默德的下列故事。傳說中，穆罕默德聲稱可將對面大山喚到自己腳邊，想看的人必須在某月某日集合於某處。

40

到了那天，成千上萬的羣眾圍繞他四周時，穆罕默德如約大聲命令對面的山過來，但是山一動也不動。穆罕默德並不在意，再度發出同樣命令，山依然屹立不動。穆罕默德終於非重複第三次命令不可，當他眺望三度下令仍毫無動靜的山時，向羣眾發言——「我已如約叫山過來，不過看樣子山並不想來。既然山不過來，除了我過去外別無他途。」說著，他便向山走去。

看這故事時我還年輕，只覺獲得絕佳滑稽材料，到處發表這個故事。其中有位前輩，在眾人發笑之際只說：「這是個好故事，宗教的本義已在當中表露無遺。」我並不了解，卻洗耳恭聽。數年後，我在小田原向令兄重複同樣的話。故事雖然相同，但並不是爲博君一笑而說。

「你爲什麼不到山那邊？」

聽我這麼說，令兄沈默不語。我唯恐令兄沒有完全了解我的意思，補充說道：

「你是叫山過來的人，是喚山不來便發怒的人，是頓足而覺心有不甘的人，是只想對山下惡劣批評的人。爲什麼不親自走到山那邊？」

「倘若對方有義務走到我這邊又如何？」令兄說。

「不管對方是否有義務，如果你這邊有必要，只好自己走過去。」我回答。

「沒有義務的地方不可能有必要。」令兄主張。

「如果不願爲必要而去，那麼爲幸福而行吧！」我又答道。

於是，令兄再度沈默。其實令兄非常了解我話中之意，但在是非、善惡，美醜的區別上，他必須以自己從前所培養的高標準爲生活中心，否則無法生存。令兄不能坦然拋棄這一切，而去追求幸福。或者可說他懸在其下搖擺，焦慮地渴望獲得幸福。而且，令兄相當了解其中的矛盾。

「不要把自己當做生活的中心，爽快地拋棄，你會更舒服。」我又向令兄說道。

「那麼，以什麼爲中心活在世上？」令兄問。

「神。」我回答。

「神是什麼?」令兄又問。

在此我必須自我告白。對閱讀我與令兄此段問答的你來說,或許會覺得我像個宗教家——或許會覺得我似乎竭盡所能,企圖將令兄引入信仰之道。但是坦白說,我是個與耶穌或穆罕默德無緣的平凡人;是個不覺宗教十分必要,而在自然中漫然成長的野人。話題之所以朝向這方面,完全是有令兄這位激烈的煩悶家爲對手之故。

41

我被令兄駁倒的原因也全在於此。其實我對神並無所知,卻把神掛在嘴邊。令兄反問時,或許我可以含糊地答覆——所謂「神」,與天或命同義。但是由於事情的演變,我已失去做那種說明的餘裕。記得當時的問答,以下列順序進行。

我:「既然世事無法隨心所欲,就必須承認天地間的確有自己以外的意志產生作用。」

「我承認。」

我：「而且，那意志不是比你偉大得多嗎？」

「也許比較偉大，因爲我輸給它。不過大半時候，它比我不眞、不善、不美。我沒有理由落敗，卻佔在下風，所以我氣憤難平。」

我：「那是指彼此脆弱的人類競爭吧？我說的不是那個，而是更浩大的。」

「那有那種模糊不清的東西？」

我：「如果沒有，你就沒救了。」

「那麼姑且假設有……」

我：「凡事交託、仰賴它。難道你搭人力車時，不會安心地在車上打盹，而老是擔心車夫不能好好拉車，會讓你掉下去嗎？」

「我不知道有沒有像車夫那麼可靠的神，你也一樣吧？你所說的八成全是爲我製造的教條，而不是你本身奉行的經典。」

我：「沒這回事。」

「那麼，你完全捨棄自我了？」

我：「可以這麼說。」

「無論生死，你都安心地認定神會妥善安排？」

我：「可以這麼說。」

令兄句句逼來時，我覺得自己漸漸步向危險。可是在前後情勢支配下，我無計可施。這時，令兄突然伸手打我一耳光。

如你所知，我生性相當遲鈍，向來不與人爭，也從未激怒別人。可能是我遲鈍的關係，幼時似乎不曾挨父母責打，成人後當然更是如此。生平第一次挨耳光的我，當時不由得怒火上衝。

「幹什麼？」

「你瞧。」

我不懂這句「你瞧」的意思。

「你太粗暴了吧？」我說。

「你瞧，這叫信賴神嗎？還不是照樣生氣，只爲一點小事就情緒失控，你的鎮靜簡直是適得其反。」

我沒有回答，也難以回答。後來，令兄起身離座。我的耳邊只留下令兄跑下樓的腳步聲。

42

我喚來女服務生，探問同行的客人在做什麼。

「剛才到前面去了，大概去海邊吧？」

女服務生的回答與我的想像一致，所以我並未多加操心，安然躺在那兒。抬眼一看，令兄的夏帽掛在衣架末端。這麼熱的天，令兄連帽子也沒戴能上那兒去。在擔心令兄一舉一動的你看來，可能會覺得當時躺著不動的我未免悠哉了點。這原本是我遲鈍神經所造成的結果，但除了以遲鈍說明此事外，似乎也含有一些可供參考的因素在內，所以特地向你報告。

我信任令兄的頭腦，一直非常尊敬令兄比我敏銳的理解力。令兄時常突然說出一般人無法了解的事，在陌生人或缺乏教育者耳中，令兄所言猶如有裂痕的鐘發聲般怪異。但對十分了解令兄的我，反覺比習慣性的說法來得可貴。平常我便已在其處認出令兄的特色，所以才敢篤定地向你斷言不必擔心，並且陪他出來旅行。旅途中的令兄正如我前面所敍述；而我由於此次旅行，必須逐漸修正本來對令兄的想法。

即使是現在，令兄頭腦比我清晰而井然有序依舊是不容置疑的事實。然而，比起從前，現在的令兄似乎有點迷亂。試想這迷亂之因，完全由他清晰有序的頭腦作用而來。對我而言，希望對清晰的頭腦表示敬意，卻又對紊亂的心表示懷疑。但在令兄看來，井然有序的頭腦即爲紊亂的心，我因此迷惑了。頭腦的確不錯，然而說不定精神上有點問題。一方面令人信任，另方面卻無法信任。我這麼說，你會當做滿意的報告而接受嗎？其實，除了這麼說以外沒有別種說法的我本身已經大傷腦筋了。

我暫且不管快步跑下樓梯的令兄，逕自躺了下來。我就是這麼放心，認爲連帽子都沒戴的令兄一定馬上回來。但是，令兄沒有在我預料的時間內出現。這麼一來，我不能再悠閒地癱在那兒。最後，我終於不安地起身。

來到海邊，太陽不知何時已躲入雲內。陰暗的天空和其下的沙灘與海，沐浴在一片灰色中，微溫的風帶著海潮味陣陣吹來，使整個景象顯得格外憂鬱。我從那灰色中的一點，認出令兄蹲著迎接波浪的白色身影。於是，我默默走過去。當我從後呼喚時，令兄立刻站起來說道：「剛才很抱歉。」

令兄漫無目的地在那兒徘徊良久，最後走累了便就地蹲下。

「到山上去吧，我已經厭倦此處，上山吧！」

令兄一副急著上山的模樣。

43

那晚，我們終於決定上山。名義上是山，但從小田原立刻可行的地方只有箱根一處。我把最不通俗的令兄，帶往最通俗的溫泉區。令兄一開始就說，那地方一定很吵雜。話雖如此，他又表示既然是山上，應該可以忍耐個兩、三天。

「到溫泉區忍耐，簡直太可惜了。」

這是當時發自令兄口中的自嘲之語。到了那天晚上，令兄果然得忍耐鄰室吵鬧的客人。不知這位客人來自東京或橫濱，由口音判斷，可能是商人、包商或仲介人之類的人物。此人不時發出不調和的噪音，旁若無人地大聲喧嘩，連一向不大在意這種事的我都覺得受不了。因此那晚，令兄和我沒談任何艱澀的大道理就上牀睡覺。換句話說，鄰室男人根本是爲了破壞我們的思索而吵鬧。

翌日早上，我問令兄：「昨晚睡得著嗎？」令兄搖頭答道：「怎麼睡得著？我實在羨慕你。」聽說，我讓輾轉難眠的令兄聽了一夜鼾聲。

那天，黎明時分便細雨不斷，十點左右越下越大。正午剛過，甚至有點暴風雨的跡象。這時令兄突然站起來，把和服下擺紮在後腰，表示要到山中走走。他主張無論山谷斷崖，都甘冒風吹雨打活動筋骨。我雖覺那種運動方式過於辛苦，但與其勸阻令兄，不如贊同令兄來得省事。於是我說：「好吧！」，也紮起下擺。

令兄立即朝令人窒息的風衝去，以橡皮球自地面彈起的氣勢，在很難形容是風聲或水聲的聲響中飛奔跳躍。同時，發出足以爆裂血管的聲音哇哇大叫。那氣勢不知比昨夜鄰室的房客猛烈多少倍，聲音也更像野獸。而且那原始的吶喊一出口便被風攫走，雨隨即追上去將之擊個粉碎。令兄暫時恢復沈默，卻依然到處走動，直走到氣喘如牛無法舉步爲止。

當我們淋成落湯雞回旅館時，距外出之時已過一、兩個鐘頭。我冷到肚臍眼，令兄也嘴唇發紫。泡在溫泉裡暖和身子時，令兄連說：「痛快。」他對大自然沒有敵意，再怎麼被征服也覺得痛快。我只說：「你也太辛苦了。」，一面在池中舒服地伸腳。

那晚大出所料，鄰室靜悄悄的。問過女服務生，才知昨晚使令兄大爲苦惱的房客已經走了。當天晚上，令兄發表他獨特的宗教觀，令我微感吃驚。

44

你是位現代青年，對於「宗教」這種古老名詞可能不感興趣。我儘量不提艱澀的事項，不過爲了理解令兄，勢必觸及此處。你或許不感興趣，也可能覺得意外，可是如果不提此事，便無法了解我們想要了解的令兄。所以請不要跳過這段，耐著性子看完後你便會明白。好好地讀過並且了解令兄後，請你設法先讓兩位老人家明白，再讓家人了解。我覺得爲令兄過度操心的老人家實在可憐，如今除了經由你以外，沒有其他方法讓你的家人了解眞正的令兄。所以請你認眞一點，專注在看不慣的字眼上。我並不是閒來無事，而故意寫這些艱澀的事。因爲這些事是令兄生命中的一部分，所以我不得不寫。倘若分開這兩者，令兄的的血肉之軀也就不復存在。

令兄厭惡神佛之類，一切建立在自己以外的權威物（「建立」一詞也是沿襲令兄所言）。那麼，他是否主張尼采的所謂「自我」？那倒不是。

「神就是自己。」令兄表示。不認識他的人聽到如此强烈的斷語，或許會覺得奇怪。這也難怪，令兄的說法的確激烈得令人詫異。

「這樣的話，不就等於主張自己是絕對的嗎？」我加以責備。令兄並不動搖，說道：

「我是絕對的。」

這種問答越是重複，令兄的語調越是奇怪。不僅語調，連所說的事也逐漸脫離常軌。假如對手不是像我這樣的人，恐怕話說不到最後，令兄早已被視爲十足的瘋子而埋葬掉了。但是我並未輕視令兄，也不輕易放棄他。事實上，我終於逼他到底。

令兄所謂絕對，原來不是出自哲學家腦中的空洞紙上數字。而是身入其境，親自體驗的清晰心理性產物。

令兄表示，純粹獲得內心平靜的人，即使不刻意追求，理應自然進入此境。一旦進入這種境界，天地萬有、一切對象全都消失，唯獨自己存在。這時的自己似有若無，既像偉大又如細微，很難命名。那就是絕對，經驗過這種絕對的人猛然聽到警鐘響起，便知鐘聲即爲自己。換言之，絕對就是相對。因此除了自己以外，沒有必要放置他物，沒有必要痛苦，更毋需擔心受苦。

「在根本的意義上，生死都是一樣，否則不可能得到心安。姑且不提主張超越現代的才子87，我認爲無論如何非超越生死不可。」

令兄以近乎咬牙切齒的氣勢如此明言。

45

在此情況下，我必須坦承腦筋不及令兄。身爲人類，我的思想尙未達到令兄那種境界。當我聽到令兄以清楚的順序，自然回歸其處的一番話時，心想原來如此，卻又不以爲然。我知道自己只不過是個沒有資格插嘴說是非的人，便默默坐在熱烈話語的主人之前。這時，令兄態度有變。雖然從前也曾發生幾次我的沈默使令兄銳利的矛尖變鈍之例，但那全都事出偶然。尤其在令兄那樣的聰明人面前，玩弄透過某種思想表現沈默的技巧，必定馬上被識破。因此，有時我的遲鈍也大有好處。

「不要把我當做光會逞口舌之利的人，更不要輕視我。」說著，令兄突然在我面前行大禮。我不知如何以對。

「在忠厚如你的眼中看來，我一定像個輕浮的饒舌者。但是我必須實行自己所說的話，我日夜思想，還是非實行不可。甚至深深感到，不實行活不下去。」

我依然無言以對。

「你覺得我的想法不對？」令兄問道。

「我不這麼想。」我回答。

「你覺得我的想法不徹底？」令兄又問。

「像是根本性的思想。」我又答。

「可是這個研究性的我，如何變成實行性的我？請告訴我。」令兄向我請求。

「我那有那種能力？」始料未及的我如此拒絕。

「不，你有。你天生是個實行者，所以你幸福而且穩定。」令兄一再反覆。

令兄似乎非常認真。當時我憮然向他說：

「你的智慧遠勝於我，我很難教你。對於比我軟弱的人，我的力量也許派得上用場。但是對於比我聰明的你，全然無效。總之，你天生是瘦高個子，而我生來矮胖。若想模仿我的肥短身材，除了縮短你的個子外別無他途。」

令兄眼中淚水潸潸滴落。

「我明顯地認出絕對的境地，但是我的世界觀越清晰，絕對離我越遠。總而言之，我就像翻開地圖調查地理的人，卻焦慮地想跟紮著綁腿跋涉山河的實地調查者擁有同樣經驗。我是粗心的，我是矛盾的。雖自知粗心自知矛盾，卻依然拚命掙扎。我是個傻瓜，同樣身爲人類的你比我偉大得多。」

令兄又把手拄在我面前，謝罪似地低頭行禮。眼見令兄淚如泉湧，我惶恐了。

46

離開箱根時，令兄說：「我再也不到這種地方。」至今所到之處，沒有一個地方獲得令兄青睞。無論面對何人，身在何處，令兄都會立刻產生厭惡感。這也難怪，因爲令兄連自己的身軀和自己的心都沒有好感。令兄把自己的身心，說得活像背叛自己的壞蛋。這可不是半開玩笑的胡扯，與他同處數日的我可以證明。我想，接到我的忠實報告後，你也會了解這一點。

或許你曾懷疑，我眞的能和這樣的令兄一起旅行？我自己想想，也覺得不可思議。一旦腦中對令兄有上述印象後，再遲鈍的我也難以奉陪。然而事實上，如今與令兄朝夕相處卻不怎麼感到痛苦，至少我覺得比旁人想像中輕鬆得多。如果問我爲什麼，我實在答不上來。你對令兄是否也有同樣經驗？如果沒有，那大概是身爲他人的我生性跟令兄比親兄弟的你親密吧？所謂親密並非相處得好的意思，而是指彼此分擔，互相接納而攜手共進。

旅行以來，我的言語行動老是惹令兄不悅，有時甚至頭上挨揍。雖然如此，我仍可站在你的家人面前明言自己尚未受令兄嫌惡。同時，我深信自己此刻依然由衷敬愛具有某種弱點的令兄。

令兄是位在我這平庸之輩面前低頭流淚的正人君子，是位敢於如此行動的勇者，是位敢於判斷理當如此行動的智者。令兄頭腦過於明晰，動輒擱下自己走向前方。心以外的器官不能和他的理智同步前進，這就是令兄的痛苦。以人格來說，其處具有空隙。就成功而言，其處潛藏毀滅。爲令兄感傷這種不調和的我，雖將一切原因歸罪於他功能過大的理智，卻仍無法抹煞對這理智的敬意。倘若僅將令兄解釋爲一般難以相處的任性者，也許永遠沒有接近令兄心靈的機會。因此必須儘量緩和令兄痛苦的根源，使之永不再現。

前面說過，我們離開箱根。然後，立刻住進紅谷的小別墅。先前我打算在國府津稍作停留，暗中構思個人計畫。但是，我終於沒向令兄提起。因爲我覺得如果到國府津，他可能又會生氣地說：「我再也不到這種地方。」而且令兄聽我說起這棟別墅時，一直很想到當地安定下來。

47

對易受刺激並且無法忍受刺激的令兄來說，或許這種茅屋似的別墅最適合不過。令兄從靜謐的房間，抬頭看隔著一座山谷對面的崖上高松時，說了聲：「眞不錯。」然後攔腰坐下。

「那棵松樹是你的。」

我以安慰的語氣，特地模仿令兄口吻。那是因爲我想起在修善寺時全然不解的令兄所謂「那百合是我的」及「那些山谷是我」。

別墅有個看房子的老爺爺，我們一來，他就回自己家去了。不過，每天早晚都會過來打掃和汲水。兩個大男人當然不會自己開伙，我們拜託老爺爺從附近的旅館送來三餐。晚上有電燈設備，所以不必大費周章地點油燈。在這種情況下，從早上起牀到晚上睡覺，我們非做不可的事頂多只是鋪牀掛蚊帳而已。

「比自炊輕鬆而且悠閒安寧。」令兄說。事實上，在走過的山邊水涯中，此處的確最爲幽靜。與令兄默默相對，有時甚至聽不到風聲。唯一嫌吵的是珊瑚樹後吱嘎作響的鄰舍轆轤井響聲，沒想到令兄並不在意。令兄顯然逐漸平穩下來。早知如此，應該早點帶他過來。

院子裡有一小片菜園，種著茄子和玉蜀黍。我們商量要不要摘來食用，但醃漬手續太麻煩，終於作罷。至於玉蜀黍，尚未熟到能吃的程度。廚房門口的水井旁種著蕃茄，兩人早上洗臉時順便摘來吃。

豔陽高照下，令兄有時會走到不知是院子或菜園的土地靜靜蹲著，偶爾嗅嗅美人蕉，不過美人蕉是沒有香味的。某些時候，令兄會凝視已經枯萎的月見草花瓣。抵達此處那天，他在左鄰長者別墅交界的茅草旁佇立良久。我從房間看到他那副模樣，由於令兄一直沒有移動，最後我便穿上擺在陽台的草拖鞋，特地到他身邊一探究竟。一堵高約二尺的土堤隔開鄰舍與我們的住屋，時令之故長滿一片茅草。令兄回頭看漸漸走近的我，指著下方的茅草根部。

茅草根部有小螃蟹爬動，約莫拇指指甲大小，而且不止一隻。我定睛一看，一隻變兩隻，兩隻變三隻，最後到處都是，多得令人心煩。

「有爬過茅草葉的小傢伙哩！」

令兄留心觀察，依舊站在原地不動。我把令兄留在那兒，又回到原位。

眼見令兄被這等瑣事吸引到幾乎忘我之境，我覺得非常愉快。心想，這趟旅行總算沒有白來。那天晚上，我把感想告訴令兄。

48

「剛才你不是擁有螃蟹嗎？」

我突然冒出這句話，這時令兄揚起難得的愉快笑聲。去過修善寺後，我偶爾試將「擁有」一詞用在耐人尋味的意義上，想必令兄只是當做滑稽解釋而覺可笑吧？不過令他發笑總比惹他生氣好得多，其實我是相當認眞的。

「你是絕對擁有的吧？」我隨即又說。這次令兄沒笑，但是也沒有回答。開口說話的還是我。

「上次你口口聲聲絕對，發表了艱澀的言論。何必那麼麻煩，非勉强進入絕對不可呢？你看螃蟹看得入迷時，一點都不覺得痛苦吧？首先意識到絕對，然後捉住絕對變成相對的一刹那，在其中找出兩者的統一，這會是很辛苦的工作吧？第一點，我們連這是否人力所能及都搞不清楚。」

令兄似乎還不想打斷我的話，看來比任何時候都鎭靜。於是，我進一步說道：

「反方向去做不是比較方便嗎？」

「反方向？」

反問時，令兄眼中閃著誠意的光輝。

「就是說，看螃蟹入迷而忘我。自己和對方合爲一體時，不就達到你所說的境界嗎？」

「是嗎？」

令兄答得沒有把握。

「當然是，你不是正在實行嗎？」

「的確。」

令兄此言依舊透著茫然。這時，我俄然發覺自己一直在說多餘的事。老實說，我根本不知何謂「絕對」。不但從未思索，連想像都不曾有過。只是由於教育的關係，知道使用這個名詞。身爲人類，我比令兄來得穩定。如果「穩定」二字聽來使人覺得我比令兄偉大，那就不好意思了。所以我要改口說，我具有比令兄接近一般現象的心理狀態。身爲令兄的朋友，我的任務就是把令兄拉回平凡如我的一般人立場。然而換句話說，不得不含有把非凡者變成平凡人的無聊意味在內。倘若令兄不訴說他的痛苦，我這種人怎會找令兄做此問答？令兄向來誠實，不懂時便追問到底。被追問時，我就不懂了。如果只是這樣還不打緊，但是當我們交換這種批評性的談話時，很可能使好不容易即將轉爲實行性的令兄，再度恢復原有的研究性態度。這是我最擔心的一點。

舉凡世上一切藝術品、高山大河、美女，或者任何事物都無所謂，只盼能把令兄的心掏空，代之以不會萌生絲毫研究態度的物件。並且希望他大約一年之內，從不間斷地接受全勢力的支配。令兄所謂擁有事物，不就是被事物擁有的意思嗎？我想，正因如此才會變成絕對被事物擁有，也就是絕對擁有事物。唯獨到此境界，不信神的令兄才能穩定地活在世上吧？

49

前天晚上，兩人在沙灘散步。從我們的住處到海邊，約有三百公尺。必須經過小徑到街上，過街後才能看到海洋的景色。距月出還有段時間，暗濤起伏。眼睛尚未習慣黑暗之前，分不清海水與沙灘相連處。令兄在其中向前直走，微溫的海水不時侵襲我的腳背。打到岸邊的餘波如扁平黏糕般擴散，出其不意地推向遠方。我從後問令兄：「木屐有沒有濕？」令兄命令似地說：「把下襬撩起來紮入腰部。」令兄剛才就想到腳會弄髒，早已紮起下襬。我站在距他五、六公尺的一片黑暗中，看不見他這動作。

可能是季節的關係，加上此處是避暑勝地，自然會遇到別人。所遇之人都是男女結伴，事先說好似地在昏暗中默默散步。因此直到對方出現我們眼前，我才留意到。

他們擦肩而過時，我抬眼一看，全是年輕男女。這種情形，我已經碰到好幾次。

令兄告訴我阿貞的事，就是這個時候。聽說阿貞最近嫁到大阪，或許是那晚遇見的幾對年輕男女，使令兄連想到阿貞當新娘的模樣吧？

令兄說，阿貞是家中欲望最少的善良人物。他非常羨慕那種生來幸福的人，盼望自己也能如此。我不認識阿貞，所以無從批評，只回答說：「是嗎？」這時令兄表示：「阿貞好像以爲你是個女的。」說著在沙灘上站定，我也停下腳步。

對面高處有微弱燈光映入眼簾。白天看那方向，樹間依稀可見紅色建築物，燈火大概是那紅色洋房的主人點的吧？夜色深濃中，燈火如孤星般綻放微光。我面朝燈火的方向，令兄又迎浪佇立。

這時，兩人頭上突然響起鋼琴聲。自沙地高起約兩公尺的地方，一道石牆規則地座落在那兒，牆後有棟房子。可能是爲了從院子直通海灘，石牆蓋頭有樓梯斜斜地砌到院子裡。我走上石階。

房中洩出燈光，如線條般映落院子。微光照射的地面是一片草坪，花朵四處開放。可惜因爲黑，院子又寬敞，所以看不清楚。琴聲好像從洋房正面，一個燈火通明的房間傳出。

「這是洋人別墅。」

「大概是吧！」

令兄和我並肩坐在石階最上層，乍隱乍現的琴聲偶爾掠過兩人耳邊。兩人都默默無言，只見令兄所吸煙頭不時發紅。

50

我以爲會繼續談阿貞的事，在黑暗中靜待令兄發言。但令兄活像被香煙迷住，只是不停吸煙，卻始終不開口。當他把煙蒂丟到石階下面向我時，話題已經離開阿貞。我覺得有點意外，令兄的話題竟是非但與阿貞無關，而且連鋼琴聲、大草坪、美麗的別墅，乃至於避暑、旅行，以及我們周圍的一切與現在，都毫不相干的古代和尚之事。

記得那位和尚名叫香嚴[88]，聽說具有俗語所謂問一答十，問十答百的天生才智。可是他的聰明伶俐妨礙悟道，長久以來一直無法進入眞道。聽令兄說到這裡，連不懂悟道的我都能明白其意，爲自己的智慧痛苦的令兄想必更能深切了解吧。令兄特別提醒：「全是多知多解徒增煩惱。」

這位和尚跟著百丈禪師[89]參禪數年，始終無所得。師尊仙逝後，他投入溈山[90]門下。聽說溈山叱之爲炫耀意解識想而自鳴得意的人，要他說出父母未出生以前的模樣來。和尚回到宿舍，檢討從平生讀破萬卷書所得的知識竟無法回話，嘆道畫餅畢竟無法充饑，便將所有藏書付之一炬。

「我死心了，今後只是喝粥度日吧！」

說完此言，往後他心中無禪念，拋善棄惡，也拋棄父母未出生前的模樣，放下[91]一切。然後，打算選個幽靜地點築座小庵。他割草、掘樹，除石以平地。這當兒，有塊石頭碰到竹叢嘎然一響。聽到這清朗的聲音，他頓時了悟，喜極而言：「一擊亡所知。」

「我渴望成爲香嚴。」令兄說道。令兄的意思，你也非常了解吧？他渴望卸下一切重擔，落得輕鬆。但是令兄沒有可以交託重擔的神，所以他想丢到垃圾堆或什麼地方。令兄的聰慧酷似香嚴和尚，或許因此他才會對香嚴百般羨慕。

令兄所談，全是與洋人別墅、時髦樂器無關的事。我不明白令兄何以在陰暗石階上，聞著海潮味，突然說起此事。當令兄談完，琴聲也早已聽不見。不知是否接近海潮之故，或者夜露的影響，單衣微微透著濕氣。我催令兄折回原路。來到路上，我到常去的糕餅店買了豆餡包。兩人邊吃，邊在黑暗中默默走回屋子。從老爺爺那兒請來看家的小童，蚊子再叮也睡得鼾聲連連。我把剩下的豆餡包全給了他，立刻讓他回家。

51

昨天吃早飯時，由於飯桶位置的關係，我接過令兄的碗，爲他盛了一碗飯。這時，令兄再度提起阿貞的名字。聽說阿貞嫁人前正像我此刻所做，總是服侍令兄吃飯。昨晚令兄就性格方面拿我和阿貞比較，今早又以服侍進餐的模樣把我比成阿貞。於是，我忍不住問道：

「你認爲和那個叫阿貞的人住在一起會幸福嗎？」

令兄默默把筷子舉到嘴邊。從令兄的態度推測，我想他大概不願回答，便不加催促。不料嚥下兩、三口飯後，令兄的回答突然出現。

「我說過阿貞是個幸福的人，卻沒說過我會因爲阿貞而變得幸福。」

表面看來，令兄的話始終筆直而且合乎邏輯，但深處已經飄浮著矛盾。令兄曾向我明言，當他看到不拘泥任何形式的自然臉龐，便會高興得直想感謝。這句話不是跟自身幸福者也爲他人帶來幸福同樣意義嗎？我望著令兄的臉，淺淺地笑。令兄是個不輕易罷休的人，馬上就反撲過來。

「不，眞的是那樣。如果懷疑我，可就傷腦筋了。眞的，我說過的就是說過，沒說過的就是沒說過。」

我不願和令兄唱反調，但我覺得腦筋一向清晰的令兄，居然會滿不在乎地玩弄他平日輕蔑的語言邏輯，的確有點奇怪。因此，我毫不客氣地指出令兄的矛盾。

令兄又默默吃了兩口飯。碗空了，可是飯桶仍在令兄搆不到的我旁邊。我伸出手想再爲令兄盛飯，沒想到這次令兄不肯，反而表示要自己來。我把飯桶推過去，令兄拿起飯勺，盛了尖尖一碗飯。然後把碗放在餐几上，也不拿筷子便問我：

「你認爲女人婚前婚後是同一個人嗎？」

或許是我平日沒有想過那種事，以致無法馬上回答。這次該我連吞兩、三口飯，等待令兄的說明。

「出嫁前的阿貞與出嫁後的阿貞判若兩人，現在的阿貞已經被丈夫寵壞了。」

「她到底嫁給什麼樣的人？」我中途問道。

「無論嫁給什麼樣的人，出嫁後，女人就會因爲丈夫的緣故變了樣。我嘴裡這麼說，心想卻想不知內人已經變得多壞。向由於自己而變壞的妻子求取幸福，不是太過分了嗎？從已出嫁而失去天眞的女人身上，不可能求得幸福。」

說著，令兄拿起碗。不一會兒工夫，便把滿滿的一碗飯吃個精光。

52

寫到這裡，應該已經把啓程旅行到今天爲止的令兄，儘量詳細地記在紙上。印象中好像昨天才離開東京，屈指算算卻已過了十多天。我很了解對期盼從我這兒接到音信的你和老人家來說，這十天或許還嫌太長。然而正因此信開頭所言事項，在抵達此處穩定下來之前，我幾乎沒有執筆的餘裕。因此，不得不拖延了些時日。但是過去十天內有關令兄的情況，信中連一天都沒有遺漏。我小心翼翼地把令兄每天的言行舉止，完全寫在這封信中。這是我的申辯，同時也是我的驕傲。因爲我是以超乎當初預期的自信，忠實地寫完此信。

由於我的努力並非以時針計算工作分量，因此不能經由數字報告我所花費的時間。不過，其中的艱辛千眞萬確。我有生以來初次寫這麼長的信，當然不可能一氣呵成，也無法一天寫完。我一有空便坐在桌前，繼續未完成的信。但這算不了什麼，只要我所看見，所了解的令兄活躍在此信中，縱使花費更多的心力，我也在所不辭。

我爲我所敬愛的令兄寫下這封信，也爲同樣敬愛令兄的你寫下這封信。最後，更爲充滿慈愛的老人家——令尊令堂寫下這封信。我所看見的令兄恐怕和你們所看見的令兄不同，我所了解的令兄大概也不是你們所了解的令兄。如果這封信值得做此努力，請認爲價值就在其中。請以此信爲參考，想想價值就在由不同角度看同一個人，而獲得另一種反射。

你們也許希望能夠就令兄的將來，獲得一些特別清楚的資料。但我不是先知，沒有資格插嘴談論未來。天空烏雲密佈時，或許會下雨，也可能不會下雨。只不過事實是天空有雲時，看不見太陽。你們說令兄宛若外人，而覺得不愉快。對可憐的令兄，多少帶有責備的意味。你們可曾想過，本身不幸福的人不可能有能力使別人幸福。逼問被烏雲籠罩的太陽爲何不帶給人們溫暖的光，那是逼問的一方沒有道理。與令兄同處的這段日子，我一直設法爲他撥開雲層。在希望令兄帶來溫暖陽光之前，你們先替令兄撥散纏繞他頭部的雲層不就好了嗎？倘若不能撥雲見日，身爲家人的你們或許會遭遇悲傷的事，令兄本身也將產生悲哀的結果。而發此言論的我，自然感到哀痛。

我寫下過去十天來的令兄。問題是這十天間的令兄在未來十天內將會如何？誰也無法回答這個問題。就算我能保證下一個十天，然而誰能保證往後一個月，往後一年的令兄？我只是忠實地記錄令兄過去十天之間的言行。頭腦並不敏銳的我忙著記錄，根本沒有多餘的時間再看一次，因此信中難免會有矛盾之處。而頭腦敏銳的令兄言行方面，或許也有未曾留意到的矛盾。不過我敢斷言令兄是認眞的，他絕對不會欺騙我。我也是忠實的，沒有絲毫欺騙你的意思。

我開始寫這封信時，令兄睡得很熟。寫完此信的現在，他也睡得很熟。我在偶然的機會下，趁令兄入睡時動筆；又在偶然的機會下，在令兄就寢時完成。仔細想想，不禁感到奇怪。我心中某個角落覺得，倘若令兄永遠不從此刻的睡夢中醒來，該是多麼幸福；同時心中又有個聲音告訴我，倘若令兄就此一眠不起，將會何等悲哀。

註釋

❶爬高野，指攀登空海和尚開基的真言宗金剛峯寺所在的高野山。

❷甲州線，現今中央線八王子到甲州、信州的鐵路舊稱，並非正式名稱，而是一般俗稱。

❸吳春，即松村吳春（一七五二～一八一一），本名月溪，為江戶後期南派畫家，與謝蕪村之弟子。日後從圓山應舉學，創四條派。

❶天下茶屋，大阪西成郊區外住宅區地名，即住吉與今宮附近。

❺高商，在此指今之一橋大學前身——東京高等商業學校。

❻文中使用「那件事」一詞，卻始終不明示其內容。

❼廂，廂髮（庇髮）的簡稱，為東髮的一種。日俄戰爭之際，女星川上貞奴率先梳結此種髮型，創風氣之先，女學生間尤其流行。

❽平野水，即汽水，以產於攝津多田的平野溫泉而得名。

❾自己結婚時……岡田夫婦的結合，正在進行中的佐野和貞的結合，以及我和後來會出現的哥哥夫婦等，想把故事中心挪到「結婚」、「夫妻」這種既單純又複雜，而且不可思議的

情況之上。

❿淨琉璃，一種以三絃伴奏的說唱曲藝或說話故事。

⓫義太夫，元祿年間竹本義太夫所創始的淨琉璃之一派，是一種以琵琶或三絃伴奏的歌謠。

⓬文樂，發祥於文樂座的淨琉璃傀儡戲。

⓭金明水，富士山雪融後湧現的泉水之一，被當成靈水。

⓮暗嶺，奈良與大阪間的生駒山脈半山峯。

⓯馬關，山口縣下關市舊稱，語出「赤間關」。

⓰島田，一種日本婦女髮型，主要為未婚女性或婚禮時所梳用。

⓱珍寶，商標上寫「The Gem 口中香料　珍寶」的一種清涼劑。

⓲兼的親切，先給讀者岡田與兼這對善良百姓卻也現實的夫妻生活無憂無慮的印象，轉而描寫成為對比的一郎與直夫婦。

⓳貞，由於周遭人們的盛情厚意，與本身意志完全無關的親事一直進行下去。在岡田・兼夫婦、一郎・直夫婦之後，這位貞可說正朝著婚姻之路邁進。

⓴水滸傳，以浪漫形式描寫中國羣盜的小說，作者施耐庵。

㉑罹患精神病的美麗姑娘不幸的婚姻，岡田夫婦、一郎夫婦，以及正在進行中的貞・佐野夫

婦，這些婚姻表面看來平安無事，一旦踏錯一步，難保不會得到與「那位姑娘」同樣的結局。世上並無絕對穩固的夫妻，而且平日都被籠罩在不安定的狀況中。

㉒火車已經到站了，故事即將導入中心時，多半會有「火車」之類的東西抵達或出現，而吊人胃口地將事情擱下來。這是漱石慣用的手法，藉以吸引讀者。

㉓片男波，指高低波中的高波。引用萬葉集中山部赤人詩云「潟男波」，寫成「片男波」。

㉔紀三井寺，日本西部三十三處發護身符地中的第二個，為真言宗寺廟。為了與大津市的「三井寺」有所區別，而加上「紀州」的「紀」字。

㉕權現，在此指和歌浦的東照宮。「權現」係佛為救眾生，化身為神出現，後轉變為德川家康的尊稱。

㉖梅勒狄斯（George Meredith, 1828～1909）是英國詩人暨小說家。漱石酷愛其作品，受其影響至深。

㉗我最討厭奉承話，直不顧周遭眼光率直發言的形象，酷似鏡子夫人的性格。

㉘玻璃加工品，在此比喻廉價的贋品。

㉙桐油，掛在人力車篷前的防水雨衣，全名是桐油雨衣。

㉚牀之間：日式房間靠牆處地板高出，以柱隔開，用以陳設花瓶等裝飾品或掛畫的一塊地

方，類似壁龕。

㉛疊紙，用來包裝和服等物的有折痕之厚紙。

㉜八幡竹叢，據說一入八幡（在千葉縣市川市境內）竹叢，便很難走出來。

㉝盆波，中元節左右（八月中旬），由於潮流的關係導致波濤洶湧，因此禁止海水浴。

㉞下學年的講義，漱石曾經潛心製作大學講義的事記。

㉟堂摺連，指常去聽女郎演唱義太夫（用琵琶或三絃伴奏的歌謠），陶醉其弦律而跟著唱和的那些人。

㊱刮臉用刷（shaving brush）塗抹剃鬚用皂沫的刷子，當時還相當罕見。

㊲三越，日本著名百貨公司。

㊳探幽，即狩野探幽（一六〇二～一六七四）。江戶初期的幕府御用畫師，為狩野派興隆之祖。

㊴三幅對，本尊佛在中央，侍者在左右的佛畫。後來多半演變為人物居中，花鳥在左右的形態。

㊵鬼得霍亂，一向健康的人突然生病之意。

㊶景清，謠田。敘述女兒尋找如今已成盲丐的平家之惡七兵衛景清，而聽八島戰爭故事的情

節。

42 貴族院議員，明治時代憲法下的帝國議會由眾議院與貴族院構成，分為皇族議員、有爵議員，以及勅任議員三種。

43 松門，謠曲「景清」最高潮的一段。

44 胡麻節，即芝麻點，明示謠曲段節的符號。

45 腰弁，帶便當領低薪。

46 有樂座，東京麴町區（現在的千代田區）有樂町的劇場。明治四十一年十一月，由「自由劇場」開設，關東大地震時燒毀。

47 美音會，日本古典音樂與西洋音樂合併演奏的演奏會。明治四十年，於新橋音樂廳首演。

48 保羅與法蘭潔西卡之戀，但丁的《神曲》地獄篇中出現的人物。

49 三勝半七，指元祿八年在大阪千日前殉情的島內妓女三勝與大和五條的半七之傳說。未幾，這件事演變為故事、戲曲及歌謠等，相當普及。

50 卵甲，以雞蛋白部分為材料製成的玳瑁仿製品。

51 三反，一反為兩丈八，三反約有八丈四尺。

52 塵勞，佛語，為日常無聊瑣事勞心費神而污穢心靈之意。

53不知何故，我躊躇著……繼和歌山之後，這是二郎第一次與嫂嫂單獨相處。場面雖不具和歌山時那種戲劇性要素，卻以沈重而有深度的情況生動地描繪。

54父母親手種植的盆栽，以比喻的手法巧妙描述直的命運與女人的靭性。漱石擅長從日常生活中，提出適切的比喻。

55不受拘限的自由女人，與「不拘泥於任何事的天真表現」同為瞭解直所作所為的關鍵語之一。

56大德寺，位於京都市北區紫野的臨濟宗著名佛寺，為京都五山之一，與古美術及茶道淵源極深。

57黃檗，明代黃檗山萬福寺之僧隱元赴日推廣的宗派。

58表慶館，明治四十二年在目前位於上野的國立博物館用地建造的建築物，是東京市民為大正天皇御婚紀念而捐獻的建築物。

59御品王羲之的書信，蒐集中國晉代書法家王羲之（被尊為書聖）的書信，名曰「喪亂帖」。

60応擧，即圓山應擧（一七三三～一七九五）江戶中期畫家，圓山派始祖，擅於寫實手法。

61玉，半透明的寶石類，產於中國遼東半島。

62 高麗燒，朝鮮高麗時代的陶器。

63 柿右衛門，即酒井田柿右衛門，有田的著名陶工，以製作精良嚴謹聞名。

64 道入的碗，京都樂燒本家第三代道入製作的碗。

65 三橋馬路，今之上野公園下方並列三座橋樑，橋下是流自不忍池的小河，俗稱「三橋」。

66 勸工場，明治中期至後期，東京市內有許多日用雜貨販賣處，具今日百貨公司前身的要素。

67 曼鳩利卡盤 Majolica 原是義大利文藝復興期前後所製的陶器。

68 分離派 Secession 以色彩與形狀的單純化為目的的新造型美術運動。十九世紀末，由維也納美術、工藝家倡導，原意為「從舊習分離」。

69 精神感應，telepathy 遠感現象。不經普通感覺器官，而以心傳心之意。

70 九谷燒，石川縣出產的華麗陶磁器。

71 梅特魯林克（Maurice Maeterlinck, 1862～1949）比利時詩人暨戲劇家，具神祕性，象徵性作風。《蒙娜．班納》、《青鳥》等為其代表作。

72 降靈術，spiritualism。

73 花以從上野……江戶時代至明治時期，東京的櫻花名勝有上野、向島、荒川堤等處。

74 哨站，哨兵站崗的地方。據說江戶城有三十六個哨站，此處指牛込哨站。

75 木瓜徽紋，家徽名，形似橫切木瓜。

76 富士太鼓，世阿彌所作的謠曲。被殺害的樂人富士之妻身穿丈夫遺衣，視太鼓為敵猛力擊打。

77 烏兜，無樂所用的頭兜。

78 裃，江戶時代的武士禮服。

79 伶人，樂人。

80 某協會，在此指文藝協會。此人為東儀鐵笛。

81 contradiction in terms 邏輯學上的「名詞矛盾」。

82 一閒張，重疊紙張後上漆的加工品。

83 膏雨，滋潤農作物的及時雨。

84 燈影照無睡，心清聞妙香　杜甫詩〈大雲寺贊公房〉首句。

85 瑪拉爾梅（Stéphane Mallarmé, 1812~1898）法國代表性象徵詩人，代表作有《牧神的午後》等。

86 西蒙斯（Arther Symons, 1865~1945）英國詩人暨評論家。明治末期，介紹有關西蒙斯象徵主義的評論成為話題。

87 才子，在此指高山犛牛。

88 香嚴，生歿年不詳，指住在香嚴山的中國高僧，本名智閑，被稱為襲燈大師。

89 百丈禪師（七二〇～八一四）中國高僧，本名王懷海，人稱大智禪師。

90 溈山（七七一～八五三）中國高僧，受教於百丈禪師，人稱大國禪師。

91 放下，禪宗用語，意指放棄諸緣入無我之境。

解說

《行人》中，〈朋友〉、〈兄〉和〈歸後〉三篇是空從大正元年十二月六日至翌年四月七日，連載於朝日新聞。著述〈歸後〉期間，漱石開始爲胃潰瘍復發所苦，終於臥病在牀而中斷寫作，及至九月十六日再度執筆，十一月五日前寫好〈塵勞〉五十二回，完成本書。

由此推測，著作《行人》期間，漱石的身體條件相當惡劣，精神條件也不甚樂觀，這一點從他的書簡和日記可以得知。大正元年十月十二日，他給阿部次郎的信中寫道：「最近我已習慣孤獨，即使未得藝術上的同情也能勉强度日。」此外，大正二年三月二十二日給戶川秋骨的信中寫道：「天下無人與我同在的感受。」漱石被舊日弟子背叛，在文壇上孤立，家人非但不瞭解反而視之爲瘋子。但是若爲逃避孤獨而與周遭及社會妥協，他的矜持未免過高。或許他就像《行人》中的一郎，認爲周遭才應提昇到他的高度。然而遲鈍的周遭不僅無法滿足他的要求，甚至不瞭解他的要求究竟是什麼。他焦急而憤怒，並且看到自己急怒時的醜陋。我們讀《行人》時，可以深切感受到他的苦悶。他在大正二年十月五日寫給和辻哲郎的信上說：「我現在正努力入道。」這句話一定發自那樣的苦悶中。

《行人》和《彼岸過迄》一樣，形式上採用短篇構成長篇的方式，但各短篇之間的連結緊湊得多。首先，〈朋友〉介紹串聯四篇角色的二郎。介紹時，二郎並沒有被當做如同《彼岸過迄》中敬太郎那種性格不明的旁觀者，而是描寫爲擁有書中人物均可向他傾訴心事這種個性的人。〈朋友〉中，他是友人三澤的好聽衆，得到分享祕密的經驗；在〈兄〉及〈歸後〉裡，他不僅是母親與妹妹重能夠毫無忌諱地說話的最佳對象，也成爲從不說出心事的嫂嫂直，訴說連丈夫都不肯透露的怨言時的聽衆。更重要的是，本書主角一郎向他說出內心深處引以爲恥的嫉妒，甚至請他試探妻子的貞節。而最後的〈塵勞〉中，他成爲H先生談論一郎並且表現其本身性格及思想的對手。

二郎不是敬太郎那種旁觀者身分的報告者，非但在舞臺上扮演他自己的角色，也是反映所有出場人物眞目面的鏡子。換句話說，漱石在本書中並未採用世上一般小說家常用的方式——披著隱身衣接近各個人物，以便描寫其性格與心理；而是採取以二郎這面鏡子將一切反映入讀者眼中的方法。當然，這個方法大爲成功。

鏡中顯現的性格映像都非常鮮明，不過由於一郎的映像過度強烈，以致其他人物都退居背景而淡化了。這當然是漱石的目的，希望藉著一郎描寫他眼中所見不易與人相處的自己。但因所描述的是自己處於前述階段，所以描寫得極爲苦澀，作者本身的痛苦完全傳達到讀者心坎。

一郎非常理智，除了理智，什麼都不相信。完全依賴理智的人，常會陷入虛無主義，屠格涅夫《父與子》中的巴扎洛夫就是這方面的好例子。一郎不相信父母、弟妹，連自己的妻子都不相信。藉H先生的話，顯示他「因爲自己敏銳，所以在所認定的危險鐵線上進行自己的生活步伐」，「並且要求對方同樣走在危險鐵線上，不准踏出一步，否則他無法忍受」，這種要求使不像他那麼神經質，也沒有他那麼敏銳的人困惑了。他們把他看成怪人，甚至當做瘋子。父母和親人只是惶然不知所措，妻子在事情麻煩以後，只是一再重複「因爲我笨」這種可以解釋爲放棄，也可解釋爲厚顏的話，而不採取行動。對於以自己的方式愛妻子的一郎來說，妻子這種怠慢與冷淡實在無法忍受。他認爲妻子理應努力提昇到丈夫的高度，溫暖丈夫的孤獨之寒。一郎開始懷疑不努力改變而態度冷淡的妻子是否不愛丈夫，而愛別的男人——弟弟二郎。他使自己墮入地獄，使自己苦受折磨。即使在地獄中受苦，他仍譴責不和自己走在同一路線的人們不誠實。

到〈歸後〉爲止的前三篇，描寫如此情況的一郎如在地獄受苦。但在〈塵勞〉中，這苦惱開始被當做近乎一般性的事情處理。那也是因爲關注一郎苦惱的人，是比二郎知性更高、經驗更廣的H先生；然而根本上則是一郎本人已具有稍微保持距離，客觀審視特殊的自身苦惱之餘裕。這是作者進一步的暗示。礙於敏銳理智而無法與別人妥協的漱石，深受渴望發出內心吶喊的冰冷孤獨所折磨，在擱下〈歸後〉之筆至執筆寫〈塵勞〉前的療養生活當中，必定對自我有過深切的反省。而再度提筆寫〈塵勞〉之初，他的心中已開始萌生新的主題。這一點，關係到下一部作品《心》。出現在H先生報告中的下列對話，清楚地表現作者對一郎心境的批評——

「不要把自己當做生活的中心，爽快地拋棄，你會更舒服。」我又向令兄說道。

「那麼，以什麼爲中心活在世上？」令兄問。

「神。」我回答。

「神是什麼？」令兄又問。

一郎渴望拋棄理智、捨棄自我而落得輕鬆。事實上，他認爲沒有自我的貞所流露的無欲與單純至高無上，並且羨慕H先生偶爾呈現的天眞。然而對他來說，自我既已成爲中心，一旦拋棄便無法生存。對他來說，自我就是神。不過，漱石隱約領悟到一郎以及他本身的得救之道何在，而又通往何處。一郎思及投石竹叢，耳聞嘎然一響而了悟「一擊亡所知」的香嚴禪僧，渴望自己也能有所了悟。但過於仰賴理智而無法信神的一郎，無法一擊亡所知。根據H先生的意見，一郎的得救之道在於全心全意投入某些事物。那就是被事物絕對擁有，相反地，也是絕對擁有事物。唯有達到此種境界，一郎才能穩定地活在世上。H先生所示的道路，正是漱石向自己暗示的唯一途徑。

夏目漱石年譜

一八六七年　一歲

二月九日（農曆一月五日）生於江戶牛返馬場下橫町（新宿區喜久井町），父親是夏目小兵衛直克，母親千枝，在家中排行老么，本名夏目金之助，夏目家是町方名主，勢力龐大，當時家道開始沒落。出生後，馬上被寄養在四谷的古道具店（另一說法爲蔬菜店），但不久又回到出生的老家。

一八六八年　二歲

過繼給曾在夏目家當書生的四谷名主鹽原昌之助作養子。此後，養父因工作關係，經常搬家。

一八七四年　八歲

春天，養父因有外遇而起了家庭糾紛，他遂與養母回到夏目老家居住。同年十二月，進入新設立的公立戶田小學就讀，在校成績優良。

一八七六年　十歲

因養父母離異，戶籍仍留在鹽原家，但人回到親生父母家居住，並轉至公立市谷小學。

一八七八年　十二歲

二月，與友人在傳覽雜誌上發表漢文語調的〈正成論〉。四月，自市谷小學的上等小學第八級畢業。十月，由錦華小學之小學普通科二級後期畢業，升上東京府立第一中學。

一八八一年　十五歲

一月，生母千枝去世。同年，他由第一中學退學，進入私立二松學舍就讀，主攻漢學。

一八八三年　十七歲

爲了考大學預備科而進入神田駿河台的成立學舍學英文。

一八八四年　十八歲

九月，進大學預備門預科就讀，與中村是公同年級。

一八八五年　十九歲

跟中村是公等十人在外租屋，過著書生式的生活。

一八八六年　二十歲

四月，大學預備門改名爲第一高等中學。七月，成績一落千丈，因罹患腹膜炎，無法參加升級考而被留在原年級。此次留級使他心念一轉，發奮用功，直到畢業，都保持名列前矛。爲了自力更生，便在本所的江東義塾教書。

一八八八年　二十二歲

一月，自鹽原家復籍到夏目家。七月，由第一高等中學預備科畢業，決心專攻英文。九月，進入本科一部（文科）就讀。

一八八九年　二十三歲

一月，認識正岡子規。以漢文評論子規的詩文集《七草集》，並加添九篇七言絕句，首次使用「漱石」這個筆名。八月，與同學到房總去旅行。九月，用漢詩寫此行遊記《木屑錄》，請松山的子規爲他寫書評。

一八九〇年　二十四歲

七月，由第一高等中學本科畢業。九月，進入帝國大學文科大學英文科就讀。本年至次年，身陷厭世主義的深淵。

一八九一年　二十五歲

七月，他所敬愛的嫂嫂（么兄直矩之妻）去世。十二月，J・M・狄克生教授委託他將《方丈記》譯成英文。

一八九二年　二十六歲

四月，爲了逃避兵役而分家，將戶籍遷往北海道，成爲北海道平民（大正二年又恢復爲東京府平民）。五月，在東京專科當講師。六月，完成東洋哲學科目論文《老子的哲學》。七月，擔任《哲學雜誌》的編輯委員。是年夏天，與已退學的子規遊京都和堺，往松山的子規家時，認識了高濱虛子。十月，發表評論〈漫談文壇平等主義代表，華特・懷特曼（Walt Whitman）的詩〉（《哲學雜誌》）。十二月，完成教育學科目論文《中學改良策》。

一八九三年　二十七歲

一月，在帝國大學談話會上，以「英國詩人對天地山川之觀念」爲題作演講。三月，在《哲學雜誌》（六月停刊）上連載。七月，由文科大學英文科第二屆畢業，接著進入研究所。十月，經校長外山正一推介，進入東京高等師範當英文教師。

一八九四年　二十八歲

二月，吐痰帶血，經診斷是初期肺結核。十二月至隔年一月，拜在釋宗演法師門下參禪。

一八九五年　二十九歲

應徵橫濱的《日本郵報》記者，未經錄用，四月，由友人菅虎雄介紹，到愛媛縣普通中學（松山中學）教書。八月，中日甲午戰爭時，因在軍中咯血而回國，在租處住兩個月。十二月，回東京，與貴族院書記官長中根重一之長女鏡子相親，接著訂婚。

一八九六年　三十歲

四月，由菅虎雄介紹，爲了到第五高等學校當講師而到熊本，六月，在熊本市光琳寺町家租房子，然後與中根鏡子結婚。七月，升任教授。

一八九七年　三十一歲

本年起，開始在俳壇上小有名氣。三月，在《江湖文學》上評論《托利斯托拉姆・桑德》。六月，生父直克去世。七月，帶鏡子回東京，停留在東京時，鏡子流產。也曾在東京時與根岸庵探討病中的子規。年底開始，熱衷於漢詩創作。

一八九八年　三十二歲

這段時間，鏡子歇斯底里症加重，企圖在井川淵投水自殺。九月，教第五高等學校學生寺田寅彥等人作俳句。十一月，在《杜鵑》上發表散文〈不言之言〉。

一八九九年　三十三歲

五月，長女筆子出生。四月，在《杜鵑》上發表散文〈英國文人與新聞雜誌〉。六月，升爲英文主任。八月，同樣在《杜鵑》上發表評論〈對小說《魏魯音》的批評〉。

一九〇〇年　三十四歲

五月，奉教育部命令，在職留英研究英文整整兩年。七月，回東京，將妻、子託寄在岳家。九月，搭德國輪船由橫濱出航。十月，在途中經過巴黎，參觀了當地的萬國博覽會，然後到達倫敦。十一月至十二月，爲了拜莎士比亞名家 Craig 博士爲個人的指導教授而住在他家至次年十月。

一九〇一年　三十五歲

一月，他離家期間，次女恆子出生。此時起直到回國期間，專心執筆寫《文學論》，由於留學費用不足，加上孤獨而患上神經衰弱。這年起，開始從事英文詩創作。

一九〇二年　三十六歲

九月，神經衰弱症狀加重，他發瘋的消息傳到日本。爲了轉變心情，開始學騎腳踏車。十二月，由倫敦回國。

一九〇三年　三十七歲

一月，回國。三月，辭去高等學校教職。四月，就任第一高等學校講師，同時繼小泉八雲之後，成爲東京帝國大學英文科講師，教學生「英文學形式論」和「沙依拉斯・瑪那」。當時，由於學生才發起挽留八雲的活動後不久，加上漱石分析性的講義與八雲詩型的講義不同，漱石的講義並未受到學生的歡迎。六月，在《杜鵑》上發表散文〈自行車日記〉。七月，神經衰弱症更趨嚴重，與妻子分居整整兩個月。十月，三女榮子出生。十一月，神經衰弱症再度加重，約有半年時間，持續處於極度嚴重的狀態。這一年，開始學習水彩畫。

一九〇四年　三十八歲

一月，在《帝國文學》上評論〈關於馬克白的幽靈〉。四月，兼任明治大學講師。七、八月，在《歌舞伎》上發表談話筆記〈英國現今戲劇狀況〉。十二月，經虛子建議，在子規門下文章會「山會」上，由虛子以朗誦方式發表初期創作《我是貓》，頗獲好評。

一九〇五年　三十九歲

一月，在《帝國文學》發表〈倫敦塔〉，在《學鐙》上發表〈卡萊爾博物館〉；在《杜鵑》上發表《我是貓》，深獲佳評，原來是一次刊完之作品，因應讀者要求，連載至次年八月才結束。四月，在《杜鵑》上發表〈幻影之盾〉，演講〈倫敦的娛樂〉，發表在《明治學報》，刊載到五月才結束。五月，在《七人》發表〈琴之仿音〉。九月，在《中央公論》發表〈一夜〉；在東京大學開始教「十八世紀英文學」（以《文學評論》爲題出版）。由這時候起，他渴望辭去教職成爲一位作家。十月，由「服部書店」發行《我是貓》。十一月，又在《中央公論》上發表〈薤路行〉。十二月，四女愛子出生。這一年，他在大學授課時，聽課的學生擠滿了課堂，許多雜誌記者不斷地採訪他。鈴木三重吉、森田草平、小宮豐隆等人開始在他那兒出入。

一九〇六年　四十歲

一月，在《帝國文學》上發表〈遺傳趣談〉。四月，在《杜鵑》發表《少爺》。這時，他爲胃炎所苦。五月，由「大倉書房」發行第一本短篇集《漾虛集》。九月，在《新小說》發表《草枕》。十月，鈴木三重吉提議，將每週見面的日子定在星期四，這就是所謂「木曜會」的由來；另在《中央公論》上發表《二百十日》。十一月，再由「大倉書店」發行《我是貓》中集。

一九〇七年　四十一歲

一月，在《杜鵑》發表《野分》；由「春陽堂書店」發行中篇集《鶉籠》。二月，朝日新聞社與他交涉，打算聘用他。四月，他辭去所有教職，進入朝日新聞社服務。五月，在《朝日新聞》上發表散文〈入社之辭〉；接著在《東京朝日》上評論《文藝哲學的基礎》，刊到六月結束；由「大倉書店」發行《文學論》和《我是貓下集》。六月，在

《朝日新聞》上連載《虞美人草》，直到十月才連載完。長男純一出生。九月，神經衰弱症痊癒，卻又罹患胃病。

一九〇八年　四十二歲

一月，由「春陽堂」發行虛子所著的《雞頭》序文內陳述余裕派文學的立場；在《朝日新聞》連載《鑛夫》至四月結束；本月並由「春陽堂」發行《虞美人草》。六月，在《大阪朝日》上發表〈文鳥〉。七、八月在《朝日新聞》上發表〈夢十夜〉。九月，在《朝日新聞》上連載《三四郎》，直到十二月完結；本月由「春陽堂」發行《草枕》。十二月，次男伸六誕生。

一九〇九年　四十三歲

一月，發表散文《永日小品》至三月結束。三月左右至四月前後，養父鹽原昌之助向他要求資助；本月由「春陽堂」發行評論作品《文學評論》。五月，由「春陽堂」發行《三四郎》。六月，《太陽》所舉辦第二屆二十五名家排行榜推選中，成爲最高票當選的文藝作家，但是他拒絕受獎。八月，在《朝日新聞》上發表散文〈長谷川君和我〉。九月至十月間，由滿州鐵路總裁中村是公招待，前往滿州，朝鮮旅行，並發表遊記《滿韓遊蹤》，在《朝日新聞》上連載至十二月結束；在《朝日新聞》連載的《之後》，刊至十月結束。十一月，在《朝日新聞》設立「文藝版」。

一九一〇年　四十四歲

一月，由「春陽堂」出版《之後》。三月開始，在《朝日新聞》連載《門》到六月結束。五月，由「春陽堂」出版作品集《四篇》。六月至七月，因胃潰瘍住進長與胃腸病院。六月，在《朝日新聞》上評論〈長塚節氏之小說《土》〉。八月，易地療養，但在靜岡縣修善寺溫泉區病情惡化，大量吐血，昏迷不醒。朋友、學生紛紛前來探望，不久逐漸復元。十月，回到東京，再度住進長與胃腸病院；當月，在《朝日新聞》上連載散文《回憶錄》至明治四十四年四月結束。是年，五女比奈子出生。

一九一一年　四十五歲

一月，由「春陽堂」出版《門》。二月，獲頒文學博士學位，但他堅辭，同月，《東京朝日》發表〈博士問題〉的談話錄。七月，在《朝日新聞》發表散文〈凱貝爾先生〉。八月，繼續在關西演講，後來因胃潰瘍復發，在大阪入院；同月，由「春陽堂」出版散文集《剪貼摘錄》。九月，回東京，因患痔瘡，於隔年到醫院去門診。十月，因《朝日新聞》文藝版被廢止而請辭，爲報社挽留，並答應重新考慮撤回辭呈。十一月，五女比奈子去世；本月並由《朝日新聞社》出版《朝日演講集》。

一九一二年　四十六歲

一月起，於《朝日新聞》連載《彼岸過迄》至四月結束。九月，再度接受痔瘡手術。這時起，他愛上書法，並開始畫南畫風格的水彩。當月並由「春陽堂」出版《彼岸過迄》。十二月起，在《朝日新聞》上連載《行人》，因病中斷，直到大正二年十一月才結束。

一九一三年　四十七歲

一月，神經衰弱更加嚴重，此疾苦纏他至六月左右。二月，由「實業之日本社」出版《社會與個人》演講集。三月，胃潰瘍復發，纏綿病榻直到五月。

一九一四年　四十八歲

一月，在《朝日新聞》評論〈業餘與專家〉。並由「大倉書店」出版《行人》。四月起，在《朝日新聞》連載《心》至八月完結。九月，第四次因胃潰瘍而臥病在牀。十月，由「岩波書店」出版《心》。十一月，在學習院以〈我的個人主義〉爲題作演講。

一九一五年　四十九歲

一月起，在《朝日新聞》上連載散文《玻璃門內》，至二月完結。三月，遊京都，但在途中，第五次因胃潰瘍而倒地；同月，在《輔仁會雜誌》上發表評論〈我的個人主義〉。四月，由「岩波書店」出版散文集《玻璃門內》。六月至九月，在《朝日新聞》上連載《道草》。十月，由「岩波書店」出版《道草》。十一月，由「至誠堂」出版散文集《金剛草》。十二月，芥川龍之介、久米正雄等人參與木曜會。

一九一六年　五十歲

一月，因自去年底起頗爲關節炎所苦，轉至湯河原溫泉療養；同月，在《朝日新聞》上評論《點頭錄》。二月，致函芥川龍之介，讚賞其作品〈鼻〉。四月，經診斷，確定疼痛乃因糖尿病所引起而非關節炎。五月起，在《朝日新聞》連載《明暗》，後因他去世，而於十二月中斷。八月開始，作了不少漢詩。十一月，又因胃潰瘍臥病，十二月上旬，大量內出血後，終於在十二月九日去世。

一九一七年

由「岩波書店」出版《明暗》。

日本文學系列

①金閣寺	三島由紀夫	140 元
②和解	志賀直哉	120 元
③芥川精選集	芥川龍之介	100 元
④志賀直哉短篇選	志賀直哉	120 元
⑤愛的飢渴	三島由紀夫	110 元
⑥敦煌	井上靖	120 元
⑦小說燈籠	太宰治	130 元
⑧幸福家庭	武者小路實篤	160 元
⑨午後曳航	三島由紀夫	110 元
⑩少爺	夏目漱石	120 元
⑪我是貓（上）	夏目漱石	160 元
⑫我是貓（下）	夏目漱石	160 元
⑬夜之聲	井上靖	160 元
⑭身爲女人（上）	川端康成	190 元
⑮身爲女人（下）	川端康成	170 元
⑯春	島崎藤村	180 元

⑰花的華爾滋	川端康成	100元
⑱之後	夏目漱石	160元
⑲黑蝶	井上靖	180元
⑳冬日煙火	渡邊淳一	200元
㉑天使	遠藤周作	150元
㉒草枕	夏目漱石	120元
㉓破戒	島崎藤村	200元
㉔藍色時代	三島由紀夫	120元
㉕櫻桃成熟時	島崎藤村	120元
㉖二百十日・野分	夏目漱石	160元
㉗門	夏目漱石	140元
㉘伊豆之旅	川端康成	160元
㉙礦工	夏目漱石	160元
㉚男色	水上勉	120元
㉛漲潮	井上靖	270元
㉜雪國	川端康成	100元
㉝越後，親不知	水上勉	160元
㉞假面的告白	三島由紀夫	120元

㉟羅生門	芥川龍之介	120元
㊱青衣人	井上靖	180元
㊲夏子的冒險	三島由紀夫	180元
㊳獸之戲	三島由紀夫	120元
㊴馬兒啊！在大地上安息吧！	水上勉	140元
㊵天平之甍	井上靖	150元
㊶雁・山椒大夫	森鷗外	120元
㊷貓之墓——日本極短篇小說選	夏目漱石等	130元
㊸燃燒的臉頰——日本短篇小說選	堀辰雄等	180元
㊹古都	川端康成	150元
㊺山之音	川端康成	220元
㊻燃燒的地圖	安部公房	200元
㊼夢十夜——日本短篇小說譯介	夏目漱石等	150元
㊽女神	三島由紀夫	140元
㊾潮騷	三島由紀夫	130元
㊿禁色(上)	三島由紀夫	200元
51禁色(下)	三島由紀夫	200元
52行人	夏目漱石	280元

川端康成名著簡介

《身爲女人》（**上**）（**下**）

《身爲女人》是作者川端康成以女人爲主題的小說。

川端康成的文學作品以描寫細膩見長，本作品自然也不例外。從榮子、妙子兩位少女，到市子、音子兩位中年婦人，川端以市子的家爲中心，設置了一個複雜的人際關係，隨著川端的筆觸，讓讀者窺見了以擅寫女性而著稱的川端文學之堂奧，以及旣虛幻又淒美的女性羣像。

《花的華爾滋》

《花的華爾滋》除書中本文外，尙收錄〈義大利之歌〉、〈日雀〉、〈朝露〉，爲短篇小說格局。

作者川端康成曾獲諾貝爾文學，堪稱日本文壇瑰寶。書中四則短篇均秉持川端的一貫作風，其故事沒有明確的結局，留下餘音嫋嫋，讓讀者細細品味，並咀嚼那股淡淡的哀愁。

《伊豆之旅》

本書共收錄二十五篇短篇作品，以敍述伊豆風土民情爲主，同時打發作者對生命的感觸。

川端康成大部分的作品都是以描述女性細膩而複雜的心態及探索人性的抒情文爲主，不過本書內容卻偏重寫景，讀者可藉由川端的生花妙筆了解伊豆的綺麗風光，同時由文中體會鄉村在都市化的過程中，其間種種的變化與無奈。

《雪國》

積雪皚皚的山國究竟蘊藏何種魔力，促使島村一連三年奔赴那寂寞天地？一個坐享餘蔭的都市男子，一個山村藝妓，一個小山姑，在這寒傖封閉的雪國會構築出怎樣的悲喜人間？

《雪國》是川端康成在一九六八年獲得諾貝爾文學獎的系列作品之一，也是川端文學的代表作。

《古都》

一對成長於不同環境的孿生姐妹千重子與苗子，在無意中相逢，迥異的人生觀卻使她們不能長久相守。

原本帶有憂鬱色調的題材，在川端細膩的筆觸淡化後，猶如輕啜一口香茶，免於迴腸盪氣的激動，只有風清雲淡的喟嘆。

《山之音》

「戰敗後，我又慢慢回到日本自古以來的悲哀中。……」

川端康成所言的「日本自古以來的悲哀」，在《山之音》中挖掘得相當深，而戰後的世相、風俗與現實也凝聚在這悲哀裡，更增添了灰暗的氛圍。

因戰爭而扭曲的衆生相及其心理糾葛沈靜地展開，不知來由的山音貫穿全書，預告死亡的恐怖攫住人心……。這部由多篇短篇小說串成的作品，展現了詩與戲劇中常見的重疊意象，可說是表層與深層雙聲並奏的詩性散文。